デスマーチからはじまる
異世界狂想曲
22

「アリサ、転移であの山の
頂上へ移動してくれ」
「おっけー！」
オレは早着替えスキルの助けを借りて
勇者ナナシに変身し、
山頂の斜面にストレージから
小型飛空艇を取り出して宣言する。
「さあ、勇者ナナシと
黄金騎士団の出陣だ！」

デスマーチから
はじまる
異世界狂想曲
22

★★★

愛七ひろ

Death Marching to the
Parallel World Rhapsody

Presented by Hiro Ainana

口絵・本文イラスト
shri

装丁
coil

CONTENTS

Death Marching to the Parallel World Rhapsody 22

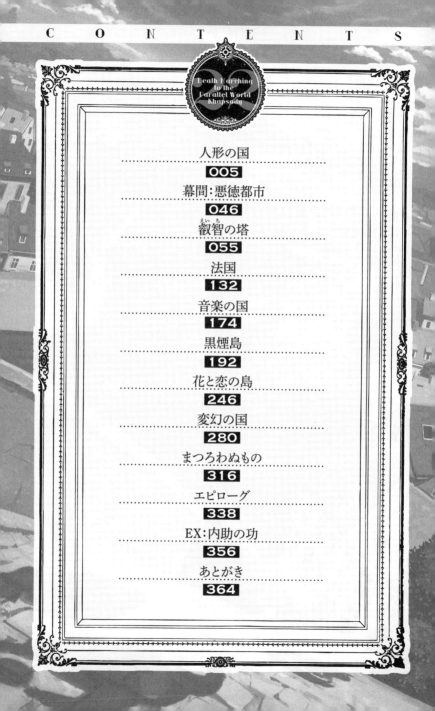

人形の国

〝サトゥーです。古来の人形は人間の代わりや呪具《じゅぐ》といった使われ方をしたそうですが、昨今では癒《い》やしをもたらすパートナー的な地位を不動のモノとしている気がします。〟


「竜の卵なのです！」

キラキラした目で元気にそう叫んだのは、茶色い髪をボブカットにした犬耳犬尻尾《しっぽ》の幼女ポチだ。

抱えるようにして持つ卵は、恐竜映画に出てくるような斑《まだら》模様をしている。

オレ達は魔王退治に訪れていたパリオン神国から、三ヶ国目の訪問となる人形の国ロドルォークにいる。

通りを歩く人達の服は温暖な気候に合った軽装が多く、男性も女性も片方の肩から色とりどりの布を垂らして腰に巻くファッションをしている。この国は繊維や染料が特産品なのだろう。

「ポチ、お金がまだ～」

ポチの肩を掴《つか》んで止めたのは、白い髪をショートにした猫耳猫尻尾の幼女タマだ。

パリオン神国の「才ある者」の里で忍術の師と仰いだ賢者ソリジェーロの裏切りからの別れも、今の彼女の明るい顔からは想像も付かない。

「しまったのです。ポチはうっかりさんだったのですよ」

ポチがタマと一緒に慌てて露店へと戻る。

混雑した市場も、二人にとってはなんの障害にもならないのか、するすると人々の隙間《すきま》を縫って戻っていく。

「ごめんなさいなのです。この『竜の卵』はポチが買うのですよ！」

ポチが露店の主人に謝る。

この辺りはパリオン神国語に近い内海共通語と呼ばれる言葉が一般的で、地元のロドル語と一緒に使われているようだ。どちらもスキルを取得したが、フルー帝国語を祖とする内海共通語スキルの方が汎用性《はんよう》が高そうなので、そちらにしかスキルポイントを割り振っていない。

「おう、金持ちそうな嬢ちゃんが持ち逃げしたのかと思って焦ったぜ。その卵は金貨一〇枚だ」

気のせいか、この国は亜人への偏見が少ない気がする。

人形の国というだけあって、動物をモチーフにしたヌイグルミが多く流通しているからかな？

「わお！」

「じゅ、一〇枚なのです？」

ポチが困り顔で財布を覗《のぞ》き込む。

ロドルォーク王国の港で両替した時に、お小遣いを渡してあるけど、一人あたり金貨一枚分ほどしか与えていないので足りるはずがない。

それにポチが持つ「竜の卵」は、ＡＲ表示によると「羽竜蜥蜴《とかげ》の卵」という品だ。相場スキルによると、その価値は銀貨一枚程度らしい。そもそも本物の「竜の卵」なら、金貨一〇枚でも買えるはずがないしね。

「銀貨一枚なら買うよ」

「おいおい、いくらなんでも値切りすぎだ」

「そうかい？」

オレが渋る店主の耳元で「羽竜蜥蜴の卵なら、相場だろ？」と囁《ささや》くと、彼はすぐに冷や汗を流しながら銀貨一枚で卵を売ってくれた。値切りスキルや詐術スキルのお陰だろう。

店主から受け取った卵をポチに渡す。

「落とさないようにね」

「はいなのです。ポチは卵を孵《かえ》して竜騎士になるのですよ！」

「おう、ぐれいと～」

ポチが卵を落とさないように、布をささっと縫って卵を保持する為の帯を作ってやる。

路肩で目立たないように作業したのに、終わったら好奇の視線を集めてしまっていた。

「マスター、どちらの幼生体が可愛《かわい》いですかと問います」

その場から立ち去るきっかけを作ってくれたのは、金髪巨乳の美女ナナだ。彼女は生まれてから一年強のホムンクルスだが、見た目は高校生くらいの人族に見える。

そんな彼女が言う幼生体とは、露店に並べられたペンギンと犬のヌイグルミだ。どちらも丸々としたフォルムでとても可愛い。

そう伝えたら、ナナが難しい顔をして二つのヌイグルミを吟味し始めた。

「ペンギン」

単語で意見を言ったのは青緑色の髪をツインテールに結った幼女ミーアだ。耳元を隠すフードが揺れ、エルフの特徴である少し尖《とが》った耳が見える。

「この国のビスクドールってレベル高いわ〜」

隣の露店でお姫様のような人形を抱き上げているのは、人形と同じくらい可愛い容姿をした転生者のアリサだ。この世界では忌み嫌われる紫色の髪を金髪のカツラで隠している。

「これなんか、シズカたんやヒカルたんへのお土産にいいと思わない？」

アリサが美男子や美少年を模した人形をオレに見せる。

「そうだね。あの二人なら喜びそうだ」

「なら、この二つはキープね。この国は人形が豊富で選ぶのが大変だわ」

賢者によって聖女として祭り上げられ、スキル譲渡の媒介を強要されユニークスキルの濫用で魔王化させられたシズカは、鬱病《うつびょう》を発症するほど精神的に追い込まれていた。そんな彼女も賢者から解放された今では、シガ王国の近傍にある秘密基地で、元王祖のヒカルと同人活動に勤《いそ》しんでいる。

「それにしても、ご主人様。パリオン神国関係の噂話《うわさばなし》は公式発表通りだと思わない？」

「勇者ハヤトの魔王退治の活躍譚《たん》からすれば、法皇引退の噂や賢者の失脚なんてネームバリューが少ないいんじゃないか？」

賢者は野望の末に魔神牢《ろう》に囚《とら》われ、彼と行動を共にしていたらしき緑の上級魔族も既に倒した。

ザーザリス法皇や賢者の魔王堕《お》ちは近隣諸国にも伝わっておらず、ドーブナフ枢機卿《すうききょう》の手腕が窺《うかが》える。今は彼と神殿騎士団長になった聖剣使いメーザルト卿が中心となって国を立て直しているところだ。

「メーザルトばっか噂になってて、わたし達の噂がほとんどないのが残念よね～」

アリサが残念そうに肩を竦《すく》める。

勇者一行がメインで語られている他《ほか》は、地元の有名人であるメーザルト卿の名前が挙がる事が多く、それ以外の同行者――オレ達や黒騎士や侍二人などのサガ帝国一行の名前が出る事はめったにない。オレ達の名前が出る時も、「シガ王国の勇士達」くらいだ。

アリサは不満そうだが、オレとしては観光の妨げになるので、この扱いに文句はない。

仲間達が公に評価されないのは少しかわいそうだけど、皆《みんな》まだ若いし、そのうち隠していても有名になってしまうだろう。

「お！　セクシーな半ズボン少年の人形発見！」

アリサが獲物を見つけた猛禽《もうきん》の瞳《ひとみ》になって人形の下へと迫る。

「この香辛料はなんて言うんですか？」

「それは痺《しび》れ山葵《わさび》だよ。少し使うと料理の味が引き立つぜ」

そんなアリサの向こうで、露店に並ぶ香辛料の壺《つぼ》を覗き込んでいるのは、艶《つや》やかな長い黒髪をした和風の超絶美少女ルルだ。

料理好きの彼女は、新しい調味料を見つけて興味津々のようだ。

「どうだい、鱗族《うろこ》の姐《ねえ》さん。うちの槍《やり》は『鍛冶《かじ》の国』ステルォークで造られた名品ばかりだ」

裏通りにある武器が並べられた露店の前で、リザが真剣な顔で槍を見つめている。手首や首元には橙鱗族《とうりん》の特徴である橙 色《だいだいいろ》の鱗が覗いていた。

表通りは人形関係や食材の露店がほとんどだけど、裏通りには普通の金物に交ざって、武器や防具を売る露店もあるようだ。

「変わった素材ですね。初めは錆《さび》かと思いましたが、鋼自体が赤い色を帯びているようです」

「おおっと、そいつを初見で見抜くなんてやるねぇ。そいつは紅 鋼《くれないはがね》って呼ばれている『鍛冶の国』秘伝の金属で造られているんだ」

面白い話をしているのでオレも話に割り込ませてもらおう。

「日緋色金《ヒヒイロカネ》とは色が違いますね。鋼を鍛える時に、何か特別な素材を使っているのでしょうか?」

AR表示でも「紅鋼」となっているので、全く別の金属なのだろう。

サガ帝国の黒騎士装備に使われていた「黒鋼」みたいに、錬成で造られたファンタジー金属の一種なんだと思う。

「がははは。兄さん、それじゃまるで神話の時代の金属を見た事があるって言ってるように聞こえるぜ」

見た事も、錬成した事もあります。

「この槍は幾らくらいなんですか?」

「金貨二〇〇枚だ」

「それは法外すぎるわ！　魔剣だってそんなにしないわよ！」

ひょこっと割り込んできたのはアリサだ。

さっきまで人形を眺めていたのに、いつの間にか近くに来ていた。

「金貨二〇枚でどう？」

「おいおい、それじゃ材料費にもならないぜ」

「なら、金貨三五枚でどうだい？」

オレもアリサに加勢する。

相場スキルの教えてくれる値段からして、向こうにも十分な利益があるはずだ。

「魔力の通りは悪くないが、ミスリル合金製の剣ほど頑丈でも鋭くもないみたいだけど」

魔刃が出ないように気を付けながら紅鋼の槍に魔力を流してみる。

槍の軸にも魔力が通りやすい材料を使っているようだ。

「もう一声」

「金貨三七枚までなら出そう」

「よし売った！」

オレはロドルォーク王国の金貨と引き換えに紅鋼の槍を受け取り、それをリザに手渡す。

「お預かりいたします」

リザが恭しく受け取って、妖精《ようせい》鞄《かばん》から取り出した布を穂先に巻いた。

「それは預けたんじゃなくて、リザへのプレゼントだよ」

「あ、ありがとうございます、ご主人様」

珍しくリザが反応に困っている。

「リザさん、真っ赤」

「ノー・アリサ。からかうのは良くないと告げます」

「そうね。ごめんね、リザさん。その槍もリザさんに似合っているわよ」

仲間達と一緒に市場を巡り、お昼はグルメなドーブナフ枢機卿から教えてもらった店で食べた。

「茸《きのこ》ステーキ、美味」

「蜂蜜《はちみつ》を塗ったロドル鳥の照り焼きも素晴らしいですね」

「こっちの山菜と茸の炒《いた》め物も美味《おい》しいですよ」

「レバーペースト最高～？」

「鹿豚《しかぶた》さんの焼き肉も美味しいのですよ！」

ロドルォーク王国は農耕面積が少ないのか、普通の野菜がやたらと高くて味もいまいちだったが、山菜や山鳥なんかの山の幸、特にミーアが絶賛する茸が美味だった。

海の幸もあるけど、そっちは内海沿いの他国と代わり映えしなかったので、たまにしか食べていない。

「お待たせ、茸ステーキの追加だよ」

「歓迎すると告げます」

蜂蜜バターがたっぷりと掛かった茸ステーキを切り分けて皆に配る。

「洞窟《どうくつ》茸は今が旬だからね。たんと食べておくれよ」

「この茸をお土産で買う事はできますか？」

「山側の市場に行ってごらん。海の方は魚介類が中心だから」

ここの名物茸は種類が豊富なうえに、バスケットボールくらいのサイズがあるので食べ応《ごた》え抜群なのだ。

ミーアが気に入っている事だし、いっぱい買っておこう。

店のお姉さん達が大皿を幾つも持ってきた。

「モッバの串焼《くしや》きと年輪ステーキお待ち～」

どちらもモッバという胴長な野生動物を調理した肉料理らしく、かなりのボリュームだ。

「美味です。もう少し歯応えが欲しいところですが、噛《か》み応えは十分ですね」

「あぐあぐ～」

「はぐはぐなのです」

リザがナイフとフォークで切り分けて食べる横で、タマとポチはフォークを突き刺した肉に顔を寄せて齧《かじ》り付いている。皿に顔がつきそうなほどだ。

カツンと音がしてポチが跳ね起きた。

「危なかったのです。もうちょっとで卵のヒトを潰《つぶ》しちゃうところだったのですよ」

今の音は卵とテーブルがぶつかった音だったらしい。

「卵帯を外しておけばいいんじゃない？」

「ダメなのです。お母さんはずっとお腹《なか》に卵や赤ちゃんを抱えるって、豹《ひょう》のお姉さんが言っていたのです」

ポチがふるふると首を横に振る。

彼女の言う「豹のお姉さん」とはセーリュー市にいた頃《ころ》の奴隷仲間の事だろう。

「少しくらい大丈夫だよ」

「はい、なのです」

ポチは頷《うなず》いたが、帯の紐《ひも》を解く寸前で「やっぱり、そのままにするのです」と言って帯の上から愛《いと》おしそうに卵を撫《な》でた。ポチは卵のお母さんのつもりなのだろう。

「アリサ、卵のヒトは何も食べなくてお腹減らないのです？」

フォークを手に持ったポチがそんな事を尋ねている。

「ご飯は卵の中に入っているから大丈夫よ」

「そうなのです？」

「うん、あとはポチの体温で温めれば大丈夫よ。だから、安心してお肉を食べなさい」

「はいなのです！　ポチはお腹の子の為《ため》にもちゃんと食べるのですよ！」

ポチのちょっとずれた発言に皆が微笑《ほほえ》む。

楽しい食事を終えたオレ達は市場で茸や食材をゲットした後、店で教えてもらった市内の名所を順番に巡る事にした。

◆

「おっきな銅像なのです！」

「片方の腕がないのはどうしてなのかしら？」

ランドマークの一つである初代国王の銅像は、全長一五メートルもある巨大なモノだ。

「あれはソバルのクソ野郎のせいだ」

野太い声で割り込んできたのは、職人風のいかつい男性だ。

職人着の背中にクマのアップリケがあるせいか、どこか人好きのする印象を受ける。

「ソバル～？」

「隣の国の名前さ。同じ職人としてソバルォークの家具は評価するが、あの国の戦争好きの国王や国民は大っ嫌いだぜ」

職人さんによると、銅像の腕がないのはこの国まで攻め込んできたソバルォークの大砲によるものらしい。

「国同士の戦争なんて珍しいわね。国境に魔物の領域はないの？」

「ああ、そうなんだ。この国とソバルォークは元々は同じ国で、三〇〇年ほど昔に兄弟王子が喧嘩《けんか》して二つに分かれたんだ。その兄王子が作った国がソバルォークで、ロドルォークをヘードンして一つの国になるべきだって言って、何年かに一度攻めてくるのさ。まあ、昔はロドルォークもソバルォークを攻めていたから、お相子だがな」

ヘードン――併呑《へいどん》かな？

「それに戦争をしたら赤竜様が来るから、首都まで攻め込まれる事はめったにない。今回は国境のクソ貴族が裏切ったせいで危ないところだった。パリオン神国の法皇様が派遣してくれた聖剣使いのメーザルト様や神殿騎士団が仲裁に来て、ソバルォークのクソ野郎どもを追い払ってくれたのさ」

おっと、意外な名前が出てきた。

そういえば、パリオン神国は他国の戦争を仲裁して回っているんだっけ。

「その前の時は賢者様がすげぇ魔法で戦争を止めてくれたし、パリオン神国には足を向けて寝られないぜ」

職人さんはそう言って、胸元からパリオン神の聖印を取り出して見せてくれた。

なるほど、仲裁ついでにパリオン神の信者を増やしているわけか。

「先ほど『赤竜様が来る』と仰《おつしや》いましたが――」

「ああ、俺が若い頃はパリオン神国の仲裁もなかったからな。その頃は戦争が激しくなると赤煙島の赤竜様が飛んできて、戦争を終わらしちまってたのさ」

「終わらす、とはどういう意味かと問います」

「文字通りだよ。赤竜様が飛んできたら戦争は終わり。全力で逃げないと、死んじまう。戦争を見て興奮した赤竜様にじゃれつかれたら、人生が終わっちまうんだ」

オレは脳裏に黒竜へイロンを思い浮かべた。

確かに、普通の人が成竜にじゃれつかれて無事に済むとは思えない。

「まあ、普通は赤竜様の休眠期や留守の間に戦争を起こすから、飛んでくるのは下級竜や亜竜の方なんだが、俺達にとっちゃ危なさはどっちも同じさ」

職人さんが言うには、赤煙島近傍に赤竜の眷属《けんぞく》である下級竜や亜竜が棲《す》む島があるそうだ。

「親方ー！　木材の競売が始まるぞ！」

「おう！　すぐ行く！」

弟子の若者に呼ばれて、職人さんが走っていった。

興味があったので、なんとなく競売を眺めに行ったのだが――。

「檜《ひのき》の丸太は俺が買う！」

「欅《けやき》を買い占めるんじゃねぇ」

「うるせえ、これは俺んだ！」

職人らしき人達が、殺気立って丸太を買い付けている。

「舐《な》めた口きいてるとぶちのめすぞ！」

「黙れ！　お前は土を捏《こ》ねて人形を作ってろ！」

「てめぇ！　ビスクドールをバカにしやがるのか！　てめぇこそ石でも削ってろ！」

「おいおいおい！　石工の事を言ったか？　今、石工の事をバカにしやがったのか？」

あちこちでつかみ合いの喧嘩まで始まってしまった。

「あわわわ、大変なのです」

「皆《みんな》、仲良く～？」

ポチとタマがオロオロと仲裁の声を上げるが、男達はヒートアップして聞こえないようだ。

他《ほか》の男達は喧嘩の仲裁をするどころか、これ幸いにと丸太の買い付けに勤《いそ》しんでいる。

「あんたら余所《よそ》の国の人かい？」

「あれはいつもの事だから気にしなくていいよ」

通りかかった女の人達が呆《あき》れた口調で教えてくれた。女達は「あんた達は優しいね」と言ってポチとタマの頭を撫でて去っていく。

なるほど歓楽街でよくある酔っ払いの喧嘩と一緒か。

「肉体言語のコミュニケーションみたいだし、邪魔しないでおこう」

オレは仲間達を促して観光に戻った。

◆

「焦げた塔や砕けた塔を見ると、セーリュー市の抗竜塔を思い出しますね」

リザが崩れた城壁塔を見てそんな事を呟《つぶや》いた。彼女は奴隷時代に抗竜塔の周りにあるガボ畑で働いていた事があるそうだ。

「城壁の一部が真新しいと告げます」

「ここも戦災の痕《あと》かしら？」

「たぶんね」

防衛設備が最優先らしく、多くの労働者達が石材を運んで塔を修理している。

ゴーレムの数は少ないのか、三メートル級の小型ゴーレムが二体しかおらず、そのせいで工事に時間が掛かっているようだ。

「へた」

「土魔法使いの事？　確かに補強が雑よね」

ミーアやアリサの視線の先では、土魔法使いが城壁を「漆喰硬化《ハード・スタコ》」や「石　壁《ストーン・ウォール》」の魔法で補強しているのだが、遠目に見て分かるほどのやっつけ仕事だ。

あまりレベルが高くないみたいだし、見習いの練習なのだろう。

「モニュメントは壊れたのが多いと告げます」

「やっぱ、戦争になると標的に選ばれやすいのかしらね？」

ロドルォーク市の観光をしていたのだが、あちこちに戦災の痕がある。

散策中に聞いた話だと戦争があったのは半年も前の事らしいけど、魔法ありの世界でも小国だと修繕に時間が掛かるようだ。


「猫の像みっけ～」

「犬の像はなかなかないのです」

「兎《うさぎ》」

ロドルォークは「人形の国」と言われるだけあって、街角や家の端々に大小様々な石像や銅像がある。

オレ達は住宅街の飾りを楽しみつつ、商店が並ぶメインストリートへと通じる職人街へと踏み込んだ。

「木彫りの像を作る職人が多いですね」

「向こうの方で石を削るカンカンという音が鳴っていると告げます」

「ヌイグルミの工房もあるみたいですよ」

開け放たれた木窓の向こうに、色とりどりのヌイグルミを作る人達がいる。ヌイグルミ職人は女性が多いようだが、男性もちらほら見かける。

「ご主人様、ここはお店もやっているみたい」

アリサがお店らしき場所にオレの手を引いて入っていく。

「ヌイグルミ、いっぱい」

「とってもとっても可愛《かわい》いのです！」

「アメージング～?」

ミーア、ポチ、タマがカラフルなヌイグルミを見て目を輝かせる。

「わあ、素敵ですね」

「イエス・ルル。幼生体がたくさんと告げます」

他の子達も楽しそうだ。リザは場違いではないかと気にしているようだが、その一方で真剣な顔でヌイグルミを吟味している。

「竜のヌイグルミなのです！　卵のヒトが孵《かえ》った後で抱かせてあげたいのです！」

「あはは、それはいいわね」

ポチがデフォルメした竜のヌイグルミを持ち上げる。

「おやおや、外国のお客さんがいっぱいだね」

奥から女将《おかみ》さんが出てきて接客してくれた。

ポチの卵帯に気付いたようだが、コメントは特に何もない。

「どれもとっても可愛いのです！」

「そうかい、そうかい。私や娘が丹精込めて作った人形だ。一つ一つに愛情がこもっているから可愛いんだよ」

彼女もヌイグルミ職人らしい。

「私もヌイグルミを作るのだと主張します」

「それはいいねぇ。良かったら、外国の人が作るヌイグルミを見せてくれるかい？」

「イエス・店主。私のヌイグルミを開示すると告げます」

ナナがテーブルの上に人形を並べ、女将さんがそれを興味深そうに眺める。

「珍しい布だね。感触も面白い。ほうほう、飾りにこんな石を使うんだね。うんうん、勉強になるよ。お客さんはどこの国から来たんだい？」

「シガ王国だと告げます」

「そりゃまた遠い所からだね」

ナナは無表情だがなんだか楽しそうだ。

「木彫りの像もあるる～？」

タマがお店の一角にある像に反応した。

「ふぁんたすてぃっく～」

「それは亭主や息子が作った像だよ。頼まれたら船首像だって作るよ」

女将さんが自信に満ちた顔で言う。

立像の表情や木彫りとは思えないほど豊かな衣装の質感からも、旦那《だんな》さん達の腕がいい事はよく分かる。

「良かったら工房を見学してみるかい？」

「イエス・店主。見学を希望すると告げます」

ナナと仲良くなった女将さんのご厚意で、工房見学をさせてもらえる事になったので、店舗の奥にある工房にお邪魔させてもらう。

そこでは女将さんを若くしたような姉妹がヌイグルミを作っていた。姉は獣派、妹は鳥派らしい。

「どういう事だよ！」

奥にある扉の向こうから怒鳴り声が聞こえてきた。

「丸太がなかったら、奉納祭りに出品する人形すら作れないぞ！　ただでさえ奉納祭りの出品締め切りまで日がないっていうのに、どうすんだよ！」

「てやんでぇ！　そんな事は分かっているんだよ！　ゴッバの野郎とバスコムのバカが競り合って馬鹿《ばか》みたいな値段で買い占めていっちまったんだよ」

扉の向こうで怒鳴り合っているのは木彫り職人の旦那さんと息子さんらしい。

親子《おやこ》喧嘩《げんか》はいつもの事なのか「うちのバカどもが五月蠅《うるさ》くして悪いね。すぐ収まるよ」と言ってオレ達に詫《わ》び、特に仲裁する事なくナナに工房内の説明を始めた。

木材競売所の騒動といい、喧嘩は日常茶飯事らしい。

「待ってよ、兄さん。丸太が全然買えなかったわけじゃないんだ。ちょっと細いけど、これだって上手《うま》く彫れば立像なら作れ――」

「五月蠅い！　兄さんなんて呼ぶな！　俺はお前を弟だなんて思ってない！」

「このバカ息子！　いい歳《とし》をして、言っていい事と悪い事の区別も付かないのかい！」

兄息子の言葉を耳にした女将さんが鬼の形相になって隣室に飛び込んでいった。

「ジェスの方がラルスより腕がいいから焦っているのよ」

「まったく、どんなに腕が良くてもジェスが工房を継ぐ事なんてないから、焦る必要はないのに」

「お兄さんだから？」

「違うわ。私達やジェスは戦災孤児の養子なの。実子はラルスだけ」

姉妹によると、彼女達や下の息子さんは戦災孤児の養子らしい。複雑な家庭環境を聞いてしまった仲間達が反応に困る。

「そんな顔しなくていいわよ」

「この国は馬鹿な前王のせいで戦災孤児は珍しくないもの」

「死んだ人の事はいいじゃない。今の王様は平和主義だから、そのうち戦争もなくなるわよ」

後で知った事だが、前王は豊かさを求めて戦争を繰り返していたが一度も勝てず、業を煮やして先陣を切って敵国に攻め込み、そこで死亡したらしい。わざわざ都市核《シティ・コア》の力が使えない場所に行くなんて、なかなか無謀な人だ。

「痛《い》ってぇええええ！」

「あんたああ！」

「兄さん！　どこに行くんだ！」

「そんな馬鹿野郎の事はほっておけ！」

隣室から悲鳴と罵声《ばせい》が聞こえてきた。

心配した姉妹と一緒に隣室へ向かうと、手から血を流す旦那さんと必死で止血する女将さんと息子さんの姿があった。

「クマのアップリケの人だと告げます」

ナナの言葉で思い出した。彼は木材競売所で会った人だ。

「治癒、いる？」

「え？　お客さんは神官様なのかい？」

「母さん、そんな事はいいから、治療を！」

「そうだね。大したお礼はできないけど、頼むよ」

「ん。■■……■　治癒：水《アクア・ヒール》」

ミーアが水魔法を使うと旦那さんの傷がみるみる癒《い》えていく。

「こりゃ、たまげた。神殿の神官様よりもすげーぜ」

「小さいのに凄《すご》いんだねぇ」

褒められたミーアが「ふふん」と得意げに胸を張る。

その拍子にフードが後ろにずり落ち、隠れていた耳が露《あら》わになった。

「まさか、エルフ様？」

「本物？」

「初めて見た」

女将さんや姉妹がミーアを見て驚いている。

「ありがとよ、お嬢」

「ん。動く？」

「手か？　ああ、ちゃんと動くぜ」

旦那さんが手をにぎにぎした後に、息子さんの方を向く。

飛び出ていった兄ではなく、心配そうに見守っていた弟の方だ。

「――ジェス。奉納祭りに出す人形はお前が作れ」

「と、父――師匠！」

「誤解すんな。ラルスにも作らせる。それに奉納祭りでの優劣で工房の跡継ぎを決める気はねぇよ」

「でも、丸太は二本だけしかありません。僕が作ったりしたら親方の分が……」

「俺は出さねぇ。奉納前の大切な時に、職人の命ともいえる手を血で汚しちまった。こんな手で神殿に奉納する人形を作る事なんてできやしねぇよ」

アリサが小声で「『穢《けが》れ』ってやつかしら?」なんて言っていた。

「分かりました。師匠から学んだ事を全《すべ》て注ぎ込みます」

弟君がキリリとした顔で旦那さん――親方に宣言する。

お邪魔にならないうちに退出しようとしたのだが、ちょっと気になるモノを見てしまったので、少し迷ってから口を挟む事にした。

「親方、もしかしてその細い丸太で像を彫るのですか?」

長さは一メートル半くらいあるけど、直径が三〇センチくらいしかない。

「ああ、そうだ。太さのある丸太は取り合いになっちまってな」

「あの火事さえなけりゃ、丸太なんて選び放題だったのに……」

なるほど、木材置き場とかで木材が燃えたようだ。

「新しい木を切るのはダメなのですか?」

「貴族の若様、木を切ればいいってもんじゃないんだよ。木は乾燥に時間が掛かるんだ」

「魔法を使えば――」

「魔法で乾燥させると、僅《わず》かに木が歪《ゆが》むんです。建物に使うなら大丈夫かもしれませんが、像を彫るには少しの歪みでも作品に影響しますから」

細い木で無理に像を彫るよりはマシだと思うんだけど、本職の人がそう言っているなら、そうなんだろう。

「像を彫るのはどんな木が良いのですか？」

「この辺の木なら檜《ひのき》か欅《けやき》だな。王城に飾ってある『剣の乙女』ってすげぇ像は、山樹っていう山のように大きな樹木の枝を使っているって話だが、あんなのはお伽噺《とぎばなし》だろう」

山樹どころか世界樹の枝まであります。

「では何本かお譲りしましょう」

オレは取り出し口を拡張できる「魔法の鞄《マジック・バッグ》」経由で、ストレージから直径一メートルくらいの檜や欅の丸太を何本か取り出して親方に渡す。

「おおっ、こいつぁすげぇ！」

「こんなに立派な木材なら、凄い作品が作れそうですね」

「ああ、こりゃ滅多にお目にかかれない最高の材料だぜ」

喜んでもらえて何よりだ。

ついでに遊び心で、山樹の枝を輪切りにしたのもプレゼントした。

根元の方だと太すぎるし堅すぎるので、先端の方の比較的柔らかい部分を提供してある。杖《つえ》に使うのは前者の鉄より堅い方だ。加工が難しいけど、魔力の通りがいいんだよね。

「マジか……」

「……ぅぉ」

二人が絶句してしまった。

ちょっとやりすぎたようだ。世界樹素材を出さなくて良かった。

「そ、そうだ！　僕、兄さんを呼びに行ってくる」

我に返った弟君がそう言って部屋を飛び出していこうとする。

「待って！　ジェス兄さんが行ったら、ラルス兄さんが意固地になるだけよ。私が行ってくる！」

「そうだね。頼めるかい？」

「うん、行ってくる！」

姉妹が弟君を呼び止め、姉妹の姉の方が工房を飛び出していく。

「ラルスの事はミンに任せればいい。お前は人形作りを始めろ。あと五日しかないぞ」

「はい、師匠」

弟君の方が丸太を吟味しつつ端の方を削って感触を確かめている。

親方はそんな弟君を満足そうに見守る感じだ。

「慌ただしくてすまないねぇ。良かったら、ヌイグルミ作りをしてみるかい？」

女将さんにそう促されてヌイグルミ工房へと戻り、女将さんや妹さんに指導を受けて皆で人形作りを始めた。

「ポチは竜のヒトのヌイグルミを作りたいのです！」

「それは少し難しいかもね」

「……ダメなのです？」

ポチが耳をぺたんとさせてしょげる。

「ダメじゃないさ。パーツごとに作っていけばなんとかなるだろ。あたしが見てやるから頑張って作ってみな」

「はいなのです！　ポチは卵のヒトの為《ため》にも頑張るのですよ！」

女将《おかみ》さんに励まされたポチが気合いを入れて宣言する。

椅子《いす》の上に立ち上がろうとして、卵が帯越しにテーブルにぶつかってポチが慌てていた。後でクッションを増やしてやった方がいいかもしれない。

「お嬢さんは手際がいいね。いつも作っているのかい？」

「イエス・店主。私はヌイグルミを作って幼生体達にプレゼントしていると告げます」

ナナが女将さんに褒められている。

見た目は無表情のままだが、ナナの仕草の端々から褒められて嬉《うれ》しい気持ちが伝わってくる。

「良いのができたら、お嬢さんも奉納祭りに出品するかい？　木彫りの像以外にもヌイグルミ部門や石像部門、操り人形部門なんかがあるんだよ」

「イエス・店主。出品を希望すると告げます」

「あはは、それじゃ私達とライバルだね」

「相手に不足なしと告げます。本気でやると告げます」

妹さんにからかわれたナナがキリリとした顔でヌイグルミ作りに没頭した。

その横では——。

「——痛っ。針で指を突いちゃったのです」

「み～とぅ～」

針仕事をほとんどした事がないポチとタマが、運針を失敗して指を突いていた。

二人とも突いた指をペロペロと舐《な》めるだけで終わらせようとしたので、魔法薬を染み込ませたハンカチで拭《ふ》いてから絆創膏《ばんそうこう》を貼《は》ってやる。

この絆創膏はアリサのリクエストで作った現代風のヤツだ。

「あ、ラルス兄さんが帰ってきたみたい」

「ちょっと様子を見てきておくれ」

隣室が騒がしくなったのに気付いた妹さんが呟《つぶや》き、女将さんに言われて隣室を覗《のぞ》きに行く。

気になったのか、タマとポチも妹さんの足下から顔を出した。

「大丈夫みたい。ラルス兄さんが嬉しそうに丸太をぺたぺた触ってる」

「まったく、あの子は……」

「あっ、今頃《いまごろ》、父さんを怪我《けが》させた事を謝ってる。あいかわらずの彫刻バカね」

「いいんだよ。あの子達はそれで」

親子の会話を聞き流しながら、仕上げたヌイグルミをチェックしていると、レーダーに映る青い光点の一つが隣の工房に入り込んでいるのに気付いた。

――タマだ。

「どうした嬢ちゃん。木彫りに興味があるのか？」

「あい」

瞬間移動のような速さでタマを回収に向かったが、既に時は遅し。親方に見つかってしまっていた。

「すみません、うちの子がお仕事の邪魔をしてしまって」

「構わんよ。若様には丸太を譲ってもらったからな。よし、興味があるなら何か彫ってみるか？

こっちの細い丸太は使い道がないから、何か彫ってみな」

「あい！」

タマがこくりと頷《うなず》いて丸太を彫り始める。

「良かったら、若様も彫ってみるかい？」

「では、お言葉に甘えて――」

タマを一人にしておくのも心配だし、オレも木彫り人形に興味があったので一緒に彫る事にした。

タマがあっという間に小さな鹿《しか》の像を彫り上げると、親方が目を丸くして驚いた。

「ほう、二人とも大したものだ。誰《だれ》かに師事した事があるのか？」

「タマはシガ王国の王都にある工房で石像を作った事があります」

「それでか……。躍動感のある凄い像だ。なんというか、喰《く》ったらさぞかし美味《うま》いんじゃないかと思える不思議な魅力がある」

オレもタマと同じく鹿の像を彫ってみた。

「若様も速いな。芸術性はないが、写実性は高い。もう少し、動きや表情を加えられたら、凄いモノができるぞ」

スキルのお陰とはいえ、褒められて悪い気はしない。

「すげぇ、オヤジが褒めてる」

「兄さん、僕達も負けていられないよ」

「ああ、言われるまでもねぇ」

それを見ていた兄弟が気合いを入れ直して彫刻に戻った。

どうやら、二人を発奮させる為に使われたみたいだけど、タマは普通に喜んでいるし特に問題はない。

「どうだ？　嬢ちゃんと若様も奉納祭りに参加しないか？」

「一般人も参加できるのですか？」

「一般からの受付はやってないが、うちの工房から出せばいい。今年の奉納祭りはカリオン神殿の主催だしな。あそこは細かい事を言わねぇから安心しな」

「やってみるかい？」

「あい」

タマがこくりと頷いて闘志をみなぎらせた。

予定だと二、三日くらい滞在して観光を終えたら次の国に移動するつもりだったんだけど、もう少し滞在する事になりそうだ。

「今回のお題はカリオン様に見立てた少女像を作る事だ。ポーズは自由だが、神様に見立てるから下品なのは禁止だ」

親方からレギュレーションを教えてもらい、オレとタマ用の丸太を用意する。

手頃な大きさの丸太が少なかったので、裏庭を借りて建材用の大きな丸太を割ってタマと分けた。

なぜか、丸太を割るのがショーのように観衆を集めてしまって少し恥ずかしかった。


「おっ、やってるわね」

「タマは頑張り屋さんなのです」

隣の部屋からポチに付き添ってアリサがやってきた。

タマは彫刻に夢中で無反応だったので、二人を手招きしてやる。

「ご主人様、どんなのを彫るの？」

「うん？　普通の立像だよ。カリオン神をイメージしろって事だし、本か実験器具でも持たせてみるよ」

手持ちの資料だと、カリオン神は「叡智《えいち》」を司《つかさど》るらしいから、それっぽいのを選んだ。

「こんな感じ？」

アリサが妖精鞄《ようせいかばん》から取り出した粘土で器用に少女像を作り出す。なかなかそれっぽい感じの像だ。

さすがは陶器教室でオレに似せたエロいフィギュアを作っていただけはある。

「アリサも彫ってみるか？」

「わたしはいいわ。彫刻は切《き》り屑《くず》が髪に絡まるし、彫刻刀やノミで手を怪我しちゃうから」

アリサがそう言って拒否した。

オレは丸太の陰で光魔法の「幻影《イリュージョン》」を使い、「こんな感じ」と言って完成予想図を表示する。

「なんだか、ルルに似ているわね」

「少女像だから、ルルのプロポーションや髪型を参考にしたんだよ」

胸元は控えめにして「少女らしさ」を出してある。

残念ながら、スキルＭＡＸ程度の木工スキルや彫刻スキルで、ルルの超絶美少女顔は再現不能だった。

「ここ、もうちょっと花が散るようにできない？　ほら、少女漫画みたいに」

「こんな感じか？」

「そうそう、ここもこんな風にできない？」

アリサの言う通りに幻影を修整していくと確かに素晴らしい像になるが、天才原型師によるフィギュアならともかく——。

「木彫りで再現するのは無理だよ」

「どうして？」

「ここまで華奢《きゃしゃ》で細かい細工だと、途中で割れるんじゃないかな？」

「別パーツにして後でくっつけるのは？」

「それだとレギュレーション違反になるんだよ」

奉納する像はあくまで一塊でないといけないらしいんだよね。

「なら、もっと硬くて頑丈な素材にしたら？　ご主人様なら、オリハルコン材でも彫れるでしょ？」

アリサの言い方は乱暴だが、確かに世界樹の枝や山樹の幹側の部分なら十分な堅さがある。

「やってみるか――」

「そうこなくっちゃ！」

アリサが指をパチンと鳴らして喜んだ。

鳴らすタイミングで、音を出す為に空間魔法を使っていたのは指摘しないでおこう。

オレは丸太サイズの世界樹の枝を取り出して彫刻を始める。世界樹の枝は削り屑も素材として使えるので、敷物を広げて回収しておく。

丸一日でおおよその形を彫り終わり、二日目からは装飾やエフェクトの部分を彫り上げる。それを見ていた兄弟が目の色を変え、鬼気迫る勢いで自分達の作品に取り組んでいた。

彼らの刺激になったようで重畳だ。

「にんにんにん～？」

「さすがはタマなのです。とってもとってもアメージングなのですよ！」

タマが土か風の忍術を使って彫刻の細部を仕上げていく。

彼女の彫る少女像は躍動感溢《あふ》れる楽しそうな像だ。リザの容姿を幼くし、ポチの表情を融和させたような像になっている。見ていると、一緒に踊り出したくなる魅力があるね。

三日目で仕上げが終わったので、像を親方に渡す。

「どちらも優勝が狙《ねら》えそうな像だ。若様のは表情や躍動感がないが、華やかで写実さが素晴らしい。この脇《わき》から腰に流れるラインも素晴らしいが、胸元の見えそうで見えない深さがいい。だぼついた服の上からでも分かる胸元が最高だ。大勢の胸元を入念に観察しないとここまでの表現はできん」

褒めてくれるのは嬉しいが、人をオッパイスキーみたいに言うのは止《や》めてほしい。まあ、確かに好きだけどさ。

「嬢ちゃんの方は若様ほどの技術はないが、情熱が素晴らしい。見ていると一緒に踊りたくなるような像は初めて見たぞ」

「にへへ～」

やっぱり踊りたくなるのか。

「うちの息子達も負けちゃいないが、なかなか苦戦しそうだぜ」

親方はそう言いながらも、息子達を信じているのだろう。腕を組んで彼らを見つめる親方の視線には、揺るぎないモノを感じる。

火事のせいで期間がやたらと短いから、二人ともろくに休息も睡眠も取らずに頑張っているようだ。

邪魔をしても悪いので、二四時間戦えるような特製栄養補給剤をプレゼントして工房を後にする。

「しばらくロドルォークにいるんでしょ？　どこか遊びに行きましょう！」

「賛成」

アリサとミーアの頭を撫《な》で、他《ほか》の子達からも反対意見は出なかったので、二日後に行われる奉納祭りまでの間、仲間達と一緒にロドルォーク王国を観光して回った。

◆

「わあ、人がいっぱいです」

奉納祭りの会場であるカリオン神殿前の広場に来ると、そこにはもの凄《すご》い数の人が集まっていた。

「娯楽が少ないからかしら？」

「賑《にぎ》やかなのは良い事だと主張します」

「それもそーね」

油断していると他の人にぶつかりそうになるけど、こういう賑やかなのもお祭りの醍醐味《だいごみ》だよね。

「ポチ、危ない～？」

「あわわ、なのです」

卵で足下が見えなかったのか、ポチが道の出っ張りに躓《つまず》いた。

ポチは自分の身を庇《かば》うより先に、お腹《なか》の卵を両手でカバーして顔面からスライディングする。

横にいたタマとリザが素早くポチの腰帯を掴《つか》んで事なきを得ていた。卵が大事なのは分かるけど、自分の身を一番に考えてほしいね。

「像」

ミーアが人混《ひとご》みの向こう、台の上に幾つもの少女像が飾られているのを見つけた。

出品した像が飾られているそうなので、自分達の作品を捜したのだが、なぜか神殿前の壇上にある。

空間魔法の「遠見《クレアボヤンス》」を使って俯瞰《ふかん》視点で確認すると、親方や兄弟もそこにいた。

「オレ達の像はあっちみたいだ」

オレはそう言って、他の少女像を眺めつつ親方達の方へと向かう。

「ここから先は進めないようですね」

「イエス・リザ。規制線が施されていると報告します」

カリオン神殿の前には羽の生えた猪《いのしし》みたいな石像が飾られており、その石像の台座に白い紐《ひも》が結ばれて規制線の代わりをしているようだ。

「ごめんなさい、ここから先は関係者だけなの」

神殿関係の人がそう言ってリザやナナに声を掛けた。

紐だけだと中に入る人がいるらしく、神殿の下働き達が声を掛けて規制線の内側に人を入れないようにしているらしい。

「進入要件を受諾。規制線の内側には入らないと宣言します」

ナナが頷《うなず》いて一歩引いた。

「若様ー！　こっちだ！」

親方が規制線の向こうからオレを呼んだ。

「その人と猫耳の嬢ちゃんは出品者だ。入れてやってくれ」

親方が神殿の下働きにそう告げて、オレを中に招き入れてくれた。

「いやー、若様の滞在先を聞き忘れていてまいったぜ」

「すみません。そういえば伝え忘れていましたね。何かトラブルでもありましたか？」

「いや、逆だ。若様と嬢ちゃんの作品が、最終候補の二〇選に入ったから呼ぼうと思っていたんだよ。うちの息子達も選ばれたんだぜ」

「それはおめでとうございます」

親方に案内されて兄弟の作品を見せてもらう。

「こっちが兄の作品だ」

「アグレッシブ～？」

「勇ましいですね」

剣と本を持った少女像だ。

本を盾のようにかざしているのが斬新《ざんしん》だね。

「それで、こっちが弟の方だ」

「わお～、ふぁんたすてぃっく～？」

「これは素晴らしいですね」

花と本を抱えて空を見上げる少女像なんだけど、見ているだけで切なくなってくるような情感をかき立てる不思議な魅力がある。

「この二〇作品から奉納する作品が選ばれるのですか？」

「いや、奉納自体は全《すべ》ての作品が対象だ。この二〇作品から五作品が受賞し、カリオン中央神殿に運ばれる。そこで最優秀作品が選ばれ、中央神殿の宝として未来永劫《みらいえいごう》に伝えられるんだ。木彫り職人にとって、これほど名誉な事はないぜ」

カリオン中央神殿がある「叡智の塔」都市国家カリスォークへは、陸路で運ぶには遠いから船か飛空艇で運ぶのだろう。

親方と話しているうちに選考が終わったのか、神殿の偉い人が出品者達の前に進み出た。

発表は優秀賞、最優秀賞、審査員特別賞の順で発表されるらしい。

最初の優秀賞は有名な工房の最優秀作品候補の人が選ばれ、二人目に――。

「優秀賞は髭熊《ひげくま》工房ラルス作『剣の乙女』！」

「やったー！」

親方の息子さんだ。確か兄の方だったと思う。

「おめでとう、兄さん。やっぱり兄さんは凄いや」

「まーな。お前のもいい感じだったぜ」

兄が鼻高々で喜んでいる。親方や弟さんも嬉《うれ》しそうだ。

「もう一つの優秀賞ですが、こちらも髭熊工房の作品です。ジェス作『祈りの乙女』です！」

「よくやったぞ、ジェス！　お前も優秀賞だ！」

戸惑う弟さんの肩を親方が満面の笑みでバンバン叩《たた》く。ちょっと痛そうだ。

続いて発表された最優秀賞はオレ達の知らない名前で、『無垢《むく》な乙女』というタイトルの裸婦像だった。局部はちゃんと隠れているけど、神殿に奉納する作品に裸婦像とは思い切ったものだ。

「残りは審査員特別賞です。本来なら一作品だけが選ばれるはずでしたが、どうしても審査員の意見が分かれ、二つの作品が審査員特別賞となりました」

神殿長がそう発表すると、出品者達がギラギラした目で彼が持つ紙を見つめる。

「審査員特別賞はタマ・キシュレシガルザ作、『美味と踊る少女』！」

「タマ、凄いのです！　おめでとうなのですよ！」

発表を聞いたポチが、遠くから大きな声でタマに祝福の言葉を届ける。

「おめでとう、タマ君」

「ありまと、ござます」

タマが緊張した顔で、神殿長から賞状を受け取った。

「もう一人の審査員特別賞はサトゥー・ペンドラゴン作『美少女は花吹雪とともに』です！」

おっと、オレのも入賞するとは思わなかった。

びっくりしながら、タマの横で神殿長から賞状を拝領する。

「入賞した六名の作品はロドルォーク王のご厚意で用意していただいた快速船で都市国家カリスォークのカリオン中央神殿で行われる本祭の場へと運ばれます」

神殿長によると、本祭に間に合わせる為《ため》に明日《あした》のお昼には船が出るそうだ。

作者は同行しなくても構わないそうだが、カリスォーク市には寄港予定だったし、ロドルォーク王が用意した快速船にも興味があるので、便乗させてもらうとしよう。

「マスター、私のヌイグルミがヌイグルミ部門で入賞したと報告します」

ナナがアシカ姉妹のヌイグルミを掲げながら報告してくれた。

「ご主人様、アリサの人形も特別賞が貰《もら》えたんですよ」

「えへへ～、まさかフィギュアが独創的って評価で入賞するとは思わなかったわ」

アリサがまんざらでもなさそうな顔でフィギュアを見せる。

バラの花を咥《くわ》えた半裸の少年を題材にしたフィギュアのようだが――。

「アリサ、ちょっと見せてくれないか？」

「ダ、ダメよ！　これは男の人には秘密なの。乙女の秘密ってヤツね」

「そうなのです！　乙女は秘密なのですよ！」

ポチの発言はともかく、アリサが隠そうとしたフィギュアを取り上げる。

「ああ！　わたしのご主人様エロフィギュア『耽美《たんび》な午後』がぁあああ！」

……やっぱり、モデルはオレだったか。

「これは没収だ」

フィギュアをストレージの「没収品」フォルダへと収納する。

「ご無体なぁあああ。許してつかーさい。ご慈悲をぉおおお」

「ゴムたい～」

「没しゅーとなのです！」

叫ぶアリサの周りでタマとポチが踊る。

お腹の卵が重心を乱すのか、ポチのステップが怪しい。

「さあ、お祝いをしに行こう」

入賞した皆《みんな》のお祝いを兼ねて訪れたロドルォークで一番のレストランで祝杯を挙げ、その翌日の昼にはロドルォーク王が用意したというガレー船で都市国家カリスォークへと出発した。

なお、ガレー船の独特の臭《にお》いは仲間達に絶不評で、消臭魔法を大盤振る舞いする事で事なきを得た。

うん、久々にリアルな異世界事情の洗礼を受けたよ。

こういうのも旅の醍醐味だけど、できれば回避したいものだ。

幕間：悪徳都市

「バザン！　見つけたぞ！」

麗しい赤髪を靡《なび》かせた黒ローブの美少女が、不毛の岩場を駆ける黒尽《ず》くめの男達を呼び止めた。

「貴様か、セレナ」

バザンは同行していた男達に先を急ぐように促し、自分はセレナと対峙《たいじ》する事を選んだ。

セレナは男達の一人が持つ布に包まれた楕円《だえん》形の物体に気付いたが、その機先を制するようにバザンが声を掛けた。

「わざわざ赤煙島に何用だ。賢者様が決めた貴様の担当地は、シェリファード法国であろう」

彼らが立つ場所は、大陸西方の内海に浮かぶ赤煙島と呼ばれる火山島だ。

その麓《ふもと》には悪徳都市シベと呼ばれる犯罪者達の楽園がある。

「良からぬ噂《うわさ》を耳にした」

「――噂？」

オウム返しに返事をしながら、バザンがじりじりと立ち位置を変える。

「貴様が『鍵《かぎ》』を見つけたと」

「くっくっく、そうか、弟子の誰《だれ》かが貴様に後始末を押しつけたか」

「やはり手に入れたのだな……」

笑うバザンの態度と言葉から、セレナは懸念が現実になった事を知った。

「我らが師、賢者ソリジェーロ様の御名《みな》において貴様を断罪する」

セレナが腰の魔剣を抜き、それを杖《つえ》のように眼前に構える。

彼女達はパリオン神国にその人ありと謳《うた》われた賢者ソリジェーロの弟子らしい。

「炎の魔剣ガンジェロか。お得意の符術はどうした？」

「休眠期とはいえ、赤竜のお膝元《ひざもと》で派手な魔法が使えるものか！」

セレナの魔力を受け、魔剣が赤い輝きを帯び、魔力の風を受けた彼女の髪が炎のように靡く。

「ふん、臆病《おくびょう》者め――■■■■■■」

「は、破壊魔法だと？　貴様、正気か！」

バザンの詠唱を止める為、セレナが魔剣を振って火弾を撃ち出した。

セレナの持つ魔剣には幾つもの火晶珠が仕込まれており、火杖《ひづえ》と同じ原理で火弾を撃ち出す事ができるようだ。

バザンに命中する寸前で火弾は砕け散った。

「ちっ――遅延術式を展開していたかっ」

「■■　禍《オミノウース》」

バザンの詠唱が終わり、発動句とともにセレナの眼前に破壊の渦が生まれる。

「■　重壁符《スタック・タイル》」

セレナが懐から出した幾枚もの符が重なって壁を作り出し、破壊魔法の威力を受け流す。

それでも完全には威力を殺しきれず、セレナが背後へと大きく吹き飛ばされた。

セレナは吹き飛ばされながらも、再び魔剣を振って火弾を撃ち出したが、それは先ほどと同じようにバザンに命中する直前に弾《はじ》け飛んだ。

「忌々しい。破壊魔法とはいえ、下級では貴様の符術を抜けぬか……」

「中級魔法を使うか？　今度は確実に赤竜を眠りから醒《さ》ます事になるぞ！」

「くっくっく、今さら何を言う。どうせ、じきに赤竜は目を醒ます」

バザンの言葉がセレナに確証を与えた。

「やはり、先ほどの布の包みは……」

「気付いていたなら、なぜ追わなかった？　今頃《いまごろ》、あれはシベに届いている」

「貴様！　何をしたのか分かっているのか？　赤竜の怒りに触れれば、都市核《シティ・コア》も持たぬ仮初めの都市など一瞬で灰燼《かいじん》に帰すのだぞ！」

「それがどうした？　悪党どもの巣窟《そうくつ》が一掃されたとて、悲しむ者などいはしまい。それどころか人々は赤竜を称賛して拍手喝采《かっさい》を浴びせるだろう」

「ちっ――」

舌打ちしたセレナが走り出そうとするが、その行く手を阻むように幾体もの魔物が現れた。

「召喚獣かっ」

「その通り、師父がくれた召喚球を使わせてもらった」

セレナの頬《ほお》を冷や汗が流れる。

魔物を始末するのに手間取れば、背後からバザンの破壊魔法を浴びる事になる。

それも致命的な威力を持つ中級以上の破壊魔法を、だ。

「――何？」

その魔物が球へと戻り、血まみれの黒尽くめが二人の中央に投げ込まれた。

バザンと行動を共にしていた内の一人だ。

「カムシム！」

セレナの顔に喜色が浮かぶ。

カムシムと呼ばれた青年は、氷のような美貌《びぼう》でバザンを睨《にら》み付ける。

「噂は本当だった！　手伝ってくれ！　二人でならバザンを止められる！」

セレナの言葉には答えず、カムシムは油断なく杖を構えたままバザンに問いを発した。

「バザン、賢者様の教えを忘れたたか」

「猿の教えなど、後生大事にしていられるものか」

「非情も犠牲も必要。だが、それは目的を効率的に達成する手段だ」

「ただの社会貢献だ。海賊や盗賊の巣が滅びるくらい大した事ではない」

「バザン、目的と手段を取り違えるな」

「――カムシム？」

二人の会話に腑《ふ》に落ちないものを感じたセレナが弟子仲間に声を掛ける。

「セレナ、前衛を頼む。その間に私は詠唱を行う」

「分かった！　私がバザンの詠唱を妨害する。カムシムはバザンを捕縛する氷魔法を頼む！」

魔剣に炎を纏《まと》わせたセレナがバザンに向かって駆けだす。

「──馬鹿《ばか》め。■　破《バッシュ》」

「■　壁符《タイル》」

バザンは二対一の不利を嗤《わら》い、最速で放てる破壊魔法でセレナに符術を使わせ、その足を鈍らせる。

「……■　詠唱が終わった。離れろ、セレナ」

「分かった！　■■■　滝雨符《フォール・スリップ》」

セレナは手持ちの呪符《じゅふ》を空に投げ、バザンの足止めをしつつ背後へと距離を取る。

「──くっ、馬鹿め」

詠唱の間に合わないバザンは、足を止めて外套《がいとう》に秘められていた魔法装置を起動し、防御障壁で身を守る。

「全《すべ》てよ、凍れ──」

急激に低下した気温がダイヤモンドダストを生み、カムシムの振る杖の軌跡が白い尾を描く。

「──氷結地獄《コキュートス》」

カムシムの杖から氷系最上級の攻撃魔法が放たれた。

氷結地獄の作り出す、極低温の奔流が大地を凍らせ空気をも結晶化させていく。

かつての仲間だったバザンの最期を看取《みと》ろうと、セレナが振り返る。

そこには余裕の顔で立つバザンの姿があった。

「どうして――」

その答えは横合いから浴びせられた氷結地獄の奔流が教えてくれた。

セレナの姿は雪崩の前の蝋燭《ろうそく》のように一瞬で呑《の》み込まれる。

「もう少し融通が利けば、若い身空で死ぬ事もなかっただろうに……」

「いや、セレナには聖女様から与えられた『安心冬眠《セーフティー・ハイバネーション》』がある。あれは眠りによって致死量の傷も修復するユニークスキルだ。あの程度では死なぬよ」

「掘り出して首を落とすか？」

「いや、今は時間が惜しい」

――GYZABBBSZZZZZZZZZZ。

カムシムの言葉が正しいと言うかのように、山頂の方から怒りに満ちた咆哮《ほうこう》が聞こえてきた。

「赤竜が起きたようだ」

「そのようだな。赤竜が卵を取り戻しに来る前に立ち去るぞ」

「是非もなし」

「こちらだ。向こうの入り江に魔導快速艇を隠してある」

それは悪徳都市シベとは全く違う方向だ。

「最初からあやつらは捨《す》て駒《ごま》だったのか？」

「金で雇った連中だ。赤竜の矛先を逸《そ》らす必要があった。――不服か？」

カムシムはそれに答えず、隠形《おんぎょう》スキルを使いつつ魔導快速艇のある入り江を目指して駆けだした。

バザンは肩を竦《すく》めた後、同じように隠形スキルを発動してその後を追う。


——GYZABBBBSZZZZZZZZZZZZ。

火口から姿を現した赤竜が天に向かって「竜の吐息《ドラゴン・ブレス》」を放つ。

燃え尽きているはずの火山灰が燃え、赤煙島の名の由来となった赤い煙が天へと立ち上る。

麓にある悪徳都市シベでは港に停泊する海賊船や漁船が一斉に出港準備を始め、都市で暮らす者達は押し合いへし合いしながら地下壕《ちかごう》へと逃げ込む。

地下壕に入れない低所得層は自暴自棄になり暴動に身を任せ、またある者は吹けば飛ぶようなあばら家で身を寄せ合って震えていた。

——GZRURURURU。

竜は鼻をひくつかせ、自分の臭いを持つ者が麓の集落に潜んでいる事を突き止めた。

怒りに満ちた瞳《ひとみ》を爛々《らんらん》と輝かせ、竜は大きく息を吸い込む。

息を止めた竜の顎《あぎと》の周囲に、蛍火のような赤い煌《きら》めきが舞い飛んだ。

——GYZABBBBSZZZZZZZZZ。

咆哮とともに放たれた「竜の吐息」が大地を穿《うが》ちながら堅牢《けんろう》な城壁に達する。

それは一瞬で消し飛び、都市の中を通って城をも数秒と経《た》たずに焼き尽くし、その先へと進む。

海賊船に乗り込んだ黒尽くめの男達は、必死で防御魔法を組み上げ、海賊船の防御障壁に重ねたが、それは死をほんの数瞬だけ遅らせたに過ぎなかった。

船はあっという間に燃え尽き、一瞬で蒸発した海の水が熱蒸気で海賊船や沿岸を吹き飛ばし、炎と衝撃波で全てを瓦礫《がれき》に変えていく。

それはまさに――。

「――破壊の権化ってやつか」

岩場に立つ禿頭の男、元怪盗ピピンが火口に座する赤竜を見上げて呟《つぶや》いた。

火口にいる竜は魔導快速船の去った空を見つめ翼を広げる。

どうやら、悪党達が考えるほど赤竜は愚かではなかったようだ。

「支店経営や交易の障害にならないか調査に来たってのに、その調査対象が消えちまうとはな」

悪徳都市シベの最期を眺めながら独りごちる。

「……うぅ」

足下の氷雪の向こうから声がした。

「上級の攻撃魔法を喰《く》らって生きているヤツがいるとは」

世界は広いぜ、と呟きながらピピンが短距離転移で移動する。

「なかなかのべっぴんさんだが、ちょっとふくよかさが足りないな」

ピピンは雪の中から助け出した美少女――セレナに手持ちの魔法薬を飲ませる。

死相の浮かんでいた顔に、僅《わず》かな赤みが戻った。

「とりあえず、温めるか」

ピピンはセレナを抱えて氷雪の外側へと連れて行く。

「また厄介事に首を突っ込んじまった」

セレナの濡《ぬ》れた服を脱がせ、魔法の鞄《マジック・バッグ》に入れてあった毛布で包む。

「クロ様に相談する為《ため》にも、支店開設班のリーダーと合流しないとな……」

その前に人命救助が先か、ピピンはそう呟くとセレナをその場に残して、炎を上げる悪徳都市シベへと向かった。

叡智《えいち》の塔

〝サトゥーです。王様といえば「城」なように、魔法使いといえば「塔」というイメージですが、なんの作品の影響を受けてそう思うようになったのかは覚えていません。塔って住みにくそうですよね。〟


「やっと、やっと陸地に着いた」

「陸だー！　大地があるぞぉおお！」

都市国家カリスォークに上陸した途端、木彫り職人の兄弟が喜びを噛《か》みしめている。

都市の中心には「叡智の塔」らしき巨大な塔が建ち、五階建てや六階建ての塔や建物が幾つもある。ここは魔法や学問だけじゃなく、建築技術にも優れているようだ。港にも変わった船や筏《いかだ》がたくさんあるしね。

「生き返る」

「はー、臭かった」

「普通の船ってあんなに揺れるんですね」

ミーア、アリサ、ルルの三人も深呼吸をしてリフレッシュする。

オレは仲間達の様子を確認しつつ、全マップ探査の魔法で都市国家カリスォークの情報をゲットした。とりあえず、ユニークスキル持ちや魔族や魔王信奉集団といった警戒すべき対象はいない。

「ははは、内海はまだマシらしいよ。外海は内海の何倍も揺れるそうだ」

同行していた木彫り職人の一人が爽《さわ》やかな笑顔で言って、迎えに来ていたカリオン中央神殿の神官に挨拶《あいさつ》する。オレ達も彼に続いて挨拶に向かった。

「ようこそ、カリスォークへ！　本祭に出品される皆様にはカリオン中央神殿の宿舎を開放しております。ご夫婦やご家族は同室にいたしますが、神聖なるカリオン様のお膝元《ひざもと》で生命の営みはご遠慮いただきますようお願いいたします」

オレを見ながら注意するのは止《や》めてください。

「ご主人様！　見てみて！　魔法の絨《じゅう》毯《たん》や魔法の壺《つぼ》が飛んでるわ！」

アリサが空を飛ぶ魔法使いを見てはしゃぐ。

アラビアンナイトごっこをした時に「魔法の絨毯」を用意しようなんて考えてたけど、実物が本当にあるとは思わなかった。どういう仕組みなのか気になる。

「箒《ほうき》に乗っている魔女はいないのかしら？」

「さて、そういった方は存じません。ですが、飛翔《ひしょう》木馬に乗る方はいらっしゃいますよ」

神官の答えを聞いたアリサが残念そうだ。

「――悪徳都市シベが滅んだ？」

不意に聞き耳スキルが不穏な会話を拾ってきた。

悪徳都市シベといえば故買品や禁止品の売買が行われる海賊や悪党達の巣窟《そうくつ》といわれる都市の事

だ。

「なんでも赤竜様の怒りを買って、港の海賊ごと竜の炎で焼かれたらしいぜ」

「せいせいするぜ。どうせ欲をかいたシベの悪党が、宝を求めて赤竜様の住処《すみか》に忍び込んだんだろうさ」

オレの脳裏に黒竜へイロンや天竜の姿が過《よぎ》る。

うん、都市の一つくらい簡単に滅びそうだ。

「休眠期の赤竜様を起こしたのか？　そりゃ、滅んで当然だ」

「くわばらくわばら、対岸の火事で終わる事を祈るぜ」

遠方の災害を話すような口調だ。

目覚めた赤竜が無関係な街で暴れるとは思っていないらしい。

「どうかなさいましたか？」

「いえ、なんでもありません」

自業自得な悪党が破滅するのはどうでもいい。

でも、巻き添えになった一般人には哀悼の祈りを捧《ささ》げたいと思う。

「それでは神殿に参りましょう」

迎えの馬車に乗り込んで中央神殿へと向かう。

オレ達以外の木彫り職人達は、自分の作品と一緒に行くと言ってきかず、オレ達とは別便の貨物馬車で来るそうだ。

港は商人や港湾関係者や漁師が多かったが、そこを離れると一気にローブ姿の学者や魔法使いの割合が増える。

さすがに魔法スキルを持つ者は都市全体の三割にも満たないが、他《ほか》の国に比べたら圧倒的に多い。

「神殿が見えて参りました」

「あの大きな塔の正面にあるのね」

「はい、カリオン様は『叡智』を司《つかさど》ると言われておりますから、塔主のご厚意で『叡智の塔』の正面に建立許可をいただけました」

神官の話だと、あの大きな塔が「叡智の塔」らしい。

塔主というのが他の国でいう国王のような立場であり、長老と呼ばれる者達が他国の貴族と同じような地位にあるのだと神官が教えてくれた。

「氷？」

「イエス・ミーア。氷の神殿が神秘的だと告げます」

実際は氷ではなく水晶を建材にして土魔法や錬金術で補強した建物のようだ。

正面の壁に描かれたカリオン神の聖印だけが朱色の水晶が嵌《は》め込まれていて、少しおしゃれな感じだ。

「きらきら～？」

「トーメイなのです！」

「氷で造られた建物なんて凄《すご》いですね」

「まあ、氷の宇宙船で銀河を渡った人もいるし、氷の神殿もあるんじゃない？」

アリサがスペースオペラに出てくる民主主義国家を樹立した偉人のエピソードを挙げながら言う。彼女自身は冗談で言っているようだが、他の子達が本気にしてそうな感じだったので、水晶で造られているのだと教えておいた。

「冬場は雪が積もりますから、もっと神秘的に見えますよ」

神官が教えてくれる。

それは一度見てみたい。その頃《ころ》にまた訪れよう。

「神官ばっかりかと思ったけど、ローブを着た人も多いわね」

アリサが言うように、神殿の通路を歩く信徒は学者や魔法使いが多いようだ。

「神殿の奥にある図書館が目的の方もおられるようです」

「神殿に図書館があるの？　一般にも開放しているのかしら？」

「いいえ、神殿図書館には貴重な神学関係の書物や貴重な歴史書が収蔵されておりますので、一般には開放しておりません」

関係者オンリーか。神学関係はどうでもいいけど、歴史書にはちょっと興味がある。

細い通路を抜け、広々とした礼拝堂に入る。

「何か浮いているのです！」

「本？」

「朱色の光に包まれていると補足します」

仲間達が言うように、礼拝堂の祭壇の上に朱色の結界に包まれた黄金色の本が浮かんでいる。見ているうちにも朱色の結界を構成する幾何学模様が変化していて、結界を解析するのを困難にしているようだ。

ＡＲ表示によると中央の本は「叡智の書」カリセフェルという名前の神器らしい。

本の装丁には朱色の「知泉石」という見知らぬ宝石が嵌まっており、本の表面も金箔《きんぱく》ではなくオリハルコン製だ。

空中に浮かぶ本をもっとよく見ようと礼拝堂に向かうオレ達に、横合いから声を掛けた者がいた。

「神官テムト、お客様ですか？」

オレ達を案内してくれている神官さんを呼んだのは、女教師ファッションが似合いそうな、きつめの顔立ちの巫女《みこ》さんだ。

「はい、彼らは本祭に出展する像を作った職人です」

「そうですか。職人達にカリオン様の祝福がありますように」

神官が答えると巫女さんは一言祝福を口にして去っていった。

「今の方は巫女長マイヤー様です。このカリオン中央神殿で、もっとも正確にカリオン様の声を聞き取る事ができる『神託の巫女』なのです」

そんな説明を聞きながら、「叡智の書」や背後の壁に描かれた神話画を眺める。

ポチに読んであげた神々の絵本と同じような内容が描かれ、途中からフルー帝国の歴史に変わり都市国家カリスォークの建国へと話が続いているそうだ。

「ぴんく～？」

「どちらかというと朱色ではありませんか？」

タマやリザが注目したのは、神話画の間に置かれた朱色の岩塩で作られた像だ。タマにはあの像がピンク色に見えたらしい。

人物像だけでなく、獣や魔物の像もあるようだ。

「台座に何か書いてあるわね」

「『生物から不死生物《アンデッド》への変遷と不可逆性の否定について』なんて論文のタイトルっぽいのが書いてあるよ」

「朱塩像には寄贈した学者達の議題や研究テーマが書かれているのですよ」

興味を持って順番に見てみると、「原始魔法から現代魔術への変遷と相違」「レベルやスキルは創世時には存在しなかったのか？」「現代魔術と魔神の関連について」なんていう興味深いものが幾つもあった。

ただ、台座の狭い面積では論文の全《すべ》ては書ききれないようで、ほんの触りだけしか書かれていない。

「これの続きはあるのですか？」

「神殿図書館に収蔵されております。『叡智の塔』にある大図書館にも収蔵されているはずですが、それ以外となると論文をお書きになった方のご自宅にしかないかと」

神官に尋ねてみたが、神殿図書館への入室許可は司教以上でないと発行できないそうだ。

オレ達は神殿で少し多めに喜捨した後、神官に案内されて宿舎へと案内された。多めに喜捨をしたお陰か、広くて設備の整った部屋が割り当てられた。

本祭は二日後との事なので、とりあえず観光しつつ「叡智《えいち》の塔」を訪問してみようかな？

◆

「下から見上げるとさらにでっかいわねぇ」

「でっかいど〜」

「ホッカイドーなのです！」

ポチが北海道なんて知っているわけないから、アリサが教えたキャッチフレーズに違いない。

「さすがにスカイツリーほどじゃないけど、東京タワーよりは高いのかしら？」

「東京タワーよりは少し低いね。エッフェル塔より少し高いくらいかな？」

アリサにAR表示される情報を教えてあげる。

高さはそれくらいだが、目の前の「叡智の塔」は電波塔より太めなので、より大きく見える。

少なくとも、エルフ達の構造物以外でこのサイズの建物は見た事がない。

この「叡智の塔」周辺は公園のように整備されており、誰《だれ》でも散策したり休憩したりできるようだ。

「ローブの者が多いですね」

「はい、皆さん何か難しい議論をされています」

熱く議論をする人もいれば、地面に何やら図形や数式を書いて学生達に教えている老人もいる。

「ここ、違う」

「そうか！　この魔法陣が間違っていたのか！」

「凄いな、嬢ちゃん。俺達が三ヶ月も頭を悩ませていた問題を一瞬で解くなんて！」

興奮した声に振り返ると、地面に魔法陣を描《か》いて議論する学生達の中にミーアがちょこんと交ざっていた。

「君はどこの私塾で教わっているんだい？」

「もしかしたら、学士様かもしれないぞ」

「違う」

「ミーアは学士でも私塾の生徒でもないと補足します」

ミーアの後ろから声を掛けたナナが、ミーアの脇《わき》に手を入れて持ち上げ、そのまま戻ってきた。

「子供扱い」

「迷子になってはいけないと告げます」

顔の前でバッテンをするミーアだったが、ナナは素知らぬ顔だ。

後ろからの「留学生かな？」「塔の客員教授だったりして」「教わりたい」なんて会話を背に、オレ達は塔の入り口へと向かった。

「ご主人様、門番です」

塔から五〇メートルほどのところに、水堀や塀や重厚な門があり、開かれた門の左右には重装備の門番が立っていた。どちらもレベル三〇台の精鋭だ。

「こんにちはー」

「こんにちは異国のお嬢さん。『叡智の塔』に何かご用かな？」

門番の言葉の前半は挨拶《あいさつ》したアリサに、後半はオレに対する問いかけだ。

「大図書館の蔵書を拝見したいのですが、何か許可などは必要なのでしょうか？」

クボォーク王国のキメラにされた人達を元に戻す手がかりを調べるのが主目的だが、それ以外にも塔に登って眺望を楽しみたい。

「それは無理だな。長老達の許可があるか、有力な私塾の学生でもなければ入室許可は下りんよ。それにこの塔は他の国でいう王城と同じ場所だ。許可なく通す事はできん」

王城と同じか。それなら――。

「では、これを上役の方にお渡しください。シガ王国の宰相閣下からの書状です」

「シガ王国？　いたずらにしては手が込んでいるな。分かった。間違いなく渡そう」

門番は訝《いぶか》しげだったが、この様子ならちゃんと届けてくれそうだ。

オレはカリオン中央神殿に滞在している旨を伝えて、その場を去る。

「ご主人様、書状なんてどうしたの？」

「観光副大臣に任命された時に、主要な国宛《あ》ての親書を預かったんだよ」

もちろん、全部の国ではない。大陸西方だと中央神殿のある国々やシガ王国と国交がある国だけだ。この間まで滞在していたロドルォーク王国への親書はなかった。

◆

「本屋がけっこうあるのはいいわね」

市内の観光をしていて感じたのは、他の都市に比べて本屋や貸本屋が多い事だ。

「絵本がいっぱいなのです」

「いえすう～」

ポチとタマが大切そうに、買ったばかりの絵本を抱いている。

「ずいぶん買ったね」

いつもは一、二冊に厳選するのに、今日は五、六冊もある。

「アリサが絵本の読み聞かせは、タイキョーにいいって言っていたのです」

「――なるほど？」

卵に胎教の効果があるのかは不明だが、野菜に音楽を聞かせる栽培方法もあるみたいだし、否定する事もないか。絵本は何冊あってもいいしね。

「むぅ、魔法書」

ミーアがぷくっと頬《ほお》を膨らませる。

「塔の偉い人と会えたら許可が貰《もら》えないか聞いてみよう」

この国でも魔法書を買うには許可が必要だった。

「マスター、帰還したと報告します」

「ご主人様、あの塔は一般人でも登る事ができるそうです」

「ありがとう、リザ、ナナ」

一足先に確認に行ってくれたリザとナナにお礼を言う。

この都市には幾つかの塔があったのを思い出したので、他《ほか》の塔なら見物できないかと思って来てみたのだ。

入り口で料金を払って登る。

ポチが階段で何度も躓《つまず》くので、途中から手を繋《つな》いだ。階段を上る時くらい卵帯を外すように言った方が良かったかもしれない。

この都市の人達も高いところが好きなのか、それなりに高い料金なのに見物客が多い。

「やっぱ、いい景色ね～」

「おういえ～」

手すりが高いので、アリサやタマが手すりによじ登って風景を楽しんでいる。

ポチもタマと一緒に手すりに飛びつこうとしたが、途中で卵を心配して止《や》めていた。

「――――ポチ」

「リザ、ありがとなのです」

そんなポチをリザが抱え上げて、風景を見せてやっている。リザはいいお姉さんだ。

「ぽこぽこ〜？」

「ポチは知っているのです！　あれは戦争の跡なのです！」

「ここも戦争があったのでしょうか？」

「大丈夫、半年以上も前の事だよ」

　不安そうなルルに答えたのは、ローブ姿の学者さんだった。

「このカリスォーク市は魔法使いやゴーレムが多いし、偉大なる塔主様だっている。北の野蛮人が港を求めて攻めてきたって、簡単に追い返せる。守りは万全だ」

「その通り！　野蛮人の火砲だって、外壁を焦がす事さえできない。できるのは都市の外にある畑や果樹園を荒らす事くらいさ」

「馬鹿者《ばかもの》！　外で暮らす者達には死活問題だ！　軽く言うのではない！」

「す、すみません、先生っ」

　おちゃらけた学生の軽口を学者さんが叱《しか》る。

「大抵は『源泉の主』たる小塔の魔女や魔法使いが野蛮人どもを撃退してくれるのだが、こたびは彼らの領域を縫うようにして、ここまで攻めてきたのだ。野蛮人どもも学習するらしい」

　学者さんの話だと、力のある魔女や魔法使いが「精霊溜《だ》まり」や「魔物溜まり」と呼ばれる小さな源泉に塔を建て、外敵を防いでいるらしい。

　シガ王国のクハノウ伯爵領に隣接する「幻想の森」の老魔女みたいな感じかな？

　興味深い話を聞かせてくれた学者さんにお礼を言う。

オレ達は眺望を楽しんだ後、塔を降りて色々な場所を見て回る事にした。

「水飴《みずあめ》」

「美味美味～」

水飴売りの男から買った麦芽水飴を皆《みんな》で舐《な》める。

カリスォークではこういった桶《おけ》や箱を担いだ売り子が多い。

「この国は甘味が多いですね」

「イエス・ルル。さっき食べたガレットも美味《おい》しかったと告げます」

「やっぱり、頭を使うと糖分が欲しくなるものなのかしら？」

「そうだね。プログラムの仕事をしていた頃《ころ》は、よくチョコや飴なんかで糖分補給していたよ」

アリサの問いに首肯する。

油断するとメタボ体形待ったなしなので、食べ過ぎに注意だ。

――ん？　この香りは。

「どうしたの、ご主人様？」

「くんくん、これはコ、ー、シ、ーの匂《にお》いなのです」

「正解だ」

喫茶店みたいな店があったので入ってみる。

日本の喫茶店とは少し違うが、軽食を取りつつお茶を楽しむお店で間違いないようだ。

軽食もあるようなので、お昼も兼ねて入ってみた。

メニューには色々な銘柄がある。モカ、ブルマン、キリマンジャロ、どれもサガ帝国で有名なコーヒーの産地だ。

「このメリカを一つ、それとお薦めの軽食を頼む」

見知らぬ銘柄があったので、それを頼む。

他の子達はコーヒーは苦いモノというイメージがあるのか、青紅茶か香草茶とランチセットを選んでいた。

「栗鼠尾芋《りすおいも》の蜜《みつ》掛けも人数分お願い。プニプニっていうのも気になるから追加して」

アリサがメニューにあった謎《なぞ》スイーツにチャレンジした。

「はい、栗鼠尾芋の蜜掛けです。プニプニはちょっと時間が掛かるから待っててね」

ウェイトレスが大皿を置いて去っていく。

「見た目は大学芋っぽいわね」

サイコロ状にカットしてあったので、皆で試食する。

「ちょっとパサついているけど、サツマイモっぽい感じね」

「甘みは掛けてある蜜のものですね。芋本体に甘みはないみたいです」

アリサの感想に続いて、ルルが分析結果を口にする。さすがは料理人だ。

軽食や飲み物に少し遅れて「プニプニ」が届いた。

「寒天かしら？　おおっ、もちもちしてる。わらび餅《もち》よりも弾力があるわね」

アリサが勧めてくれたのでオレも一つ貰った。

──タピオカっぽい食感だ。

店員さんに聞いてみたら、プニプニは栗鼠尾芋のデンプンから作られるそうだ。

見せてもらった栗鼠尾芋はキャッサバとは全然違う外見だったけど、これがあればタピオカもどきを作れそうだ。カリスォーク市を離れる前に栗鼠尾芋をたくさん買っておこう。

「異世界でもタピオカブームが起きたりしてね」

それも楽しそうだ。

栗鼠尾芋がシガ王国でも栽培できるようなら、エチゴヤ商会の喫茶店の看板メニューになりそうだね。

◆

「凄《すご》い数だね。ロドルォーク王国以外の人形もたくさんだ」

カリオン中央神殿に戻ったオレ達は、彫像が運び込まれたホールに顔を出してみた。全部で一〇〇体以上はある。木彫りだけじゃなく、石像や石膏《せっこう》像も多い。リビングドールのように稼働するモノもあるようだ。

一緒に来た職人兄弟に差し入れを持ってきたのだが、二人とも真剣な顔で他国から運ばれた出品作に見入っていて、それどころではない雰囲気だ。

「タマやご主人様の作品も遜色《そんしょく》ないわね」

「もちろんです、アリサ。ほら、タマの像の前で踊る職人さんもいますよ」

リザに促されて視線を向けると、何人かの職人や神官がゆさゆさと身体《からだ》を揺すっていた。

あんなのを見ていると、タマの像に何かの魔法効果でもありそうな気がしてくるね。

「なんという見事な造形だ」

「はい、先生。そのまま動き出しそうです」

どこかの国の師弟が見つめているのはオレが彫った像だ。

そんな風に感心されると、ちょっと照れちゃうね。


その翌日、オレ達はカリオン中央神殿で教えてもらった服飾や錬金術のお店が並ぶ商店街に出かけた。

「服屋の間に錬金術店って不思議な並びよね」

「薬屋」

「調合用の素材を売っているお店もありましたよ」

売り子から買った棒状の飴を舐めつつ、ウィンドウショッピングに勤《いそ》しむ。

「にゅ？」

タマの耳がぴくりと動き、キョロキョロと周囲を見回す。

「どうかしたのかい？」

タマにそう問いかけたオレの耳に怒声が飛び込んできた。

「なんだと？　金を持っていないだと？」

「肯定。何度問われても答えは同じ。意味のない問いは控えるべき」

がたいのいい水飴売りの男とルルくらいの歳《とし》の美少女が揉《も》めている。

「無銭飲食かしら？」

「アリサ、あの子、どこかで見た事ない？」

「そう言われて見ればなんとなく見覚えがあるわ。髪が真っ白だけど、後ろ姿がルルに似ているからかしら？」

ルルとアリサが言うように、件《くだん》の美少女は確かに見覚えがある。

「人形？」

「イエス・ミーア。人形のように整った顔だと告げます」

「違う」

ミーアがふるふると首を横に振る。

「サトゥーの」

「オレの？」

首を傾《かし》げつつ美少女を見て、ミーアの言いたい事が分かった。

あの子はオレが彫った木像にそっくりだ。

美少女の正体が気になったので見つめてみると、その傍らに情報がＡＲ表示される。

「げっ」

それを見て思わず絶句した。

なぜならば――。


――UNKNOWN。


美少女の全《すべ》ての情報がUNKNOWN、つまり正体不明と表示されていたからだ。

これと同じ現象は、「狗頭《くとう》の魔王」戦で現れた謎幼女と「魔神の落とし子」でしか見た事がない。

そういえば「狗頭の魔王」はあの謎幼女を「パリオン」と呼んでいたが、謎幼女側はそれを肯定も否定もしていなかったし、パリオン神国で聞いた声と印象が違うので、オレには謎幼女の正体がパリオン神とは思えない。

「居直ってるんじゃねぇよ！　食い逃げならぶちのめして官憲に突き出してやる！」

飴売りが短慮を起こしたので、瞬間移動さながらの速度で割り込んでその拳《こぶし》を受け止めた。

こんな正体不明すぎる相手に攻撃をして、彼が蛙《かえる》にされたり絵に閉じ込められたりしたらかわいそうだからね。

「邪魔をするんじゃねぇ！」

「私の連れがご迷惑をおかけしました。これは代金と迷惑料です。どうかお収めください」

オレが差し出した銀貨を受け取ると飴売りは憤懣《ふんまん》やるかたないといった顔のまま肩を怒らせて去

っていった。

「邪魔はいけない。無礼者には罰を与えるべき」

「罰を与える必要はありません。あなたが飴の対価を払わなかったから彼は怒ったのですよ」

「対価は与えた。我が感謝の言葉は千金に勝る」

美少女は大真面目《おおまじめ》だ。

「私はサトゥーと申します。あなたのお名前をお伺いしてもよろしいですか？」

しばらくオレを見つめた後、美少女は一つ頷《うなず》いてその正体を口にした。


「カリオン」


自己申告を信じるならば、美少女の正体はカリオン神らしい。

「それって神様の名前じゃない」

「肯定。我は神。頭が高い、お前達は我を崇《あが》めるべき」

カリオン神がそう言った瞬間、その場にいたオレ以外の全ての者が膝《ひざ》を突き頭《こうべ》を垂れた。

軽くログを見てみたが、彼女が精神魔法やそれに類する力を使った形跡はない。

「お前は何？」

せめて誰《だれ》と聞いてほしいね。

「どうして頭を垂れない？　答えを提示するべき」

「どうしてと言われても。私はあなたの信徒じゃないからでしょうか？」

それを言ったら少なくとも仲間達も同じなのだが、オレにも分からないので詐術スキル頼りにそう答えた。

「興味深い。同行する栄誉を与える」

「はあ」

いきなりすぎて思わず気のない返事をしてしまった。

「お前はもっと感激するべき」

とりあえず――。

「この子達に頭を上げさせてもらえませんか？」

そこからだよね。

◆

「どこか行きたい場所はありますか？」

「任せる。お前は我の期待に応《こた》えるべき」

仲間達に万が一があったら困るので、カリオン神の案内をしているのはオレ一人だけだ。アリサは最後まで反対していたけど、カリオン神の言葉に絶対服従してしまう状況は危険だと言って説得した。

今はカリスォーク市の外に出て、黄金装備に着替えて待機している頃《ころ》だろう。

カリオン神と一緒だと悪目立ちしそうなので、オレは神官が着ていてもおかしくないような外套《がいとう》を羽織り、フードを目深に被《かぶ》っている。

「カリオン様はどうして人界にいらしたのですか？」

「良き依《よ》り代《しろ》が奉納された」

なるほど、依り代が手に入ったから興味本位で人界まで観光に来たのか。迷惑な事をするヤツがいたものだ——いや、そういえばオレが作った彫像とそっくりの外見だったっけ。

「もしかして、依り代というのは中央神殿にあった世界樹製の像ですか？」

「肯定。素晴らしいフィット感」

やっぱりか。犯人はオレだったらしい。

「彫像を奉納した者は加護を与えられてしかるべき」

とりあえず、加護はいりません。

「お前に彫像を奉納した者を捜し出す事を命ずる」

「そうですね。神殿に戻ったら尋ねてみましょう」

できれば遠慮したい。

「不思議」

カリオン神が足を止めてオレを見上げている。

「何がでしょう？」

「神に従わない。思考が見えない。興味が尽きない。謎《なぞ》は解明されるべき」

無表情のまま鼻息荒く言うのは止《や》めてください。

オレがすぐに命令に従わなかったせいで興味を持たれてしまったようだ。

――というかカリオン神はオレ以外の考えている事が読めるらしい。

「塔はよろしいのですか？」

「不要。既に見物した。お前は別の場所を提示するべき」

話を逸《そ》らそうと話題を振ってみたが、カリオン神は既に見物済みだったらしい。

「塔ではさぞかし大騒ぎになったでしょう？」

「否定」

「そうなのですか？」

「肯定。騒ぎは望まなかった」

「それで騒ぎにならなかったのですか？」

「肯定。人の子は我の意を汲《く》むべき」

なるほど、さすがは神様といった感じだね。

「今まで人界に来られなかったのは、依り代がなかったからですか？」

「否定」

「では、なぜ？」

「コスト。巫女《みこ》が壊れるし、神力の消費が大きすぎる。浪費は慎むべき」

そういえば神聖魔法に神様をその身に降ろす魔法が存在するって聞いた事がある。

「そんなに消費が大きいのですか？」

カリオン神が足を止めてオレを見つめる。

「お前は質問が多い。詮索《せんさく》はほどほどにするべき」

これ以上は不興を買いそうだったので、質問を止めてカリオン神の案内人に徹しよう。

「できれば、お前ではなく、サトゥーと呼んでいただけると幸いです」

「あれは何？」

カリオン神はオレの言葉をスルーして、遠くの何かを指さした。

「風車です。風を粉挽《こなひ》きの動力に使っているようですね」

「あっちは」

「食堂ですね。人々が食事をする場所です。今は営業時間外のようですね」

「そう。あれは？」

見るもの全てが珍しいと言わんばかりに、カリオン神がオレを質問攻めにする。

『ご主人様、そっちの様子はどう？』

『楽しそうに観光しているよ』

『肯定。人界は情報量が微少。思考速度が遅くもどかしい。だが、その非効率な世界を体験するのは楽しいと感じる』

アリサに現状を報告したら、カリオン神が普通に割り込んできた。

『そ、それは良かったわね。楽しい事はいい事よ』

『肯定。肉体のもたらす快楽は不思議。されど興味深い』

どうやら、神界では神様に肉体がないようだ。

「何か美味《おい》しいモノを食べに行きましょうか」

「肯定。味覚には興味がある。お前は美味を提示するべき」

「では、あれはどうでしょう？」

通りを歩く売り子を見つけたのでそちらに向かう。

「あれは何？」

「べっこう飴《あめ》売りです」

「食べる」

とてとてと歩き出したので、先回りしてべっこう飴を買い求めてカリオン神に与える。

「甘い。水飴のねっとりした食感と違って硬い。あれは？」

「ガレットですね。チーズ入りと甘いのと二種類あります」

「両方、食べる」

カリオン神は食べている途中のべっこう飴をオレに押しつけてガレット屋台に向かう。

二種類のガレットも一口二口試食した後、オレに押しつけてきた。

どうやら、色々食べたいらしい。

「あれは何？」

「大道芸です」

カリオン神が広場の一角に、ゴーレム回しの大道芸を見つけて駆け寄る。

彼は膝丈《ひざたけ》くらいの小さなゴーレムを、猿回しの猿代わりにしているようだ。

「おっちゃん、宙返り！　宙返りやって！」

「それはもう少しお代が集まってからだ」

「えー、宙返りー」

先に見物していた子供達がゴーレムの宙返りをせがんでいる。

「お代」

カリオン神も興味があるのか、オレの袖《そで》をくいくいと引っ張ってお代を入れるようにせがむ。その視線はコミカルな動きをするゴーレムに釘《くぎ》づけだ。

「これでよろしいですか？」

「おおっ、銀貨とは！　若様、お大尽だね！」

上機嫌になった芸人がその場で立ち上がって一礼し、ゴーレムを操って――自分がその場で宙返りした。

いや、あんたが宙返りするんかい！　とエセ大阪弁でツッコミを入れそうになった。

カリオン神は子供達と一緒に嬉《うれ》しそうにしている。

「ゴーレムは宙返りしないのですか？」

「重すぎて無理なんだよ」

「軽い材質のゴーレムにするとか？　木とか紙の」

「木はともかく紙は無理だろ」

「否定。紙のゴーレムは可能。自己の未熟と術の限界を混同するのは止めるべき」

カリオン神はそう言って、オレの方に手を差し出した。

なんとなく意図が分かったので、格納鞄経由《ガレージ・バッグ》でストレージから厚紙を取り出して手渡す。

「こう」

カリオン神が朱色の光を帯びる。

――朱色？

朱色の光が流れ込んだ厚紙が、勝手に折れてヒトガタの人形になり、最後に自立するゴーレムとして動き出した。

どうやらカリオン神のパーソナルカラーは朱色らしい。

聖剣やパリオン神の放つ聖光が青いから、神様の放つ光は青色が基本だと思い込んでいた。この分だと緑や黄色の聖光なんかもありそうだ。

「宙返り」

カリオン神が指示するとゴーレムが宙返りする。

「すげー！　姉ちゃん、すげー！」

「天才ゴーレム使いだ！」

称賛されたカリオン神がまんざらでもない顔で胸を張る。

感極まった子供達が抱き着いてきても、カリオン神は手を上げる事もなく言霊で操る事もない。

「これを下賜する。これからも神に感謝と敬虔《けいけん》な祈りを捧《ささ》げるべき」

カリオン神はゴーレムを厚紙に戻し、その上に文字を浮かび上がらせて呪文書《じゅもんしょ》を作り上げ、それをゴーレム回しの芸人に与えた。

横からサクッと魔法で撮影させてもらったが、紙ゴーレムを作る為《ため》の魔法らしい。

さすがは「叡智《えいち》」を司《つかさど》る神様だ。


その後も屋台を巡り、吟遊詩人や大道芸を見物しつつ、市内を巡った。

パリオン神国で知ったジョッペンテール工房が通り道にあったので、ちょっと寄ってみたのだが、工房主のジョッペンテール氏は留守で会えなかった。

「これはなぜ変形する？　人族の思考は興味が尽きない。制作意図を明示するべき」

「ごめんなさい、主人がいれば説明できるのだけど」

「理解。お前に説明責任はない。この傘はどう変形する」

「これはですね――」

カリオン神は変形する氏の作品に大興奮で、店番をしていた氏の奥方が相手をしてくれている。

その間にアリサに連絡を取って、中間報告をしておいた。今のところ、カリオン神は言霊――力ある言葉で人を従わせてしまう以外は無害だし、見ている限りでは従わせるのも悪意なく行っている感じだ。

オレにだけ通じない理由は不明だが、精神魔法対策用の装飾品を身につけたら少し頭が軽くなったような感じがしたので、仲間達にはこういったアイテムを身につけさせれば安全かもしれない。

「そろそろ、戻りましょうか？」

ジョッペンテール工房の全作品を遊び尽くしたカリオン神に声を掛ける。

もちろん、試すだけ試してさよなら、だと相手をしてくれていた奥方に悪いので、オレが興味を惹《ひ》かれた品やお土産に良さそうな品を大人買いして、宿舎に配達してくれるように依頼した。

「まだ神界には戻らない。分《わ》け御霊《みたま》の体験を送受信するのは神力コストが大きい」

このカリオン神は本体ではなく、分け御霊——コピー体の一つらしい。

「神界ではなく、神殿に戻りましょう。そろそろ日が暮れますし、日が落ちると治安が悪くなりますから」

「治安？　竜や魔王以外に、神を害せる者がいるとは思えない。お前は脅威を明示するべき」

なるほど、竜や魔王は神様を害する事ができるのか。

「酔っ払いが増えますし、カリオン様を不快にさせる者が出るかもしれません」

「理解。進んで不快と接する趣味はない。提案を受諾。お前は神殿に案内するべき」

カリオン神が納得してくれたので、彼女を連れてカリオン中央神殿へと戻った。

◆

「騒々しい。神殿は静粛であるべき」

カリオン神を連れて戻った神殿では、何やら騒動が起こっていた。

「何があったんでしょうね？」

オレは落ち着きなく右往左往している神官の一人を掴《つか》まえて話を聞いた。

「た、大変なんだ！　巫女様達が一斉に倒れた」

「この騒ぎはそのせいですか？」

「ああ、そうだ。巫女長が倒れる時に、すがるようにカリオン様の御名を呼んだそうだ。これは魔王再来の預言でもなかった事。魔王以上の災いが起こる前兆に違いない」

「おい！　真偽も分からぬうちから、神殿の外の人間に何を言っている！」

口の軽い神官が、真面目《まじめ》そうな神官に叱《しか》られた。

「君、今聞いた話は誰《だれ》にも話すな。真偽も分からぬうちに吹聴《ふいちょう》すれば神罰が下るぞ」

「否定、神罰は軽々に下せぬ。膨大な神力コストが必要」

「なんだ君は」

――あなた達の信仰する神です。

「カリ――」

「それより、今の話ですが」

先に聞きたい事があったので、カリオン神が名乗る前に割り込んだ。

「巫女《みこ》達が倒れたのはカリオン中央神殿だけですか？　他《ほか》の神殿の巫女達は？」

後ろでカリオン神が「不敬。お前は謝罪するべき」と言って騒いでいるが、軽くスルーして真面目神官の言葉を待つ。

「他の神殿の巫女は何も言っていない。我がカリオン中央神殿だけだ」

――謎《なぞ》は全《すべ》て解けた。

「原因はあなたのようです」

オレはカリオン神を振り返って言った。

「肯定。理論的に考えて、その結論は正鵠《せいこく》を射ていると判断する」

「君が原因とはどういう事だ！　君が巫女達に何かをしたのか！」

勘違いした真面目神官がカリオン神に掴みかかろうとした。

「無礼者。頭が高い、汝《なんじ》らの神の前と知るべき」

カリオン神がそう口にした瞬間、神殿の礼拝堂に集まっていた人々が一斉に口を閉じ、その場で頭《こうべ》を垂れて平伏した。昼間の再現を見るようだ。

「では、私はこれで――」

「役目ご苦労。明日《あした》は日の出に迎えに来るべき」

後は神殿の人間に任せて上手《うま》く逃げようとしたのだが、明日も市内観光の案内役を仰せつかってしまった。

まあ、それほど大変じゃないし、色々と神界の知識も得られるから別にいい。

オレは礼拝堂を出た所で神官服から着替えて、彫像が保管されている場所へと移動した。

本当にオレが作った彫像がカリオン神の依り代《よしろ》になったのか確認する為だ。

「若様！　大変だ！」

「あんたの像が盗まれた！」

木彫り職人の兄弟がオレの顔を見るなりそう叫んだ。

それを聞いた別の男が異論を唱える。

「違うって言っているだろ！　像が突然朱色の光を帯びて人に変わったんだ！」

目撃者までいた。やはり、オレの彫像が依り代になったので間違いないらしい。

「まだそんな事を言っているのか！」

「本当だ！　本当なんだよ！」

「信じます」

「おい、若様。そいつに合わせなくても」

「さっき、彫像とそっくりな少女と会ったんですよ」

「ほ、本当なのか？」

一緒に市内観光までしました。

「神話に出てくるお伽噺《とぎばなし》みたいだね、兄さん」

「あ、ああ」

呆然《ぼうぜん》とする兄弟だったが、すぐに自分達もいつかそんな像を彫りたいと発奮して、丸太を調達しに駆けだしていった。

どうやら、職人魂に火を付けてしまったようだ。

オレは自室に戻りながら、空間魔法の「遠話《テレフォン》」でアリサに声を掛ける。

『アリサ、カリオン神は神殿に帰した。もう、戻ってきても大丈夫だよ』

『分かった。装備は？』

『装備は解除していいよ。精神魔法対策用の装飾品だけは身につけておいてくれ』

『おっけー！』

一緒に観光した限り、カリオン神が仲間達に害を与える心配は杞憂《きゆう》で済みそうだし、言霊対策だけすれば十分だろう。

「ただいまー！」

「おかえり」

仲間達と合流し、カリオン神の様子を話しながら食堂に向かう。

「食事はないのか？」

「もうちょっと待って！　料理人達が全員、本殿の方に招集されちゃったのよ。スープとパンだけは用意してあるから、それでも食べて待っててよ」

どうやら、料理人達はカリオン神の供応の為に全員集合しているようだ。

「ルル」

「はい、ご主人様」

「ご主人様、私も微力ながらお手伝いいたします」

オレが声を掛けると、ルルとリザがオレの意を汲《く》んで即答してくれた。

「手伝います。今日のメニューを教えていただけますか？」

「助かる！　この野菜と魚で作れる料理ならなんでもいいわ。私達は芋の皮むきや簡単な茹《ゆ》で芋しか作れないのよ」

丸投げされたので、大人数向きの料理を手分けして作っていく。

「タマも手伝う～？」

「ポチだってお手伝いするのですよ！」

ポチ、タマ、ミーアの三人も皮むきに参加し、ナナも煮物のあく取りで活躍してくれる。

「るーるーるー」

アリサだけは戦力外通告を受け、一人寂しそうに椅子《いす》の上で三角座りしてすねていた。

まあ、向き不向きはあるからね。

アリサには試食を頑張ってもらうとしよう。

「ご主人様、このお芋はどうしましょう？」

「そうだね——」

ここでもキャッサバ似の栗鼠尾芋《りすおいも》が大量にあったので、フライドポテトにしてみたり、カリオン神との食べ歩きで美味《おい》しかった料理を再現したり、パリオン神国で覚えた料理を栗鼠尾芋でアレンジしたりして提供した。

「今日の料理は美味《うま》いな」

「料理長が替わったんじゃないか？」

「毎日この料理でもいいぜ」

どうやら好評のようだ。

オレは安心して量産を始めたのだが――。

「カ、カリオン様、お待ちを。ここは下々の者が使う食堂でございまして」

「否定。ここから美味の気配――いた」

カリオン神と目が合った。

次の瞬間、カリオン神がコマ落としのように目の前に瞬間移動してきた。

「お前はすぐに美味を提供するべき」

「他の方と同じ品しかありませんがそれでよろしいですか？」

「肯定。疾《と》く料理を」

「承知いたしました」

格納鞄経由でストレージから取り出したちょっと良い皿に料理を盛り付ける。

いつの間にやら、神官達が食堂の一角を豪華な特別席に変えていたので、そこに運ぶ。

「どうぞ――」

「美味」

オレの言葉を待たず、カリオン神がスプーンを口に運ぶ。

「お前を神の料理人に指名する」

カリオン神の言葉と同時にログが流れた。

>称号「神調理師」を得た。
>称号「カリオンの料理人」を得た。

いやいや、そんな料理漫画にありそうな称号は不要です。

よく見たら「神調理師」の前に、「神彫像師」とか「神の御姿を刻みし者」とか彫刻関係の称号がいつの間にやら増えていた。

うん、見なかった事にしよう。

「遠慮します」

断った途端、周りの神官や司祭が「無礼」とか「罰当たり」とか色々と騒ぎ出したが、カリオン神が視線一つで全て黙らせた。

「なぜ？　お前は理由を提示すべき」

「私には畏《おそ》れ多いですし。私はカリオン神の信徒ではありませんから」

「驚愕《きょうがく》」

カリオン神が目を見開いて驚いた。

そして、すぐに何かに気付いたように悔しそうな顔になる。

「パリオンの香りがする。他にも――」

途中で口を閉じ、「浮気者?」と呟《つぶや》いて首を傾《かし》げた。

視界の隅でミーアやアリサが重々しく頷《うなず》いているが、オレはずっとアーゼさん一筋だ。

「冷める前にどうぞ」

カリオン神を促して話を逸《そ》らす。

「美味。蜜《みつ》のテカリが食欲を誘い、鳥肉の旨《うま》みを包み込んでいる。正餐《せいさん》に加えるべき美味」

カリオン神がグルメ番組のレポーターみたいな発言をしながら料理を食す。

昼間にあれだけ食べ歩きをしたのに、その食欲は衰えを知らないかのようだ。神様の胃袋は無限なのかもしれない。

「美味。次の皿を」

「料理人、カリオン様の所望です。早く次の料理を!」

きつめの顔をしたマイヤーという名の巫女長さんが、次の料理をせかす。

「お出しできる料理は全てお出ししました」

「否定。未知の美味の香りがする。お前は次の料理を提示するべき」

特等席から瞬間移動で厨房《ちゅうぼう》に来たカリオン神が告げる。

――未知の美味？

首を傾げつつ厨房を見回すと、ハンバーグの皿を持つポチとリスォーク大海老《おおえび》のトマト煮の深皿を持つタマ、それからリスォーク茸《きのこ》のステーキの皿を持つミーアがいた。

そういえば賄いに色々と作ったっけ。

「ポチのハンバーグ先生を少しあげるのです！　とってもとっても美味しいのですよ！」

ポチが皿を差し出すと、カリオン神は立ったままハンバーグを試食する。

それを見ていたマイヤー巫女《みこ》長が卒倒しそうな顔で、「カリオン様に椅子とテーブルを！」と叫んでいた。

「驚愕！　柔らかい！　溢《あふ》れる肉の旨みにほのかに混ざるタマネギの甘みが肉汁と絡み合って未知の美味を作り出している。これは肉料理の革命！」

カリオン神に絶賛されてポチが嬉《うれ》しそうに笑う。

その笑顔が、ハンバーグの急激な減少を見て焦りに変わる。

「タマの大海老も食べる〜？」

ポチの様子に気付いたタマが、自分の深皿を差し出した。

「硬い」

海老の殻にナイフが阻まれたらしい。

「わ、私が殻をお取りします」

「不要。殻は去るべき」

マイヤー巫女長の申し出を拒否したカリオン神が、ナイフの背で海老の殻をコンコンと叩《たた》くと、殻が勝手に身から離れて転がる。

「あんびりーばぼ～？」

タマが目を見開いて驚いた。

「美味。赤い汁の味が海老に深みを与え、僅《わず》かな酸味が後味を良くしている」

むき身になった海老を口に運び、カリオン神が満面の笑みになる。

「食べる？」

「む、エルフがどうしてここに？　世界樹の管理をしているはず」

「彼女は見聞を広げる為《ため》に旅をしているのです。世界樹の管理をするハイエルフ様の許可はいただいています」

茸料理の皿を掲げたミーアを見て、カリオン神が訝《いぶか》しげな顔になったので、萎縮《いしゅく》したミーアに代わって弁解した。

「理解。管理責任者の許可を得ているならば是非もなし。美味の提供は受ける」

カリオン神がミーアを手招きし、茸料理を一切れ取り分けて口に運ぶ。

「美味。シンプルながら、バターと塩と胡椒《こしょう》が茸の旨みを十二分に引き出している。料理人は称賛されるべき」

>称号「カリオンの認めし者」を得た。

いや、そんな事で認められても。

ポチ、タマ、ミーアの三人が料理を提供した事でハードルが下がったのか、ナナやアリサも自分の料理を味見させて交流していた。

他《ほか》にも料理を作れとカリオン神とマイヤー巫女長に依頼されたので、神殿図書館の閲覧許可と引き換えに食材持ち出しで対応した。

「美味、美味～？」

「これはとってもとっても美味しいのですよ！」

「同意。さっきとは違う美味」

なぜか、タマとポチがカリオン神と一緒に食事している。

カリオン神が許可していたので、マイヤー巫女長や神官は何も言えないようだ。

「ウナドンにはこの粉を掛けると美味しいと告げます」

「痺《しび》れる」

「掛け過ぎです。少し取りますね」

ナナに言われるままにドバドバ山椒《さんしょう》を掛けたカリオン神がしかめっ面になったので、次の料理を運んでいたルルが余分な山椒を小皿に取り分けた。出遅れたマイヤー巫女長が、凄《すご》く残念そうな顔をしている。

「羊のすじ肉で作った煮物です。歯ごたえが素晴らしいので、ご賞味ください」

「硬い。この身体《からだ》の顎《あご》はそれほど強くないと知るべき」

お気に入りの料理を否定されたリザが少し寂しそうだ。

後で、一緒に食べてやろう。

「なんだか、警戒したのがバカみたいね」

フライパンを振るオレの横で、アリサがぼやいた。

「その方がいいじゃないか」

誰《だれ》かが大怪我《おおけが》をした後に後悔したくないからね。

精神魔法対策用の装飾品のお陰か、食事中に何度かカリオン神の言霊が飛び出ていたが、うちの子達はほとんど影響を受けていなかった。

効果が確認できた事だし、できればもう少し性能アップした装飾品が欲しいところだ。

「そうよね。先入観でちょっと目が曇っていたかもしれないわ」

そういえばアリサは夢枕《ゆめまくら》で「自分以外の神や『神の使徒』に会ったら気を付けろ」「自分の力を受け継いだ者を見つけたら絶対に攻撃してくるから、自分以外の神や『神の使徒』に出会ったら全力で逃げるか全力で抗《あらが》え」なんて言われていたんだったっけ。

でも、実際のところ、カリオン神はアリサを見ても特に気にした様子はなかった。

金髪のカツラで、転生者の証《あかし》である「紫色の髪」を隠しているけど、他人の思考が読めるカリオン神が、そんなちゃちなモノで誤魔化せるとは思えない。

もっと言えば、パリオン神からお礼の言葉を受けた時にもアリサは傍《そば》にいた。

二つの事例を鑑《かんが》みると、アリサの夢枕に立った存在こそ疑うべき相手かもしれない。

「――カリオン様！」

マイヤー巫女長の叫びに振り返ると、カリオン神がテーブルに突っ伏していた。

何か身体に合わない食材でも使っちゃったのかな？

「心配無用。この身体を聖域に運べ」

カリオン神が掠《かす》れた声でマイヤー巫女長に命じる。

「最適化の為に自転周期三回ほど眠る。お前達の敬虔《けいけん》な祈りが最適化を促進すると知るべ、き」

眠気を我慢するように声を絞り出したカリオン神が、最後まで言い切って眠りに落ちた。

とりあえず、三日は寝ているようだし、その間にこの国でやろうと思っていた用事を済ませよう。

◆

「けっこう盛況だな」

「そうだね、兄さん」

今日は色々とあったので、仲間達を寝かしつけた後、ちょっとした気晴らしに夜の酒場に来ていた。一人で飲みに行くのもアレなので、寝付けずにいた木彫り職人の兄弟も誘ってある。

軽く耳を澄ましてみると、酒場の話題は様々でカリオン神の降臨話はない。まだ、市井にまでは広がっていないようだ。

「よう、ジョッペ。無限に酒が出る酒樽《さかだる》を作ってくれよ」

「できるか、馬鹿《ばか》野郎！　寝言は寝てから言いやがれ！」

席に着くなり、隣席とその向こうの席の酔客が喧嘩《けんか》を始めた。

「がははは、変形しか能のない男に無理を言ってやるな」

「まったくだ。無意味な変形機構しか作れない無能に有意義な魔法道具《マジック・アイテム》が作れるはずもない」

「こんな変形男がいたんじゃ、『叡智《えいち》の塔』を擁するカリスォークが変態の巣窟《そうくつ》と勘違いされかねないぜ」

——変形？

「もしかして、ジョッペンテール博士ですか⁉」

向こうの席の酔客に無言で飛びかかろうとした人物の手を取って尋ねる。

戸惑う彼の横に、ジョッペンテールという名前がＡＲ表示された。

「そ、そうだが、お前は誰だ？」

「シガ王国で観光副大臣を務めるサトゥー・ペンドラゴン子爵と申します」

「余所《よそ》の国の貴族様が俺になんの用だ？」

「パリオン神国で出会ったあなたの作品に感銘を受け、ぜひご本人にお会いしてお話を伺えたらと馳《は》せ参じた次第です」

ジョッペンテール氏はオレの言葉に半信半疑の様子だ。

「おいおい、貴族様。こんな変形する『だけ』の玩具《がんぐ》しか作れないようなカス魔法道具師よりも、俺の方が凄い魔法道具が作れるぜ」

「そうそう。こいつは魔法道具協会の面汚しだぜ。今日だって、愚にも付かない変形の研究に金を出せって協会にせびりに行って、けんもほろろな対応を受けてたくらいだ」

どうやら、ジョッペンテール氏の悪口を言っていた男達も魔法道具師らしい。

「あんな分からず屋の協会なんざ、こっちから願い下げだ」

ジョッペンテール氏が売り言葉に買い言葉とばかりに叫ぶ。

「でしたら、私が出資いたしましょう」

「あんたが?」

訝しげに問うジョッペンテール氏に「はい」と答える。

「魔法道具の研究に必要な額を知っているのか? 金貨の一〇枚や二〇枚じゃ足りないんだぜ?」

「私も魔法道具の研究をしているので相場は存じております。必要な額を仰《おっしゃ》っていただければ、ご用意いたしましょう」

パリオン神国で手に入れた彼の「変形」魔法道具を分解した事があるが、オレが知らない機構や見た事もない魔物の素材の使い方をしていて学ぶところが非常に多い。

金貨一〇〇〇枚や二〇〇〇枚くらいなら、二つ返事で出資する価値がある。

「なら、金貨三〇〇枚だ。それだけ用意できたら、シガ王国に行ってやる!」

おっと、シガ王国まで来てくれるのか。それなら「回転狂」のジャハド博士と会わせて、どんな化学反応があるのか見てみたいね。

「では、手付けの金貨三〇〇枚です。詳しいお話は明日《あした》、工房の方へ伺ってからという事で」

オレがそう言って金貨の詰まった袋をテーブルに置くと、ジョッペンテール氏だけでなく、彼に絡んでいた魔法道具師達まで顎が床に落ちんばかりに口を開いて驚いていた。

いやいや、魔法道具師なら、これくらい見慣れているだろうに。

「今日はいい日だ！　俺の芸術品を分かってくれるヤツがいるのがこんなに嬉しいとは思わなかったぜ！　河岸を変えよう。いい酒場があるんだ」

ジョッペンテール氏に腕を引かれて席を立ち、木彫り職人の兄弟を置き去りにしていた事を思い出したが、彼らは既に別のテーブルで他の国の木彫り職人達と熱い彫刻話で盛り上がっていた。

「お姉さん、これであのテーブルの払いをお願いします。余りそうなら、酒場の皆さんに酒を出してあげてください」

「お兄さん、太っ腹だね！」

金貨数枚を給仕の女の子に渡し、チップとして大銀貨を渡す。

酒場に誘っておいて放置してしまった兄弟への、ちょっとした詫《わ》びになればいいんだけど。


「よう、ジョッペ。協会の方はダメだったか？」

「いきなりダメだとか決めつけるな」

「でもダメだったんだろう？」

ジョッペンテール氏に案内された酒場に入るなり、彼と同年代の男達が気安い感じで迎えた。

ＡＲ表示によると彼らも魔法道具師や錬金術師のようで、「分解博士」や「爆発博士」といった不名誉っぽい称号を獲得している。

「協会はダメだったが、出資はちゃんと受けられたぞ」

ジョッペンテール氏がそう言ってオレを博士達に紹介してくれた。

「シガ王国の貴族様がジョッペをスカウトするとはなぁ」

「まったく不遇博士の会も一人減っちまうぜ」

ぼやく博士達に話を聞くと、彼らも一つのジャンルを攻めすぎていて、商品化どころか理解者すらろくにいない状況らしい。

研究内容を聞いたところでは、どの博士も興味深い研究をしており、特に「爆発博士」は実験に莫大《ばくだい》な魔力が必要である事と制御不能という点を除けば、軍事国家から招聘《しょうへい》されてもいいくらい先進的な研究をしていた。

もっとも、台所で核兵器の研究をしているような状況なので、なかなか理論の実証ができずにいるようだ。

前にシガ王国の禁書庫で入手した核爆発っぽい禁呪《きんじゅ》と酷似した理論を使っており、彼の研究が進めば、禁呪と同性能の兵器ができそうで怖い。できれば、進捗《しんちょく》が見える場所で研究していてほしい。

「よろしかったら、皆さんもシガ王国にいらっしゃいませんか？」

そう声を掛けたら、五人の博士達は全員、シガ王国への移籍を承諾してくれた。

エチゴヤ商会に頼んで彼らの受け入れ先を用意して、他に被害が出ない実験場所を確保しよう。

その日は明け方まで博士達やその助手達と飲み明かし、その宴会の途中で、キメラ対策のアイデアを聞く事ができた。

「水に混ぜたジュースを分離できないなら、ジュースの味がしなくなるまで水を混ぜたらどうだ？」

「キメラの因子を削り、人の因子を注入するという事か？」

「うむ。昔、塔主様の書庫にあった古代ララキエ王朝時代の書物で見た事がある」

「それは興味深いですね」

ララキエ王朝時代の書物なら当てがある。

久々にラクエン島へ行ってみるとしよう。カリオン神が目覚めるまで三日間もあるしね。

◆

「ご主人様、『叡智の塔』の受付に手紙を渡してきたわよ」

「マスター、カリスォークで一番の宿に部屋を取ったと報告します」

明け方まで呑《の》んで、アリサとミーアから深酒を叱《しか》られた後、アリサとナナにちょっとしたお使いを頼んだ。ペンドラゴン子爵の公的な逗留《とうりゅう》場所を宿に変更する事が目的だ。

「受付にいたお偉いさんの話だと『塔主様は緊急案件にかかりきりになるから、当分の間は面談できない』って」

「大図書館に入れないのは残念だけど、面談せずに済むのは不幸中の幸いだね」

神様の降臨は歴史的な事件らしいし、それにオレが関《かか》わっていたのが広まったら面倒な事になりそうなので、神殿にいるオレと「叡智の塔」に現れたシガ王国のサトゥー・ペンドラゴン子爵は別人という風にしようと思う。

幸いな事に、この国に来てからサトゥーと名乗ったのは、塔の門番とカリオン神と博士達くらいなので、まだ誤魔化せると思う。

大図書館の方は、エチゴヤ商会のカリスォーク支店を作った時にでもクロとして閲覧許可を貰《もら》えばいいだろう。

「それじゃ、この国にいる間はできるだけオレの事をサトゥーと呼ばないようにしてくれ」

「ん、分かった」

仲間達の内でオレの名前を呼ぶのはミーアだけだしね。

「それじゃ、神殿図書館に行こうか」

オレはそう言って、仲間達と一緒に昨日入館許可を貰ったばかりの神殿図書館へと向かった。

念のため、昨日と同様のファッションで顔バレしにくいように配慮している。


「本がいっぱいなのです」

「おう、ぐれいと～?」

神殿図書館にはたくさんの書架が並び、二階や三階にも大量の蔵書があるようだ。

オレ達は礼拝堂の朱塩像の台座に書かれていた研究テーマの続きを探しに来た。

「子供用の絵本はこちらですよ」

「はいなのです」

「みるる〜」

司書さんが声を掛けてくれたので、ポチ、タマ、ナナの三人は絵本コーナーへと移動した。

「宗教系の本って苦手だわ」

「神殿料理の本ですって！　全八巻もあるわ」

どうやら、ルルは興味を惹《ひ》かれる本を見つけたらしい。

「あった」

「ご主人様、ミーアが朱塩像関連の研究書を見つけたようです」

ミーアとリザが呼ぶ方に行くと、紐綴《ひもと》じの本が棚三つ分を埋めている。

「ここから探すのは大変そうね」

「そうでもないよ」

オレは誰《だれ》も見ていないのを幸いに、魔法的なサイコキネシスである「理力の手《マジック・ハンド》」を伸ばして本棚ごと本をストレージに回収し、ＯＣＲ機能で文字列にした文章を検索して読みたい書物を見つけた。

「なんて力業」

「でも、便利だろ？」

「それは否定しないわ」

アリサは肩を竦《すく》めた後、書物を手に取る。

「う~ん、サガ帝国語で書かれたのはなんとか読めるけど、内海共通語やフルー帝国語で書かれてあるのは単語くらいしか分からないわね」

「ん、難解」

そういえば翻訳指輪は会話オンリーだっけ。

「なら、後で翻訳してあげるから、読み上げたタイトルで気になるのがあったら言ってくれ」

オレはそう言ってタイトルを読み上げていく。

アリサ達からリクエストのあった本やオレ自身が興味を持った何冊かを「録画《ピクチャー・レコーダー》」の魔法で撮影し、ささっと読んだ概要を二人に伝える。

「うーん、学術的根拠《エビデンス》の裏付けのないのが多かったわね」

「肩すかし」

二人が求めていた新呪文のヒントになるような学説がなかったのが不満だったらしい。

オレとしては論文「原始魔法から現代魔術への変遷と相違」で、現代の魔法が神々から与えられたモノで、それ以前は今の魔法とは全く異なる「原始魔法」があったという事が知れただけでも十分な収穫だ。

もっとも、その現代魔法が論文「現代魔術と魔神の関連について」では七柱の神々ではなく魔神がもたらしたモノではないかと訴えていたのはちょっと強引だと思う。証拠として幾つかの遺跡の碑文を挙げていたのだが、後の調査で神代よりも遥《はる》かに新しい時代に作られたモノだと分かったからだ。

同じ著者の論文「レベルやスキルは創世時には存在しなかったのか?」でも、この世界に存在するレベルやスキルといった不思議な能力が、創世時には存在しておらず、後世に神々によって作られたのではないかと書かれており、それをもたらしたのが魔神ではないかと書かれてあった。その根拠は、創世記の後に現れた神が魔神だけだったからという事らしい。

「――おっ。この本はどうだ？　『天罰における神々の魔法』っていうのがあるぞ」

「興味」

「えー、また眉唾《まゆつば》な宗教話じゃないの?」

「いや、天罰は本当にあったみたいだよ」

単語は少し違うけど、カリオン神が「神罰」には「膨大な神力コストが必要」と言っていたし、セリビーラの迷宮下層で暮らす転生者のムクロもそんな話をしていた。

「どんな効果なの?」

「この辺りにあった古代帝国で天変地異や気候変動を行ったとあるね」

「古代帝国っていうとフルー帝国?」

「この記述を見る限り、フルー帝国とは別の帝国みたいだ」

前にムクロから聞いた話と符合するし、彼が築いた帝国に違いない。

「他《ほか》にも禁忌を犯した小さな都市国家で、都市が丸ごと人も建物も全部『塩の柱』に変えられたっていう事案もあるね」

こっちは土砂の下から塩になった都市が発掘されたらしい。

今では近隣諸国の塩田代わりにされているというコメントが世知辛いけどさ。

「揺り篭《クレイドル》の崩壊を見た時も思ったけど、どんな化学変化をすればそうなるのか謎《なぞ》ね」

そういえば「トラザユーヤの揺《ゆ》り篭《かご》」も最後は塩の塊に変化して崩壊したっけ。

「カガク？」

首を傾《かし》げるミーアに、アリサが化学とは何かを教える。

「アリサ、ミーア、この研究書の別冊が『叡智《えいち》の塔』の禁書庫にあるそうだぞ。そっちには天罰を現代魔法で再現しようとした研究の事が書かれているらしい」

「へー、物騒だけど、ちょっと興味があるわね」

「ん」

そう簡単に閲覧許可は出ないだろうけど、可能性はゼロじゃない。

他にも気になった本を読み漁《あさ》り、お昼時になったので神殿図書館での調査は終了した。

なお、絵本コーナーでは文字が読めないポチ達に代わって、司書さんが読み聞かせをしてくれていたらしい。後で、お礼に美味《おい》しいお菓子を贈ろう。

「——使徒様。こちらにおられましたか」

神殿図書館を出た所で、真面目《まじめ》神官と出会った。

「神官殿、私は使徒などという大それた存在ではありません。単なる木彫り職人や料理人と思っていただければ」

「いいえ、使徒様はカリオン様が受肉した依《よ》り代《しろ》を創造し、神の従者として行動されていたと聞き及びました。あなたにはぜひカリオン中央神殿の聖者として――」

「それよりも、私に何かご用があって捜しておられたのでは？」

　話が面倒な方向に進みそうだったので、無作法を承知で相手の言葉を遮る。

「そうでした。私の上司である大司教様から、使徒様に何かご要望がないかお伺いするようにと仰せつかって参上いたしました」

　――要望か。神殿図書館の閲覧許可はもう貰ったし、特にないな。

「それなら、『叡智の塔』にある大図書館や禁書庫の閲覧許可は貰えないかしら？　調べるように言われている事があるんだけど、神殿図書館には必要な本がなかったのよ」

「なんと！　そのような使命をお持ちだったのですね！　すぐに大司教様にお伝えして閲覧許可を取り付けて参ります」

　アリサが勘違いを誘発する言い方をしたせいか、真面目神官が大急ぎで大司教の下へと駆けていった。

　カリオン中央神殿には教皇や枢機卿《すうききよう》はおらず、大司教が最高位の聖職者となるらしい。カリオン中央神殿の大司教は神殿長の役職も兼任するので、神殿長とも呼ばれるようだ。

　廊下で待っているのもなんなので、昨日の食堂で昼食を取りつつ待つ事にした。

「うわっ、椅子《いす》とテーブルが聖遺物になってるわ」

「イエス・アリサ。使用済みの食器も飾ってあると告げます」

カリオン神が食事に使ったテーブルの周囲にはロープが張られて立ち入り禁止になっており、その周囲では神殿関係者が厳かな表情でお祈りしている。

「お偉いさんはいないわね。神様が最初に食事していた方の食堂にいるのかしら？」

「いや、聖域で眠るカリオン神の周りで祈祷《きとう》を捧《ささ》げているみたいだ」

オレはマップ検索で分かった情報をアリサに教える。

混雑する食堂で昼食を取るか、外に食べに出かけるか迷っていると、息せき切った真面目神官が戻ってきた。この場所を教えていなかったのに、大したものだ。

「使徒様、お待たせして申し訳ありません。大図書館の閲覧許可はすぐにいただけましたが、禁書庫は私のような平神官では許可を得られませんでした。これから大司教様にお願いして塔主様に掛け合っていただきます」

「神官殿と大司教様に感謝を」

昨晩の神官達の仕草を思い出しつつ神官に礼を言う。

高級神官用の食堂で昼食を食べ終わる頃《ころ》に、真面目神官が禁書庫の閲覧許可が得られたと教えてくれたので、さっそくお邪魔する事にした。

残念ながら全員で行くのは無理だったので、アリサとミーアの二人だけを連れ、他の子達は食材探索という名目の食べ歩きに行くように指示しておいた。

「本当に神官服でよろしかったのですか？」

「はい、司祭様や司教様の服だと書物を探すのに不向きですから」

今回はカリオン神の使徒というていで「叡智の塔」を訪問するので、オレは神官服、アリサとミーアは見習い巫女《みこ》の服装に着替えている。オレとアリサは面が割れているので、フードを目深に被《かぶ》っている。

真面目神官に先導されて「叡智の塔」の門をくぐる。

巨塔の基礎部分にある建物に入ると、エントランスホールや通路のそこかしこで学者や学徒達が意見を交わし合っている光景があった。

『フルー帝国時代の書物によると、火杖《ひづえ》に組み込む魔法陣は――』

『現代の魔力砲と魔導王国ララギにある魔砲は魔力供給量の他に重要な違いが――』

『禁忌とされる死霊術を用いれば、人的資源を消費せずに魔物の領域を切り開く事ができると私は主張したい！』

『砂漠地帯での水石《みずいし》による効率的な産水を行うには、触媒として半馬半魚《ケルピー》の鬣《たてがみ》を――』

学問の園の割りに、軍事に使える技術の議論が多い。

たぶん、魔物の脅威に晒《さら》されているから、都市の防衛力を強化する為《ため》の軍事技術は、現代と違った意味で身近なのだろう。

「見て」

「ここにも朱塩像があるのね」

神殿にあったのと同じような朱塩像が、そこかしこに設置されている。

「はい、元々はカリオン様の試練に用いられる為の神具でしたが、今では長老会や賢人会で次代に残すべきと判断された論文の序文が台座に刻まれているそうです」

「よくご存じですね」

「私は聖職者になる前は、ロブソン導師の下で学者をしておりましたので」

若い頃は「叡智の塔」に勤めていた事もあったそうだ。

「これから使徒様には禁書庫に入る前に塔主様にお会いになっていただきます」

「塔主と面会ですか？」

「はい、実際に使徒様とお会いになってから禁書庫への入室許可を出すとの事でして」

そうなるとは半ば予想していたので「承知いたしました」と大人の答えをしておいた。

「エレベーター」

塔の一階には古風なエレベーターが何基もあった。

「よくご存じですね。塔の歴史書ではエルフ達の『えれべーた』を模倣して造られたとあります。塔では昇降機と呼ばれております」

「エルフというとボルエナンの森の？」

「いいえ、ブライナン氏族のエルフと伝わっております。十数年に一度、エルフのセベルケーア様が整備状況を確認にいらしてくださっているのですよ」

おっと懐かしい名前だ。

迷宮都市セリビーラで探索者ギルド長の相談役をしているセベルケーアさんの名前がこんな場所

で聞けるとは思わなかった。彼女はブライナンの森が故郷だったはずだし、同一人物で間違いないだろう。

ドライアドの転移を利用しているんだろうけど、なかなかフットワークが軽いね。

「このベルを鳴らすと扉が開くのですよ」

真面目神官がガランガランとアナログなドアベルを鳴らすと、昇降機の扉が開いた。魔法装置が感知しているのではなく、普通にエレベーター嬢が乗っていた。いや、男性だからエレベーター・ボーイかな？

「この昇降機は上層階専用です。許可証はお持ちですか？」

「はい、こちらに」

「と、塔主様の招待状⁉」

真面目神官の差し出したカードを見て、エレベーター係が驚きの声を上げてオレ達を昇降機の中に招き入れてくれた。

お年を召した乗客が多いのか、昇降機の中には腰掛けるのに丁度いいベンチが用意してある。

「上昇します。初めての方は手すりにお掴《つか》まりください」

エレベーター係がチンチンとベルを鳴らしてから昇降機を上昇させた。

昇降機の操作はここで行うらしく、エレベーター係が複雑な魔法装置に魔力を注ぎながら上昇速度を制御しているのを眺めていると――。

「外」

「ご主人様、こっち見てみて」

振り返ると、ガラス張りになった丸窓から外の景色が見えた。

塔の傍《そば》を飛翔《ひしょう》木馬で通りかかった魔女が、アリサやミーアに手を振って去っていく。

「なかなか絶景ですね」

「ええ、素晴らしいです」

もちろん、眺望の話だ。

けっして魔女の胸元が豊かだったからでもスカートが翻っていたからでもない。

だから、ミーアとアリサは「ぎるてぃ」と言って左右から迫るのは止《や》めてくれるかな？

そんな事をしている間にも昇降機は上昇を終え、塔主のいる階層へと辿《たど》り着いた。

三階分くらいの吹き抜けのホールがあり、ホールには高レベルの魔法使い達や魔法剣士達が何人も控えている。

仲間達くらいの手練《てだ》れはいないが、レベル四〇級の者達はちらほら見かける。

塔主補佐官という青年に案内されて螺旋《らせん》階段の上にある塔主の執務室へと案内された。

「塔主様、カリオン神の使徒をお連れしました」

執務室には人の好《よ》さそうな白い髭《ひげ》のお爺《じい》さんとタイトスカートがよく似合う秘書系の巨乳美女がいた。

普通なら老人の方が塔主だろうが、ＡＲ表示がその間違いを教えてくれる。

「初めまして、塔主様」

オレが美女に挨拶《あいさつ》すると、楽しそうに哄笑《こうしょう》した。

まあ、ただ者じゃない眼光をしているから、ＡＲ表示がなくても普通の秘書じゃないのは一目瞭然《いちもくりょうぜん》だったけどさ。

「さすがだな。最高ランクの認識阻害アイテムで隠蔽したのを、一目で見抜くとは思わなかったぞ」

美女が大股《おおまた》で移動して、老人を立たせて豪華な椅子に腰掛ける。組んだ足が実に色っぽい。ぜひともストッキングをプレゼントしたい脚線美だ。

「ようこそ、使徒殿。あたしが塔主のラーマ・カリスォーク。こっちの白髭は筆頭弟子のカリュー。見た目が賢者っぽいから対外仕事は、だいたいこいつにやらせている。何かあったら、こいつに泣きついてくれ」

若いラーマ女史が老齢のカリュー氏を弟子と言うのに違和感を覚えるが、実年齢を知るとそれほど不思議でもない。彼女の見た目は二〇代半ばだが、ＡＲ表示される彼女の年齢は三〇〇歳を超えているからだ。

ちなみに、ラーマ女史やカリュー氏はパリオン神国のソリジェーロと同様に、賢者という称号を持っている。ラーマ女史はレベル五七で術理魔法と風魔法を使う。カリュー氏はレベル四九で使うのは術理魔法と雷魔法だ。どちらもなかなかの術者だと言えるだろう。

「禁書庫を閲覧したい理由を聞いてもいいかな？」

問いと同時にラーマ女史の方から殺気が飛んできた。

オレはなんともないし、神様対策で精神魔法対策用の装飾品を装備したままのアリサとミーアも平気そうだ。

「人助けの為です」

「なるほど――三人とも見た目通りの歳《とし》じゃないわけか」

オレが殺気を気にせず平然と答えると、ラーマ女史はそう言って頷《うなず》いた。

「ご明察です」

オレ達の年齢が見た目通りじゃないのは事実なので特に異論はない。

ドサッという音に振り返ると真面目《まじめ》神官が失神しており、音に気付いた使用人がやってきて彼を介抱してくれる。

視線を戻すとカリュー氏も顔色が悪い。ラーマ女史には敬老精神が足りないね。

「分かった。閲覧許可を出そう。だが、ここで知った情報を外で言いふらすのは禁じる。本来なら契約魔法で縛るのがルールだが、神の使徒を縛る事ができると思うほどうぬぼれちゃいない。あんたらの神に誓えるなら、それを信じよう」

「誓う」

「わたしも誓うわ」

オレの神って誰《だれ》だろう？

無宗教だから、特に信奉する神様はいないんだよね。

「あんたは？　カリオン神に誓えるかい？」

「はい、誓います」

そういえばカリオン神の使徒という設定だったっけ。

「カリュー、禁書庫へ案内してやれ。――大量殺戮《さつりく》魔法や『神の禁忌』に準じる研究には近寄らせるな」

ラーマ女史がカリュー氏に命じる。

後半の囁《ささや》き声は聞き耳スキルでギリギリ聞こえるくらいの声量だった。

神の禁忌に準じる研究というのは少し気になるが、うかつに知ってカリオン神に伝わったら大変な事になりそうなので、今回は泣く泣く見送ろうと思う。

「むぅ」

「ないわね」

「近いのはあるんだけどね」

興味深い資料も多かったし、アリサやミーアが読みたがっていた魔法関係の事典や珍しい魔法書や錬金書も豊富にあり、中でも大陸西方の魔物素材に関する書物は見るべき箇所がたくさんあった。

ただ、肝心のキメラ達を治す手段が見つからない。

「何をお探しかな？」

「古代ララキエ王朝時代の書物を探しているのですが、ここにはありませんか？」

マップ検索で見つからなかったから、たぶんないとは思うが一応、カリュー氏に尋ねてみた。

「それなら、ここではなく大図書館か塔主様の書庫の方じゃな。ララキエ関連の書物は遺跡の碑文を書き写しただけのものが多く、その理論の裏付けが足りておらぬ。中には信憑性《しんぴょうせい》の薄い記述もあるから鵜呑《うの》みにはせぬ事じゃ」

そう言われて移動した塔主の書庫で目的の本を見つけた。

「博士の言っていた内容と全く同じだね」

その先の突っ込んだ部分が知りたかったのに、肝心な部分がなかった。

念のため、三人で手分けして他《ほか》の資料を探し、興味を持ったラーマ女史やカリュー氏の知見を得る事ができたが、やはりキメラを元の人間に戻す方法は見つからなかった。

探す途中で異世界召喚に関する研究書を見つけたが、予想に基づく研究だったのでそれほど得るものはなかった。やはり、そのあたりはサガ帝国にある勇者召喚の魔法陣を見るしかなさそうだ。

そうしているうちにも日暮れになったので、後ろ髪を引かれながら塔をお暇《いとま》し、仲間達と合流する。

「ご主人様、ポチの卵がポチの卵が……」

涙目のポチが「なのです」語尾も忘れてオレにしがみついてきた。

——卵？

見下ろすとポチのお腹《なか》に卵帯がない。

「市場でスリに盗まれて、なんとか犯人は捕まえたのですが……」

捕り物の最中に、自棄《やけ》になった犯人が卵を地面に叩《たた》き付けて割ってしまったそうだ。

「その犯人はどこに？」

「ご主人様、落ち着いて。顔怖いわよ」

アリサが背伸びしてオレの眉間《みけん》を突《つつ》く。

「犯人は既に衛兵に引き渡してあります」

犯人は弁償金が払えなければ借金奴隷になるそうだ。

「タマ、守れなかった……お姉ちゃんなのに」

タマまでしょんぼりしている。

なんでも、スリがポチの卵を盗んだ時に、凄《すご》い絵画に見蕩《みと》れていたそうだ。

「泣かないで、ポチ。卵はまた手に入れてあげるから」

「新しい卵なんていらないのです。ポチの卵さんはもういないのですよ」

ポチがおいおい泣く。

「ごめん、ポチ」

ちょっとデリカシーが足りなかった。

公園に移動して、ポチに思う存分泣かせてやる。

泣き声が嗚咽《おえつ》に変わった頃《ころ》に、ポチの前にしゃがみ込んだリザが静かに語りかけた。

「ポチ、失われた命は戻ってきません」

ポチが泣きはらした目でリザを見る。

「ポチ、あなたにできる事はなんだと思いますか？」

「ポチにできる事、なのです？」

ポチが首を傾《かし》げる。

「そうです。割れた卵の為《ため》に泣く事だけしかできませんか？」

「お墓、なのです？」

「お墓〜？」

「そうです。割れた卵を弔ってあげましょう」

「はいなのです。ポチが卵のヒトの為に、お墓を作ってあげるのです」

涙の浮かぶ目元をゴシゴシと拭《ぬぐ》ったポチが立ち上がる。

公園の隅にある大きな木の根元を掘り返し、アリサが確保してくれていた割れた卵をそこにそっと納めた。

「さよならなのです」

皆《みんな》で一掴《ひとつか》みずつ土をかけ、最後に「タマゴさんの墓」と刻まれた小さな墓石を置く。

墓石に黙祷《もくとう》を捧《ささ》げ、アリサのリクエストで用意した線香と花を添える。

「――若様？　何をしているんだ、こんな場所で？」

そこにいたのはエチゴヤ商会の諜報《ちょうほう》員である元怪盗のピピンだ。

「久しぶりだね、ピピン。カリスォークに来ていたのか？」

「ちょっと野暮用でな」

彼の後ろには黒ローブを着た赤髪の美少女がいる。ＡＲ表示によると彼女はセレナという名前で「賢者」ソリジェーロの弟子らしい。「安心冬眠《セーフティー・ハイバネーション》」というユニークスキルを持っている。転生者特有のスキルを何も持っていないし、転生者ではないようだ。たぶん、「才渡りの儀式」で転生者からユニークスキルを移したのだろう。

「――タマゴさんの墓？」

首を傾げるピピンに割れた卵の話をする。

「そうか。それは残念だったな」

ピピンがポチの頭を撫《な》でる。

「――そうだ。代わりにこれを育ててみるか？」

ピピンがアイテムボックスから取り出した卵をポチに差し出す。

「いらないのです。ポチの卵さんはもういないのです」

ポチは眼前に差し出された卵をピピンに突き返す。

「そう言うな。こいつは迷子の卵なんだ。母親とはぐれちまったんだよ」

「お母さんがいないのです？」

ポチがピピンを見上げる。

「ああ、だからお母さんが見つかるまで育ててやってくれないか？」

ポチが視線を卵に落とした。

――げっ。

卵の横にその正体がＡＲ表示される。

「ピピン、これは？」

「分かっちまったか？　――これは『白竜の卵』なんだ。正真正銘の本物なんだが、困った連中に狙《ねら》われていてな……」

なるほど、また良からぬ事を企《たくら》んでいる連中がいるらしい。

「ちょっとぉ、厄介事を押しつけるつもり？」

アリサが呆《あき》れ気味に言う。

「そんなつもりはない」

「待て、セレナ。交渉は俺がする」

弁解しようと前に出た美少女をピピンが下がらせる。

「詳しくは言えないんだが、『竜の卵』を使って悪巧みをしている連中がいるんだ。そいつらは俺達がなんとかするから、事件が解決するまでこの卵を保護してほしいんだ」

「手伝わなくていいのか？」

「ああ、大丈夫だ。手に負えなくなりそうなら、クロ様に泣きつくさ」

「そうか、手伝いが必要になったらいつでも言ってくれ」

オレはピピンにそう言って、当面の訪問予定国と大雑把なスケジュールを伝えておく。

まあ、緊急報知の魔法装置も渡してあるし、いつでもクロ宛てにヘルプコールが出せるだろう。

ピピンによると、一部の賢者の弟子が暴走しており、彼と一緒に行動している女弟子がそれを阻止する為に動いているそうだ。

「そういう訳だ。預かってくれるか？」

卵を抱えるポチに、ピピンがもう一度尋ねた。

「分かったのです。ポチが卵さんを預かるのです」

ポチが自分に言い聞かせるように答える。

「今度は絶対、絶対の絶対に守ってみせるのです」

「タマも手伝う」

ポチが拳《こぶし》を握りしめて宣言し、タマもキリリとした顔で卵を見つめた。

「それじゃ、悪いけど頼むぜ」

ピピンはそう言って、女弟子と一緒に短距離転移で消えた。

今晩にでも、「竜の卵」が取られたり割れたりしないように、オリハルコン繊維や銀皮繊維を使った本気モードの卵保持ベルトを作ってやるとしよう。

もっとも、「竜の卵」は殻自体がミスリル合金製どころか、成竜の鱗《うろこ》以上に頑丈だから必要ないかもしれないけどさ。

◆

「――転移完了」

ピピンから「竜の卵」を預かった次の日、オレは久々にラクエン島を訪問していた。もちろん、仲間達も一緒だ。

「あら？　何かしら、アレ」

「桟橋が壊れていると告げます」

「嵐《あらし》でもあったんでしょうか？」

アリサが港の惨状に気付いて教えてくれた。

「サトゥーさん！　皆も！」

「やあ、レイ」

畑の方から戻ってきた幼女——ララキエの元女王であるレイアーネが嬉《うれ》しそうな声を上げた。

後ろから運搬用ゴーレムと一緒に戻ってきた妹のユーネイアも、遠くから大きく手を振っている。

見た目はユーネイアの方が姉に見えるが、レイの方は幼女から妙齢の美女まで自由自在に変わる事ができる半幽霊《ハーフ・ゴースト》という種族なのだ。

「幼生体は元気にしていましたかと問います」

「ええ、もちろんよ」

ナナにリフトアップされてレイが困り顔だ。

「どうぞ、入って。すぐにお茶を淹《い》れるわ。美味《おい》しいドライフルーツがあるの！」

レイに促されて皆で家の中に入る。

「はい、お土産」

「可愛《かわい》いヌイグルミと照明の魔法道具？」

「わわっ！　姉様、これ変形するわ！」

レイとユーネイアにジョッペンテール工房製の変形照明器具や人形の国ロドルォークで買ったお土産をプレゼントする。

「ねぇねぇ、港が凄い事になっていたけど、嵐でも来たの？」

「ああ、あれ？　嵐は嵐だったんだけど」

「クラーケンがやったの。嵐に流されて入り込んじゃったんだって。ねぇ、姉様」

このラクエン島はボルエナンの森のエルフ達によって、「彷徨い《ワンダリング・オーシャン》の海」という結界魔法を張ってもらってあるのだが、物理的な障壁ではないのでクラーケンが紛れ込んでしまったようだ。

「幼生体は怪我《けが》がないですかと問います」

「大丈夫よ、ナナさん。ユーネイアと二人でララキエ本島の方に避難していたから」

神の浮島ララキエはこの島の下に沈んでいる――というかこの島はララキエにある山のてっぺん部分なのだ。

「家の方が無事で良かったわね」

「ええ、ここは瘴気《しょうき》が少なくて棲《す》み心地が悪かったのか、嵐が終わったらすぐに去っていったみたい」

それは不幸中の幸いだ。

「マスター、幼生体の守りを強化するべきと進言します」

「そうだね。ここの防衛設備も少し充実させた方が良さそうだ」

「大丈夫よ。いざとなったらあたしが姉様を守るわ！」

「ありがとう、ユーネイア。ララキエに避難もできるし、そんなに心配しなくても大丈夫よ」

レイはそう言うが、やっぱり心配だったので、二人の家や畑を守る防衛機構として、飛空艇に搭載したのと同じ「城砦防御《フォートレス》」発生機構を設置し、家の動力源である聖樹石炉に接続する。

「それじゃ、起動テストするよ」

飛空艇の交換用予備装置だったので、特に問題なく起動できた。

「凄い凄い！」

「いえす～」

「ご主人様の魔法装置は世界一ぃいいなのです！」

ユーネイアが飛び跳ねて喜ぶと、タマとポチも一緒になって飛び跳ねた。

飛び跳ねた反動で卵帯が振動したのを見て、ポチが慌てて跳ねるのを止《や》めて卵を押さえる。

「ララキエの『天護光蓋《てんごこうがい》』みたいだけど、少し違うのかしら？」

起動テストしたフォートレスを見て、レイが「天護光蓋」と違う事に気付いたようだ。

「これはフォートレスって言うんだよ。天護光蓋ほどの防御力はないんだけど、あれは理論的に小型化できないからね」

「そうなのね」

詳しい理論は知らないのか、レイが小さく首を傾げる。

「これでクラーケンや魔族が紛れ込んでも大丈夫だよ」

「ありがとう、サトゥーさん」

「感謝するわ、マスターサトゥー」

礼を言うレイとユーネイアにフォートレスの使い方や注意点を伝える。

基本的にメンテナンスフリーだけど、フォートレスは魔力をバカ食いするからね。

「皆さん、お昼ご飯ができましたよー」

ルルに呼ばれて家に戻り、にぎり寿司《ずし》とハマグリ入りのすまし汁を食べる。

「ルルさんのご飯は美味しいわ」

「姉様の作るご飯も美味しいよ」

「ありがとう、ユーネイア」

あいかわらず仲が良い姉妹だ。

「そういえば、サトゥーさん。今日は普通に遊びに来ただけ？　何か用事があったんじゃないの？」

食後の煎茶《せんちゃ》を飲んでいるとレイがそう切り出した。

ボルエナンの森に行くついでに寄る時はオレ一人の事が多いからね。

「実は――」

オレはラクエン島地下にあるララキエ本島で、キメラ化を治療する資料を探したい旨を伝える。

「だったら、ララキエ中央制御核《セントラル・コア》に尋ねたらいいわ。あそこにはララキエの全《すべ》ての知識が詰まっているから」

オレはレイと一緒に中央制御室へと移動し、セントラル・コアからキメラ化を治療する方法をゲットできた。抽出した「人間の因子」とやらを培養して注入するという非科学的な内容だ。肉体をクローン培養してから、頭脳を移植しろと言われた方がまだ理解できる。

まあ、詳細な魔術理論や成功までの実験記録があったので眉唾《まゆつば》ではないと思う。

残念ながらララキエにある設備では実現不能だったが、ナナ達ホムンクルスを調整するのに使うエルフ達の調整槽を改造する事で対応可能だと分かった。

「ありがとう、レイ。これで多くの人が助けられるよ」

「うふふ、サトゥーさんのお役に立てたなら良かったわ」

レイが嬉しそうに微笑《ほほえ》んだ。

ついでに神々と交流があったララキエ王朝の末裔《まつえい》であるレイに、神様との付き合い方について尋ねた。

「付き合い方？　セントラル、何かある？」

「女王レイアーネ、神による精神干渉を防ぐには女王の装束を装備する事を推奨します。ララキエの重職にあった者達が身につけていた簡易装備もありますが、女王装束ほどの効果はありません」

カリオン神の使っていた言霊を、セントラル・コアは精神干渉と表現した。

やはり、仲間達に精神魔法対策用の装飾品を装備させたのは正解だったようだ。

「サトゥーさん、これで答えになる？」

「ああ、凄《すご》く参考になったよ」

「でも、どうして急に？」

不思議がるレイに、カリオン神が降臨している事を告げる。

「それは凄いわ！　長いララキエ王朝の歴史でも、神々が降臨した記録はほとんどないのに」

会ってみたいか尋ねたが、それは畏《おそ》れ多いから遠慮するとの事だった。

「なら、精神干渉対策の品が必要よね？」

レイはそう言って、ララキエの宝物庫にあった「ルゴの腕輪」という精神干渉対策の装飾品を人数分譲ってくれた。一番効果のある女王装束も譲ってくれようとしたのだが、さすがにそれは遠慮した。

「ありがとう、レイ。これで安心してカリオン神と交流できるよ」

レイにお礼を言い、地上へと戻る。

まだまだ時間があったので、レイやユーネイアに大陸西方諸国の旅行記を語り、彼女達が興味を持った西方諸国の料理を振る舞った。

「辛っ。姉様！　こっちのは凄く辛いから注意が必要よ」

「ありがとう、ユーネイア。こっちのは甘いから食べてご覧なさい」

「こっちのお芋の蜜《みつ》掛けも甘くて美味しいのですよ」

「エビうみゃ～？」

「本当ね、どちらもとっても美味しいわ」

「幼生体、海老《えび》の殻を取ってあげると告げます」

仲間達と一緒にいるレイとユーネイアは凄く楽しそうだ。
これからは、もう少し頻繁に訪れる事にしよう。
オレは少し反省しつつ、ラクエン島での一日を楽しんだ。

法国

〝サトゥーです。メシマズと言われる国にも、美味しい料理はたくさんあります。最初は味覚が合わなかった料理も、滞在期間が終わる頃《ころ》には舌が慣れて美味しく味わえるようになるんですよね。〟


「何も言わずに出てきて良かったんですか？」

「肯定。神は人の都合に左右されない」

オレ達はカリオン神と一緒に都市国家カリスォークを出立し、半島沿岸をぐるりと巡る航路でシェリファード法国を目指していた。

ラクエン島に行った翌々日にカリオン神は目覚め、言霊で鎮めた神官達を置き去りにして国を出たのだ。その時にカリオン神に頼んで、オレやその仲間の事は他言無用と言霊で命じてもらったので、後顧の憂いはない。

念のため、カリオン中央神殿で神官服や外套《がいとう》を譲ってもらったので、甲板をうろつく時はそれを羽織っている。

「もうちょっと禁書庫や大図書館を見物したかったわね」

「ん、残念」

「また行けばいいさ」

ラクエン島から帰還してカリオン神が目覚めるまでの間に、禁書庫と大図書館で気になる本をたっぷり撮影したから、蔵書の三割くらいはいつでも読める。

バタバタしていて都市国家カリスォークで名物ゼリー「知識の神泉、溶岩仕立て、花園風味」を食べ損なったし、次に訪れた時には必ず皆《みんな》で食べないとね。

「ご主人様、キメラ化の治療はいつ頃からやるの？」

「まずは動物実験をしてからだね」

いきなり本番は怖い。

「にゅ！」

タマの耳がピクリと動いた。

「竜だ！　赤竜様が来るぞ！」

メインマストの監視員が叫んだ。

その声に僅《わず》かに遅れて、オレのレーダー圏外から一瞬で赤竜が接近する。

あっという間に高速帆船の横を通り過ぎた赤竜が、遥《はる》か彼方《かなた》で旋回しながらこちらを見た。

「ど、どういう事だ⁈　どうして赤竜様が俺達を襲う！」

「内海の守護者が船を襲うなんて聞いた事がないぞ！」

船長や商人が怯《おび》えながら叫び合う。

「ポチの持ってる卵かしら？」

「そうかもね」

ポチの持つ卵は「白竜の卵」だけど、「竜の卵」を持っているのを感知されたのなら興味を持たれてもおかしくない。

衆人環視な状況じゃなかったら、天駆で空を飛んで赤竜を説得できるんだけど。

「大変なのです！」

「えまーじぇんし～？」

アリサの発言に驚いたポチが、卵を庇《かば》うようにして丸くなった。タマが妖精鞄《ようせいかばん》から出した小盾を装備しながらポチを庇う位置に立つ。

二人からは絶対に卵を守るという強い意志を感じる。

「来るわ！」

赤竜が急接近する。

いざとなったら、ファランクスで防ごうと前に進むオレを遮る者がいた。

――カリオン神だ。

オレの前に立ったカリオン神が、朱色のオーラを身に纏《まと》う。

「不敬。疾《と》く退くべき」

叫ぶわけでも、強く命じるわけでもなく、淡々と告げた。

――GYZABBBSZZZZZZZZZ。

赤竜が叫びながら飛び退《しさ》る。

「なんて言っていたの？」

「今のは竜語じゃない。ただの咆哮《ほうこう》だよ」

赤竜は少し離れた場所を数回旋回した後、空の彼方へと飛び去った。

神様の権威に退いた感じかな？

◆

「岬が見えてきたわ。あそこが半島の先端？」

「そうだよ。あれが北岸から続く双子半島の先端。向こうにも陸地が見えるだろ？　あっちは南岸から延びる英雄半島だよ」

赤竜とのニアミスの翌日、オレ達は半島二つが最接近する内海の難所の一つにさしかかっていた。

「ここが難所なの？」

アリサがそう言った瞬間、船が大きく揺れた。

「きゃ」

「むぅ」

ルルとミーアがよろめいたので支えてやる。

「キャー、船が揺れたあー」

アリサが棒読みのセリフを言いながらオレに抱き着いてくる。

まあ、少しわざとらしいが、船の揺れが収まるまではそのままにしておいてやろう。

「不自然な揺れだと告げます」

「船の下に魔物がいるのでしょうか？」

「にゅ〜？」

「海の下には何もいないのですよ？」

ナナや獣娘達が舷側から海を覗《のぞ》き込む。

卵帯が邪魔で手すりに登れなかったポチは、リザに頼んでリフトアップしてもらっていた。

「ご心配には及びません。さっきのは波のうねりですよ」

「おおっと、案外、鱗《うろこ》の姐《ねえ》さんの懸念が正しいかもしれないぜ」

近くにいた商人の言葉を、帆を操っていた船員の一人が否定した。

「正しいとは？」

「船乗りの昔話にあるのさ。海の底にはリヴァイアサンっていう内海の端から端まであるような巨大な巨大な神獣がいるって噂《うわさ》だ」

それを聞いた商人が迷信だと笑う。

「ぐれいと〜？」

「そんなに大きかったら皆で食べても食べきれないのです！」

食欲が刺激されたタマとポチを見て、商人と船員が微笑む。

「カリオン様はリヴァイアサンがいるか知っていますか？」

そう話を振ってみたが、カリオン神は興味がないのか「さあ？」と一言呟《つぶや》いただけで終わった。

好奇心旺盛《おうせい》なわりに、興味が湧《わ》かない事に関しては驚くほどドライなんだよね。

「おい！　くっちゃべってるとリヴァイアサンの牙《きば》に喰《く》われるぞ！　集中しろ！」

「ウイッシャー！　俺っちのミスで座礁したらシャレにもならないぜ」

叱《しか》られた船員がアイアイサー的な現地語を叫んで作業に戻る。

この辺りは水面下に幾つもの岩礁があるうえに、さっきのような突然のうねりが襲ってくるので油断できないらしい。

しかも——。

「海賊だ！　海賊が出たぞ！」

無数の島嶼《とうしょ》が浮かぶ半島間の狭い海域で、海賊に遭遇した。海賊は異様な速さのガレー船で突っ込んでくる。

「マスター、海賊退治の時間だと告げます」

ナナがキリリとした顔で告げる。

そんなナナの向こうで、船長が青い顔をしているのが見えた。

「ダメだ。魔力炉の調子が悪い。魔力障壁が間に合わないぞ」

この調子だと迎撃用の魔力砲も使えそうにない。

船員達が必死な感じなので、少し手伝う事にした。

「サトゥー」

「ミーアとアリサは魔法で海賊船の接近を阻止。ルルは櫂《かい》のリズムを取っている太鼓持ちを狙《ねら》ってくれ。リザ達は相手が乗り込んできたら対処を頼む。ナナはオレと一緒に船への攻撃を阻止するぞ」

オレの指示で仲間達が迎撃を開始する。

ルルの狙撃《そげき》で太鼓持ちの太鼓が吹き飛んで櫂のリズムが狂い速度が鈍り、アリサやミーアの魔法を近傍に喰らって転覆してしまった。

歓声を上げる船員達の声を遮って、メインマストの監視員が次なる敵を見つけて警告した。

「ワイバーンだ！　ワイバーンの群れが来たぞ！」

今度はワイバーンの群れか。

難所と言われるだけはあるね。

「心配ない。ワイバーンの狙いは海に落ちた海賊どもだ」

船長が言うように、ワイバーンが海賊に向かって急降下していく。

オレは持っていた魔弓で、今まさに海賊を後脚の爪《つめ》で捕まえようとしていたワイバーンの目を射《い》貫《ぬ》いた。

「嘘《うそ》だろ？　この距離を当てやがった」

「すっげー、まぐれでもすげーぜ」

船員達が驚きの声を上げる間に、二匹目と三匹目も目を射貫いて倒す。

「おいっ、何をする！　ワイバーンの矛先がこちらを向いたらどうするつもりだ！」

「そうだ！　航路の安全を脅かす害獣同士の共食いなんだ。放っておけばいい！」

船長や商人がオレを批難する。

カリオン神はどうでも良さそうな顔だ。

「子供達の教育によくありませんから」

オレはそう言って、ワイバーンの目を連続で射貫く。

先のワイバーンで学習したのか、途中からは速度が落ちる後脚からではなく、くちばしで摘《つ》まんで水中に没するタイプの急降下を仕掛けている。

何匹かこっちに飛んできたが、リザ達の魔刃砲とルルの狙撃が撃墜し、アリサの特大火魔法が空に炸裂《さくれつ》したのに怯えて逃げていった。

被害なく終わったせいか、オレが船長の命令に従わなかった事は不問とされた。

「嬢ちゃんがそんなに凄《すご》い魔法が使える魔法使い様とは思わなかったぜ」

「えへへ、まーね」

最後に放たれたアリサの派手な魔法が印象的だった為《ため》、船長や商人達がアリサを称賛していた。

近くに落水したワイバーンの死骸《しがい》を回収していると、遠くに軍艦らしき船影が見えた。

「船長！　あれは法国の軍艦です！」

「なら、海賊の後始末は連中に任せるとするか」

船長は信号旗で法国の軍艦に事情を伝え、その場を去った。

「お肉なのです！」

「ワイバーンの肉なんて食えたもんじゃないぜ？」

「そんな事ない〜?」

「ええ、ワイバーンの肉は癖が強いですが、噛《か》み応《ごた》えが最高で抜群の満足感を与えてくれます」

「そ、そうか。なら陸揚げしたら、一緒に食うか」

獣娘達のワイバーン談義に乗せられた船長がそんな事を言っていた。

「興味。お前は未知の美味を提供するべき」

「あまりお勧めしませんが……」

カリオン神までその気になってしまった。

「美味を」

「分かりました」

不退転の決意を秘めたような顔で言われては断れない。

なんだか、うちの子達の影響を受けて、カリオン神の食いしん坊キャラが加速している気がする。

オレ達は遠くに英雄半島を眺めつつ島嶼地帯を越え、双子半島沿いに進んでシェリファード法国へと辿《たど》り着いた。

◆

「ここがシェリファード法国なんですね」

ルルが港の人達を見回す。

パリオン神国と似た感じの国だ。衣装は中東風というよりは昔のギリシャ風に近いけど、生成りの服を着ている人が多く、兵士やお偉いさんも地味な色合いの服ばかりなので、「灰色の国」みたいな印象を受ける。

マップ情報によると、人族が全体の八割を超え、獣人や鳥人なんかが残りを占めている。ウリオン中央神殿があるからか、他《ほか》に比べてウリオン神由来のギフト「断罪の瞳《ひとみ》」を持つ者が多い。

「か、硬い。普通の解体包丁じゃ傷一つ入れられないぞ」

「大剣か斧《おの》でも持ってきて切るか？」

「おいおい、冗談でも止《や》めてくれ。こんなに傷一つないワイバーンの死骸は、もう二度と出てこないぞ。ワシは金貨をどんなに積んでも買い取ってみせる！」

荷揚げされたワイバーンの周りに、商人達が集まっている。ワイバーンの皮は良い防具になるからね。

「ルル、解体してあげてくれるかい？」

「分かりました」

「そんな嬢ちゃんには無理――」

妖精鞄からルルが取り出した長大な鮪《まぐろ》包丁を見て漁師の言葉が止まった。

さすがに黄金色をしたオリハルコン製のものではなく、一見普通の鉄に見える真鋼《アダマンタイト》合金製の特製包丁だ。

「――えい」

可愛《かわい》いかけ声とともにワイバーンが軽々と解体されていく。

この光景を見ていると、ルルは近接戦でも活躍できるんじゃないかと思えてくるよ。

「こんな感じでいいですか？」

「あ、ああ。ありがとうございますです。完璧《かんぺき》でごぜえますです」

ルルの鮮やかすぎる解体技を見たせいか、漁師さんの敬語がバグっている。

くいくいと袖《そで》を引かれて振り返ると、うちの年少組ではなくカリオン神の仕業だった。

「美味を。疾《と》く提供するべき」

ワイバーンが食べたいらしい。

しかたないので解体した肉を分けてもらい、ワイバーン肉に興味を持った漁師に竈《かまど》を借りて調理する事になった。

「ルル、手伝ってくれるかい？」

「はい、任せてください」

細い腕で力こぶを作るポーズを取るルルが可愛い。

とりあえず、シンプルな肉串《にくぐし》と味を誤魔化せそうなトマト煮の二つで行こう。

ワイバーンの肉は筋張っていて癖が強いから、筋切りをして臭《にお》い消しのハーブを揉《も》み込んでしばらく寝かせておく。

「瘴気《しょうき》は除去するべき」

カリオン神が朱色の光を帯び、軽く腕を振るとワイバーンの肉に残留していた瘴気が綺麗《きれい》に消えてしまった。オレが精霊光を全開にした時よりも劇的な速さだ。

「スープの準備ができました」

「それじゃ、これを頼む」

煮込みに向いてそうな部位をルルに渡し、オレは串焼《くしや》きの方に取りかかる。

獣娘達用の塊肉と薄切りにして巻いた肉の二種類を提供しよう。前者は歯ごたえ優先、後者は食べやすさを優先してみた。

焼き終わった肉串をカリオン神と仲間達に配る。

「やっぱり肉は最強なのです」

「かたうま」

「ワイバーンは歯ごたえがたまりませんね」

獣娘達がワイバーン肉を絶賛する。

「……微妙」

期待した顔で口に運んだカリオン神だったが、すぐに苦い薬を飲まされた子供のような顔になった。まあ、そうだよね。

興味津々でワイバーン肉を所望した港の人達にも提供したが、数名の例外を除けばカリオン神と同じような反応だった。どちらかというと、薄切り巻きにした肉の方が好評かな。

「ご主人様、仕上げをお願いします」

ルルに言われてトマト煮の調整をする。

ほとんど手を入れる必要はないけど、ほんのちょっと塩を足すと良い感じにまとまった。肉の部分をちょっと試食したが、臭みもなくわりと普通に食べられる。

「肉も歯ごたえがあって、トマトの酸味が肉の旨《うま》みを引き出してくれています」

「美味美味〜？」

「ワイバーンのトマト煮込みもとっても美味《おい》しいのです」

獣娘達の反応は予想通りだ。

「へー、悪くないわね」

「イエス・アリサ。ワイバーンの肉とは思えないと告げます」

アリサとナナの反応も上々だ。

ミーアは口の前でバッテンを作って拒否したので、最後にカリオン神にトマト煮を差し出した。

「どうぞ、こちらは美味しいですよ」

「……肉なしの方が美味」

カリオン神はそう口にした後、「改良した成果は称賛されるべき」と言って最後まで食べていた。

ひょっとしたら激励されていたのかもしれない。

◆

「建物も灰色なのね」

解体したワイバーンの競りを港湾職員に委託し、オレ達はカリオン神に先導されてウリオン中央神殿に向かってメインストリートを進んでいた。

「建材の色のようですね」

「元は真っ白な石だったみたいだよ」

建築中の家は新雪のように真っ白だ。

気候的な問題で、灰色になってしまうのだろう。

「娯楽が少ないと告げます」

「仏頂面」

ナナが言ったように通りには実用一点張りの店ばかりだし、ミーアが感じたように街行く人達や買い物をする人達の表情が硬い。

「そうね、笑顔が足りないわ」

なんとなく通勤ラッシュの日本人みたいな印象の人が多い。

「調味料は少ないですけど、見た事のない野菜がいっぱいあります」

「茸《きのこ》も」

「うふふ、茸も種類が多いから、いっぱい買っていきましょう」

このシェリファード法国と都市国家カリスォークは峻《しゆん》厳《げん》な山脈を挟んだ半島の反対側に位置するのだが、カリスォークの主食だったキャッサバ似の栗《り》鼠《す》尾《お》芋《いも》は影も形もない。この国ではシェリファ芋という細長い芋やリファ豆という褐色の豆が主食になっているようだ。

「ご主人様、あれは何をしているんでしょうか？」

道沿いにある公園で人々が集まって何かをしている。

偉そうな人が数人と衛兵が数人、それから粗末な身なりの男が人々の輪の中心にいる。

「主文、被告バッガに労役三年を言い渡す。理由――」

耳を澄ますとそんな声を聞き耳スキルが拾ってきた。

「裁判みたいだね」

「審議官の裁定みたいなの？」

「違うみたいだよ」

マップ情報によると、ここに審議官はいない。ほとんどの審議官は都市の中心にある中央司法宮で働いており、その過半数が「過労」状態になっている。

「それじゃ『断罪の瞳』持ち？」

「いや、それも違うみたいだ」

ウリオン神のギフトである「断罪の瞳」スキルを持つ者も、この場にはいないようだ。

「なら、普通に裁判しているのね。『異議あり！』とか叫んでいるのかしら？」

それは偏見だと思うけど、アリサも逆転で有名な裁判ゲームを知っているようだ。


「青空裁判」

「マスター、また裁判を発見したと告げます」

メインストリートを歩いていると辻《つじ》や公園で、たびたび小さな法廷が開かれているのを見かけた。

「法国っていうだけあって、裁判が好きなのかしら？」

訴訟国家なんて住みにくそうだ。

一通り観光したら、さっさと次の国に行こう。

「ははは、ここはウリオン神のお膝元《ひざもと》だからね」

通りかかった紳士がそう教えてくれた。

なんでも、ウリオン神は「審判と断罪」を司《つかさど》ると言われているそうだ。

メインストリートは緑豊かな公園に続いており、その向こうにピラミッドの上部をカットしたような建物が見えた。

「にゅにゅにゅ？」

「遺跡のヒトを発見なのです！」

タマが驚き、ポチが遺跡と判断したのはあの建物の事だろう。

AR表示によると中央司法宮という建物だ。観光省の資料によると法国の政治の中心になっている場所で、司法関係の総本山でもあるらしい。

「あそこが目的地？」

「否定。ウリオンの神殿は向こう」

左手の方に、荘厳な建物がある。

この大公園でもそこかしこで開かれている青空裁判をスルーして神殿へと向かった。

公園を抜けると、神殿の正面に出る。公園の木々に隠れて気がつかなかったが、建物の正面には鋭角的なオブジェが生えていて、なかなか前衛的な感じだ。

大きな正門の上方に、紅色の石で作られたウリオン神の聖印があるので、ここがウリオン中央神殿で間違いないだろう。

「礼拝堂は普通の礼拝堂ね」

「アリサ、そうでもないみたいよ」

ルルが指さした先では、青空裁判でも見かけた判事のような格好をした人達が集団で、礼拝堂の奥にある鉄扉の向こうに歩いていく。

「あっちに何かあるのかしら？」

首を傾《かし》げるアリサの前を、カリオン神がマイペースに歩いていく。その方向はアリサ達が気にしていた鉄扉の方だ。

「待ちなさい。こちらは神前裁判に参加する者と事前に予約した傍聴者しか入れない。傍聴者なら予約券を見せなさい」

鉄扉の前で立番をしていた神官達が、カリオン神の道を塞《ふさ》ぐ。

「無礼。頭が高い、神の行く手を遮るのは罪と知るべき」

カリオン神の一言で神官達が一斉に平伏した。ウリオン神の神官相手でも、その影響力は変わらないようだ。

ちらっと振り返ったが、うちの子達は神妙な顔をしているものの、言霊に従って平伏する様子はない。仲間達以外はカリオン神の声が聞こえる範囲で皆等しく平伏していた。レイから貰《もら》った「ルゴの腕輪」は十分な効果を発揮してくれているようだ。

平伏する神官の横を通って鉄扉の向こうに行く。

「なーんだ、普通に法廷じゃない」

アリサはそう言うが広さが尋常じゃない。

オレが知る法廷とは規模が違う。国会が開かれるような広さだ。

カリオン神は行きたい場所じゃなかったのか、少し不機嫌そうな顔をしている。

「上」

「マスター、何か浮かんでいると告げます」

「ご主人様、あれは何でしょう？　秤《はかり》のようにも見えますけど」

ミーア、ナナ、ルルが見つけたのは、透明な球に包まれた黄金の天秤《てんびん》だ。空中に浮かんでいるように見えるが、実際は透明度の高い四つの構造体によって支えられているようだ。

天秤を飾るルビーのような宝石は、紅法石という見知らぬ種類だった。

「君達は天秤裁判は初めてかな？　あれはウリオン様の神器。『罪を量る天秤』ウリルラーブだ」

後ろから答えを教えてくれたのは、ちょび髭《ひげ》がよく似合う紳士だ。職業欄には傍聴評論家とあり、称号欄には「傍聴のプロ」というのがあった。裁判評論家じゃなくて傍聴評論家か……。さすがは異世界、色々な職業がある。

「黄金の天秤か——ライブラって事は老師ね……今なら若返りバージョンや女体バージョンもある

かもしれないわ」

アリサが小声で妄言を漏らしていた。

元ネタは分かるけど、少しは自重しろ。

「天秤裁判という事は、あの天秤を裁判で使うのですか？」

そういえば、「司法国家」シェリファードには変わった裁判方法があると観光省の資料にあったっけ。

「その通りだ。あの神器で審議官の『看破』やギフトの『断罪の瞳《ひとみ》』では分からない罪を量るのだよ」

評論家氏はそれで説明は終了したとばかりに腕を組んで重々しく頷《うなず》く。評論家ならもう少し詳しく語ってほしかった。

「それは凄《すご》いですね」

オレは適当に相づちを打つ。

よく分からないけど、「看破」で嘘《うそ》が見破れないとか、「断罪の瞳」で悪かどうか判別がつかないようなややこしい裁判に使うのだろう。

細かい事はカリオン神の用事を済ませた後に、神殿の人達にでも尋ねよう。

「巫女《みこ》長様？」

「巫女長様が天秤裁判に参列されるなど、珍しい事もあるものだ」

「何かあったのでしょうか？」

周りの人達がざわざわし始めた。

その視線の先を追うと、巫女さん達の行列がこちらにやってくるのが見えた。

先頭を歩くのは、厳冬の朝みたいな雰囲気の四〇代女性だった。彼女がウリオン中央神殿の巫女長らしい。

彼女達はカリオン神の前に進み出ると、何も言われる前から彼女の前に平伏し、「いと尊きお方」と呼びかけた。

「ウリオン様がお呼びでございます。神殿の聖域までご足労いただけますでしょうか？」

「肯定。お前は疾《と》く案内すべき」

裁判に集まっていた人達の混乱を完全にスルーして、巫女に案内されてカリオン神が歩いていく。

「お連れの方はここでお待ちを」

聖域の入り口で、麗しい神殿騎士に制止された。

残念。ウリオン神の聖域には入れないらしい。

「否定。お前達は必要」

「尊きお方の言葉です。あなた達も来なさい」

カリオン神の言葉に従った巫女長に促され、オレ達も聖域へと足を踏み入れた。

前に行ったパリオン神国の聖女宮にある聖域に似ている。

「これより、聖別の儀に入ります。皆様はここでお待ちください」

「不要。我が力で浄化は終わる」

朱色の光を帯びたカリオン神が腕を一振りすると、光のベールが生まれ、巫女達に降り注ぐ。

キラキラとした光が消えても、巫女達がほんのりと白い光を帯びている。

「神よ。我らが崇《あが》める公正なる神よ――」

巫女長が天を仰ぎ儀式を始める。

長々とした祝詞が終わりを迎えると天から赤い光が降ってきた。

カリオン神の聖光よりも濃い。鮮やかな紅色だ。

――《問》《カリオン》《顕現》。

幾つもの意味が重なった言葉以前の意識の塊のようなモノが降ってきた。

「依《よ》り代《しろ》。低コストで顕現できる」

紅色の光を見上げたカリオン神が、どや顔で告げる。

――《欲す》《依り代》《顕現》。

「肯定。お前は依り代を」

「カリオン様の依り代と同じようなものですか？」

オレが確認すると、カリオン神が頷いた。

「分かりました。少し時間をいただければ用意しましょう」

ボルエナンの森で貰った世界樹の枝は箱船が何隻も作れそうなくらいのサイズだし、加工用にカットした分もそれなりにある。カリオン神の依り代と同じ依り代なら何体でも作れるだろう。

――《期待》《依り代》《顕現》。

ウリオン神はそう告げると、紅色の光が天に消えていく。

どうやら、ウリオン神とのコンタクトはひとまず終わりのようだ。

「どこか作業できる場所を――」

「ここでいい」

巫女さん達は困り顔だが、神の言葉には逆らえないのか不承不承頷いてくれた。

さすがに悪いので、「作業に不都合だ」と主張して別に作業部屋を用意してもらった。

昼ご飯まで三時間くらいあるし、それまでに彫像を作るとしよう。


「オレはここで作業するけど、皆《みんな》はどうする？」

「ここにいても邪魔になりそうだし、ウリオン中央神殿の周辺をぶらついてくるわ」

「タマは一緒に彫刻する～」

ポチは迷っていたようだが、アリサの「何かおやつが売ってないか探しましょ」という言葉に負けてついていった。

しばらくタマと二人でカンカンと依り代の像を彫る。

設計はカリオン神の時にやったのを流用したので、わりと楽ちんだ。

絵本で読んだ神話だと、ウリオン神の名前は必ずカリオン神の前にあったので、カリオン神が依り代とした彫像よりも少しだけお姉さんっぽくしてみた。顔つきはほぼそのままだがボディーラインを心持ち女性らしくアレンジしてある。

「――こんなものかな？」

概《おお》ね完成した彫像をチェックする。

法国で信奉されているし、ちょっと生真面目《きまじめ》な表情にしてみた。

横ではタマが「にゅにゅにゅにゅにゅ」と言いながら像を彫っている。幾つもの属性石を使った忍術を併用しているせいか、彫像とは思えないほど躍動感がある魅力的な像だ。

手に持ったお皿から流れる光が――違う、光の表現に見えたのは焼きそばだ。ちゃんとキャベツや肉も舞い飛んでいる。という事は反対の手に持っている短杖《たんじょう》のようなものは箸《はし》か！

焼きそばの躍り食いをする乙女――なかなか恐れを知らない意欲作だね。


「ふむ、これが人間の不自由さ。興味深い」

言葉に振り返ると、オレの作った彫像が受肉して少女の姿になって動き出していた。

「ウリオン様ですか？」

「肯定」

ウリオン神が紅色の光を帯びた手で髪を触ると、長かった髪が切り落とされ、ボブカットのような髪型になった。

床に散らばった真っ白な髪は元の彫像に戻る事なく、普通に髪の毛のままだ。

ウリオン中央神殿の人に渡したら聖遺物として崇めそうなので、とりあえず「理力の手《マジック・ハンド》」を伸ばしてストレージに回収しておく。後でプレゼントしよう。

「お前は私の使徒になるべき。カリオンもそう言っている」

「言ってない。ウリオンの妄想」

ウリオン神の言葉を否定したのは転移で戻ってきたカリオン神だ。

直後にアリサから遠話《テレフオン》で『カリオン神が消えた』と報告が届いたので、こっちにいる事を伝えておいた。

「これは私の使徒が相応《ふさわ》しい。ウリオンは遠慮するべき」

「否定。共に使徒にすればいい。それで解決」

神様も二人になると姦《かしま》しい。

元のひな形が似ているせいもあるけど、こうしていると双子みたいだ。

「私には神の使徒になるような――」

拒否するには少し遅かったらしい。

>称号「カリオンの使徒」を得た。
>称号「ウリオンの使徒」を得た。

競い合うように称号を付与するのは止《や》めてほしい。

「お前は名前を告げるべき。カリオンもそう言っている」

「言ってない。でもウリオンに同意」

「シガ王国の観光副大臣、サトゥー・ペンドラゴン子爵です」

カリオン神には名乗ったはずだが、気にせずにもう一度名乗り直した。

◆

仲間達と合流し、オレ達は顕現したばかりのウリオン神の好奇心を満たす為《ため》に、シェリファード法国を散歩していた。

「あれは何？」

「青空裁判の事？　内容は――下着ドロみたいね」

「悪行を暴き、正義の裁きを下すのは良い事」

ウリオン神が真面目な顔で頷く。

そういえばウリオン神は「審判と断罪」を司《つかさど》るって言われているんだっけ。

「美味の香り」

「この匂《にお》いはあっちからなのです！」

カリオン神の言葉に反応したポチが、屋台の方へと皆を案内する。

最近では駆けだす前に、お腹《なか》の卵帯を手で押さえるのが癖になっているようだ。

「ここなのです！」

ポチが案内した先にあったのは、リファ豆の屋台だった。

「枝豆っていうか枝ごと煮るなんてワイルドね～」

「枝に塩気があって一緒に煮ると安上がりなんだよ」

へー、さすがは異世界。そんな植物もあるのか。

「一枝、一シェミルだ」

「――シェミル？」

「銅貨の事だよ。シェミル銅貨って言うんだ。銀貨はエミル銀貨って言うんだぜ」

「そうなんですね。知りませんでした」

オレは港で両替した銅貨で何本かの枝を買った。

一本の枝にけっこうな数の枝豆の房が付いているので、人数分の枝だと余らせちゃいそうだったからね。

この国では通りを歩きながら食べてはいけないそうなので、露店の裏手に回って皆で枝豆を食べる事にした。

「絶妙な塩で美味《おい》しいわね」

うん、美味《うま》い。キンキンに冷えたビールが欲しくなるね。

通りを歩く人達を眺めながら、枝豆を味わう。

「これが味覚。興味深い」

「これは美味。ウリオンは表現を正確にするべき」

少女神達も枝豆を気に入ったようだ。

ふと視線に気付いて振り返ると、少し離れた場所でお腹を空《す》かせた子供達が見ていたので、余りそうな枝を分けてあげる。

この国では物乞《ものご》いが禁じられているそうで、衛兵に見つかったら裁判に掛けられるまでもなく労役が科せられるらしい。

「にゅ！」

枝豆の莢《さや》を咥《くわ》えたタマが顔を上げ、通りに視線を向ける。

「ご主人様、お下がりください」

魔槍《まそう》ではなく枝豆の枝を持ったリザがオレの前に移動した。

リザの向こうにいるのは、外套《がいとう》を纏《まと》った大小二人の人物だ。目深に被《かぶ》ったフードから蜥蜴《とかげ》人らしい牙《きば》の生えた口が飛び出している。大男の方は布に包まれた戦斧《せんぷ》を担いでいた。

『アイツラカ？』

大男の蜥蜴人が喋《しゃべ》った途端、スキルを取得した。

＞「ドラグ国語」スキルを得た。

最初からある程度分かったのは、内海共通語に近い言葉だからだ。

この辺りの言葉よりは訛《なま》りがきついので、一応スキルポイントを割り振ってアクティベートしておく。

『はい、戦士タラン。あの中の誰《だれ》かが持っています』

ＡＲ表示によると彼らはドラグ王国という北方の国の人間のようだ。観光省の資料によると、ここからも見える東西に長い峻《しゅん》厳《げん》な山脈を越えた先にある北方三国の内の一つで、緑竜が守護している国として有名らしい。

――緑竜か。

なんだか竜に縁があるね。

『おい、お前ら』

大男が戦斧を振って巻いてあった布を地面に落としてこちらに歩み寄ってくる。

『盗んだモノを返せ。そうすれば苦しまずに殺してやる』

おっと、何か物騒な事を言い出した。

『初めまして戦士タラン』

『女の後ろに隠れる臆《おく》病《びょう》者に用はない』

大男の失礼な言葉を聞いたリザが殺気を迸《ほとばし》らせた。

そういえばエルフの翻訳指輪があるから、彼らの言葉も分かるんだっけ。

『いい面構えだ』

大物ぶるだけあって、大男のレベルは四二もある。

まあ、リザに勝てるはずもないけど、往来で喧嘩《けんか》をするのもね。

『私達は盗みを働いた事はありません。あなた方が捜しているのはなんですか？』

リザの横に進み出てそう尋ねると、大男は『この期に及んでとぼけるかよ』と言って凶悪な笑みを浮かべた。

次の瞬間、大男が戦斧を振り下ろしてきた。

「――遅い」

リザが斧《おの》を回避して、枝で大男の目を横に叩《はた》いた。

『ぐおっ』と大男が悲鳴を上げて斧を引こうとしたが、そうは問屋が卸さない。勢いよく地面にめり込んでいた斧は、オレのつま先で先端を踏みつけて動かないようにしてある。

「そこまでです。これ以上刃向かうなら容赦はしません」

リザが妖精鞄《ようせいかばん》から取り出した魔槍ドウマの切っ先を、大男の喉元《のどもと》に突きつけた。

「言語および暴力による意思疎通は効率が悪い。カリオンもそう言っている」

「言ってない。でも、同感。サトゥーは『緑竜の卵』を所持していないと早く語るべき」

トラブルなどどこ吹く風で枝豆を夢中で食べていた神々が助言してくれた。

ポチが卵帯の上から「白竜の卵」を守るように手で覆い、タマが盾になるかのようにポチの前に出た。アリサが「ポチの卵は関係ないわよ」と教えてあげている。

一応、マップ検索してみたけど、既知のマップに「緑竜の卵」はない。

露店主やこちらを窺《うかが》っている野次馬が「竜の卵?」とかザワザワしだしたので、風魔法「密談空間《シークレット・フィールド》」で音を遮断しておく。なぜか、神様の言葉は言語の壁を越えて万人に通じるんだよね。

『語るに落ちたな！　盗人《ぬすびと》ではないなら、「緑竜の卵」などという言葉は出てこぬぞ！』

大男が勝ち誇った顔でまくし立てる。

今回は神様の言葉が万人に通じるのが、悪い方に作用してしまった。

「お前は無礼。神を盗人呼ばわりした罪は許されるモノではない。カリオンも立腹している」

「ウリオンの言う通り。罪は償われなければならない」

カリオン神がそう告げると、蜥蜴人達が自分の意志とは無関係に額を地面に打ち付けて平伏した。

大男は驚愕《きょうがく》の顔のまま、言葉を発する事もできないようだ。

「申し訳ありませんが、罰する前に尋問してもよろしいでしょうか？」

「肯定。許可する」

ご立腹ながらもウリオン神の許可が得られたので、大男ではなく小柄な方の蜥蜴人に尋ねる。こちらは女性のようだ。緑竜神殿の巫女《みこ》さんらしい。

『先ほど、この方が仰《おつしや》ったように、私達はあなた方が捜している「緑竜の卵」を所持していません。あなた方はどうして私達が「緑竜の卵」を持っていると思ったのでしょう？』

「竜針計という魔法道具《マジック・アイテム》があると、この女は考えている。通訳は面倒。お前達はサトゥーの問いに疾《と》く答えるべき」

竜巫女は黙秘していたが、代わりにカリオン神が教えてくれた。

『竜針計は竜の卵を見つける魔法道具なのですか？』

『――り、竜針計は、竜の部位を、見つける』

神の言霊には逆らえないらしく、竜巫女が苦悶《くもん》の表情で教えてくれた。

『あなたが検知したのはこれでしょう』

オレはそう言って、懐経由でストレージから取り出した黒竜の鱗《うろこ》を見せる。

彼女達が検知したであろう「白竜の卵」を見せるのも新たなトラブルを招きそうだったので、竜針計が検知しそうなアイテムで誤魔化したのだ。頑張れ、詐術スキル。

『そんな……』

『成竜の鱗か、それならば竜針計の反応も頷《うなず》ける』

二人が悔しそうに言葉を口にした。

『盗んだ者に心当たりはないのですか？』

名前か所属でも分かればマップ検索して教えてやろう。

『分からぬ。盗人は黒尽《ず》くめの者達だった。男は派手な魔法を使い、女は迷宮産らしき魔法の鞭《むち》で暴れ回り、そいつらが暴れている隙《すき》に別の黒尽くめが祠《ほこら》から「緑竜様の卵」を盗み出したのだ』

——黒尽くめ。

やっぱり、ピピン達が追っている賢者ソリジェーロの弟子達の一人なんだろうか？

それにしても「白竜の卵」に「緑竜の卵」か……赤竜の様子からして「赤竜の卵」も盗まれたかもしれない。

「竜の卵なんて盗んで何をするんだろう？」

「美味？」

さすがにそれはないと思う。

美食の為に成竜を敵に回すとは思えない。

「卵を孵《かえ》して、鳥の雛《ひな》みたいに刷り込みで竜を従えようとしているとか？」

「それはありそうだね」

賢者の弟子が単体でできる事はそんなにないと思うけど、竜を使役したら機動力も戦闘力も格段に上がるのは間違いない。

『君達に思い当たる事はないかな？』

『不遜《ふそん》に過ぎるが、その娘の言は正しいと思う』

大男もアリサと同意見らしい。巫女も小さく頷いた。

「尋問は終わった。断罪を行う」

ウリオン神が紅色の光を帯びた手を振ると、二人の頭上にギロチンのような光の刃《やいば》が現れた。

事の顛末《てんまつ》を見守っていた通行人や屋台の店主が、顔を引きつらせて後じさりする。

「待って、神様」

アリサがウリオン神を制止する。

「こんな無礼者の為に大切な神力を無駄遣いするなんてもったいないわ」

ウリオン神は興味深そうな顔で先を促した。彼女はアリサの回りくどい助命嘆願の意図を読み取っている感じだ。

「こいつらには神様達に感謝と敬虔《けいけん》な祈りを捧《ささ》げさせたらいいわ。そうね、鐘が鳴るたびになんてどう？」

「それは罰ではない。人が人界で生きる為《ため》に必要な義務」

「なら、労役を科すのはどうかしら？　神の偉大さを語り、人々に神への祈りをするように促す役目を与えるのよ」

「それは神官達の栄誉ある役目。罪人にさせる事ではない」

「だったら――」

「クエストを課すのはいかがですか？」

アリサが口ごもったので助け船を出す。

「クエスト？」

「はい、この者にクエスト――神の試練を与えてはいかがでしょう？　試練を果たす使命を与え、それを贖罪《しょくざい》とするのです」

オレの言葉を聞いたウリオン神が「試練」と呟《つぶや》いて難しい顔をした。

もしかしたら、試練を課すのも栄誉ある行為なのかもしれない。

「ウリオンは早く決断するべき。美味が待っている」

「――美味。それは重要」

少女神達は深刻な顔で頷き合った後、冷めた視線を蜥蜴人に向けた。

「試練を与える。悪行を暴き、正義の裁きを下せ」

ウリオン神はそう告げた後、ギロチンを消す。

それで話は終わったとばかりに、少女神達はスタスタと歩き出した。

反応に困っていると、少女神達が振り返って「美味を」と口を揃《そろ》えた。

『偉大なる神よ！　俺達はどんな悪行を暴けばいい』

「既に試練は与えた。お前達は自分で探すべき」

ウリオン神は必死な感じの大男の言葉を軽く受け流す。

塩対応された大男が憐《あわ》れだったので、『竜の卵を使って何かを企《たくら》む連中がいるようです。その悪行を暴けばよろしいのでは？』と腹話術で男に耳打ちした。これなら試練をこなしつつ、彼らが求める「緑竜の卵」も捜せるしね。

「「美味を！」」

少女神達が焦《じ》れた感じだったので、すぐに後を追う。

集まっていた野次馬達は、ウリオン神が「お前達は疾く去るべき」と言霊を発して追い払っていた。

この国の名所を見物しつつ、地元の人に教えてもらった有名店に向かう。

ずっと卵を手で覆っていたポチも、ドラグ王国の二人が見えなくなったあたりでようやく安心したのか、安堵《あんど》の吐息を漏らしていた。

「パサパサ――口の中の水分が奪われて食べにくい。これが美味？」

「その芋料理は豆煮込みと一緒に食べるのがいいようですね」

「塩辛い。味が単調。この店の料理人はお前達を見習って精進するべき」

立派な門構えの老舗《しにせ》レストランに入ったのだが、シェリファード法国の人は食事への欲求が低いのか、今ひとつ料理の味付けが雑で美味《おい》しくない。

そういえばパリオン神国の枢機卿《すうききょう》が内海料理のフルコースをご馳走《ちそう》してくれた時に、シェリファード法国からは銘酒「神の情け」だけしか出てこなかったっけ。

ウリオン神が「次」と言って席を立ち、そのままスタスタと出て行ったので、オレ達も会計を済ませて後を追う。獣娘達は食事を残すのが後ろめたいのか、怒濤《どとう》の勢いで残りを口に押し込んでいた。

その後、幾つかの食堂やレストランを食べ歩いたが少女神達の口に合う料理は出てこなかった。

「この国の料理に失望」

「枝豆は美味しかったのですよ？」

ポチがすかさず擁護した。

「同意。それ以外が全滅」

ウリオン神が残念そうな顔で首を左右に振る。

「美味を求めて出国すべき。カリオンもそう言っている」

「言ってない。でも、ウリオンに同意。サトゥーは船を用意すべき」

少女神達はご立腹のようだ。

「分かりました。ですが、中央神殿に寄らなくてよろしいのですか？　おそらく、神殿の皆さんがウリオン神降臨の祭りを準備していると思うのですが？」

「否定。神は人の都合に左右されないと知るべき」

思ったよりも頑《かたく》なだ。よっぽどシェリファード法国の料理が口に合わなかったらしい。

「お祭りといえば、とっておきの料理や特別な奉納舞なんかがあるわよね」

アリサが良いタイミングでアシストしてくれた。

「……機会を与える。それが最後だと知るべき」

「神殿の料理人に伝えておきます」

良かった。さっき、空間魔法の「遠見《クレアボヤンス》」で確認したところ、巫女さんや神官達が必死な感じで祭りの準備をしていたんだよね。

念のため、神殿のお偉いさん達に「遠話」でウリオン神からのオファーや料理店での様子を伝えておいた。厨房《ちゅうぼう》で用意されていた料理が、さっきウリオン神がダメ出ししていたのとそっくりなラインナップだったので、口を挟まずにはいられなかったのだ。

「お祭りの準備が終わるのは夕方でしょうから、それまでは市場をぶらつきつつ名所観光でもいたしましょう」

オレの提案は少女神達に受け入れられ、市場でシェリファード法国らしいお土産物を探しつつ名所を巡る事になった。

市場ではパサパサ食感のシェリファ芋や腹持ちが良さそうなリファ豆を大人買いする。

前に飲んだ銘酒「神の情け」も探したのだが、酒を扱っている店が非常に少なく、そんな店でも「神の情け」は全く手には入らなかった。なんでも、その酒はウリオン中央神殿の醸造所で造られているそうなので、お祭りの時にでも分けてもらえないか尋ねてみよう。

「堅い本が多いわね」

本屋では六法全書のような分厚さの法律書や歴史書が多くあったので、適当に有名どころを買い求めた。

ポチ達は絵本を見つけていたが、内容が子供向けとは言いがたい難解さだったので、買わなかったようだ。ポチ曰《いわ》く、「卵のヒトの教育に良くないのです」という事らしい。

「魔法書ない」

「料理の本もありませんね」

判例を書いた本は山ほどあるのに、日常の役に立つような本がほとんどない。

魔法書が並んでいない理由は店主が教えてくれた。

「魔法書の購入は中央司法局の許可と予約がいるんだよ」

なんでも犯罪防止の為らしく、国に登録した魔法使いにしか許可が下りないそうだ。

そのお陰で犯罪自体は少ないそうだが、市井には生活魔法使いすら不足する状況らしい。

魔法書でさえそんな制約があるくらいだから、誰《だれ》にでも使える「魔法の巻物《スペル・スクロール》」は市内では流通していなかった。

「美味」

「干し芋の蜂蜜《はちみつ》漬けですね」

やたらと高かったが、少女神達の口に合う食べ物があって良かった。

市内観光の途中で幾つもの青空裁判に遭遇し、アリサが「ストーカー被害を訴える女性」に熱く同意して弁護に参加したり、「職場イジメで罠《わな》に嵌《は》められた獣人」の不当解雇や賃金詐欺を華麗に解決したり、裁判官と原告の癒着をウリオン神が暴いたりした。

「そろそろ祭りの準備ができたようですね」

輿《こし》を用意した巫女《みこ》さんが通りの向こうからやってくる。

神官達や神殿騎士達を連れた大集団だ。

オレ達はフードを目深に被《かぶ》り、行列の中に紛れてひっそりと同行した。

◆

「美味。もっと美味を」

「ウリオンは舞も見るべき」

大聖堂で開かれたウリオン神降臨の祭り——兼カリオン神来訪の祭りは、上機嫌な少女神達の様子に大盛り上がりを見せていた。

ウリオン神の口に合ったようで何よりだ。遠話で余計なお世話を焼いた甲斐《かい》があったよ。

「使徒様もご一献」

司教のご老人が酒杯を渡してくれた。

甘い香りのする黄金色のお酒には見覚えがある。

「これは『神の情け』ですね？」

「さすがは使徒様、ご存じでしたか。神のご降臨の席でこれほど相応《ふさわ》しい酒はありますまい」

オレは司教殿に同意し、極上の蜂蜜酒《ミード》を傾ける。

「美味の香りがする。カリオンもそう言っている」

「言ってない。でも、味に興味がある」

巫女達や大司教に歓待されていたウリオン神とカリオン神が、瞬間移動でオレの前に現れた。

「お二方も飲まれますか？」

見た目は未成年だけど、神様だから飲酒しても大丈夫だろう。

念のため、ショットグラスくらいの小さな酒杯を選んだ。

「肯定。美味を早く」

差し出した酒杯をウリオン神とカリオン神が受け取って飲み干す。

「美味。酒職人は称賛されるべき。カリオンもそう言っている」

「ウリオンに同意。――ふわふわと不思議な感覚。酩酊《めいてい》を実感するのは初めて」

少女神達の顔が赤く染まり、ふらふらと身体《からだ》を揺らす。

アルコール度数の低い蜂蜜酒なのに、小さな杯だけで酔ってしまったようだ。

「愉快。これが酩酊。これが楽しいという感覚。カリオンも楽しんでいる」

「同意。意思に関係なく笑いがこみ上げてくる。酩酊は興味深い」

少女神達が酒杯を重ねる。

彼女達が酒杯を空けるたびに、彼女達の意思を汲《く》んだ巫女達が酒を注ぐせいで、どんどん場がヒートアップしている。

「お前達も飲む。酩酊を楽しむべき。カリオンもそう言っている」

「言ってない。ウリオンの妄想。身体がふわふわして踊りたくなってくる」

ウリオン神の言霊を受けた神官達が大いに酒を酌み交わし、踊り出したカリオン神に合わせて巫女達や神官達が舞い踊る。

「ふらふら～？」

「ポチは魅惑のダンサーなのです」

ポチとタマがカリオン神と一緒に踊り、ミーアが楽しげな曲を演奏し出す。アリサとナナに誘われたルルも恥ずかしそうに一緒に踊っている。ポチは頭に卵帯を移動しているので、なかなかコミカルだ。

リザは一人静かに宴会料理を食べているが、その尻尾《しっぽ》は楽しげにリズムを取っていた。

言霊もこういう使い方なら歓迎かな？

――そう思っていたのもつかの間。

「暑い。拘束具が邪魔」

「ウ、ウリオン様っ⁉」

おっとウリオン神がいきなり上着をはだけてしまった。

「お前達も脱ぐといい。ほてった身体に外気が心地いい」

「お前達も踊るといい。踊ると酩酊感が増して楽しい」

カリオン神も服を脱ぎ、その服を振り回して笑っている。

言霊に影響を受けた神官や巫女達も服を脱いで踊り出した。まるでサバトだ。

うちの子達は大丈夫。一緒に踊っているがちゃんと服はそのままだ。ポチ、タマ、ナナの三人が周りに釣られて脱ごうとしたが、ちゃんと他《ほか》の子達が止めてくれていた。

オレはサバト会場となった大聖堂を転移で飛び回る少女神達の傍《そば》に縮地で接近する。

「ウリオン様、カリオン様、美味です」

オレは蜂蜜味の酔い覚まし魔法薬を少女神達に渡す。

少女神達がぐびっと魔法薬を呷《あお》った。

酔いが醒《さ》める頃合《ころあ》いを見計らって、少女神達にストレージから出した上着を羽織らせる。

「酷い醜態を見せた。お前達は今の事を全《すべ》て忘れるべき。カリオンもそう言っている」

「肯定。醜態は忘れ去られるべき」

言霊を受けた人々がぼんやりした顔になる。

「神様。男の人を眠らせて、女の人達に服を着るように命じて」

アリサに頼まれたウリオン神がそれを実行し、女性が服を着終わって退場したところで男性を目覚めさせて服を着させる。もちろん、男性の羞恥心《しゅうちしん》に配慮して、大事な部分が見えないように「理力の手」で服を掛けておいた。

神様にも羞恥心があるようで、翌日早くにオレ達はシェリファード法国を出発した。

ウリオン神の使徒と思われていたお陰で、一般に販売されていない銘酒「神の情け」が大樽《おおだる》で大量ゲットできた。

最後はぐだぐだだったけど、これはけっこうな収穫かな？

音楽の国

〝サトゥーです。音感や音楽センスは欠片《かけら》もありませんが、恋人や友人達とコンサートや演奏会によく行きました。カラオケは友人達から不評だったので聞き役が中心でしたけどね。〟


「風が気持ちいいわね」

アリサがメインマストにもたれながら目を細める。

シェリファード法国を旅立ったオレ達は、南東の沖合に浮かぶ大きな島を占めるミューシア王国の港を目指して航海していた。

今回はトラブルに備えて、こっそりと沖合に出しておいた浮遊帆船を使用している。

「本当に目的地はどこでも良かったのですか?」

「肯定。美味や喜びのある地を希望」

オレの問いにカリオン神が頷《うなず》いた。

てっきり、最寄りの中央神殿がある国――ザイクーオン中央神殿のあるピアロォーク王国か、テニオン中央神殿のあるオーベェル共和国のいずれかを希望されると思っていたのだが、少女神達は物見遊山ができればそれでいいようだ。

「音楽は素晴らしい。心を潤してくれる。ウリオンも耳を傾けるべき」

ミーアの演奏をカリオン神がうっとりと聴いている。

アリサが「人類の生み出した文化の極みだよ」と言ってぐふぐふ笑っている。元ネタは有名だからその反応は分かるけど、乙女の尊厳が揺らぎそうな顔は止《や》めた方がいいと思う。

「美味。酒は喉《のど》を潤してくれる。カリオンも飲むべき」

ウリオン神はマイペースにラム酒を飲み干した。

いつの間にかアルコールの耐性を獲得したらしく、今ではお酒を飲んでも顔が赤くなる事もない。

「こっちのフルーツジュースの方が美味《おい》しいと告げます」

「バナーナのジュースも美味しいのですよ！」

ナナとポチがお気に入りのジュースを勧める。

「美味。ウリオンも飲むべき」

「カリオンが言うなら――美味」

ウリオン神が持っていたラム酒の杯を押しつけてきた。

どうやら、フルーツジュースの方がお好みのようだ。

「神界にはお酒やジュースはないのですか？」

「ない。神界は光に満ちあふれた世界。物質に支配された人界とは違う」

「高次元世界的な？」

「次元に高い低いはない。世界を構成する次元数や構成要素が違うだけ」

「ふーん、難しい話は分からないけど、神界がそんな世界なら食事もないのね」

「なら、たくさん美味しいモノを食べてもらわないと！」

アリサが同情し、ルルが腕まくりする。

「ふぃーしゅ～？」

「おっきなお魚なのです！」

船尾で釣り糸を垂れていたリザが大きな鰹《かつお》を釣り上げた。

タマがダッシュで鰹に飛びついて、一緒にピチピチしている。卵を庇《かば》って出遅れたポチも、手を伸ばして鰹を押さえているが、小さな二人では大きな鰹を押さえきれないようだ。

「助勢すると告げます」

ナナが押さえ込み、駆け寄ったルルが素早く鰹を締める。

どうやら、船上の昼食は鰹料理になりそうだ。

◆

「ここがミューシア王国なんですか？」

「そうだよ。あそこに見える大きな建物が噂《うわさ》の大音楽堂みたいだ」

ここにある大音楽堂はミーアが来たがっていた場所だ。

音楽の国と呼ばれているだけあって、港の桟橋にも辻《つじ》音楽家がいて曲を奏でて日銭を稼いでいる。

島に着いた当初は「タイキョーにいいのです」と言って音楽に耳を傾けていたポチも、美味しそうな匂《にお》いに負けて早々に焼き菓子の売り子がいる場所に駆けていった。やっぱり、ポチは花より団子だね。

「不思議な音」

どこかから聞こえてくる音色にミーアが耳を澄ました。

「聞いているだけで不思議と楽しくなるの。とってもアメージングなの。本当よ？　なんの楽器か気になるの。アリサやサトゥーは分かる？」

「弦楽器っぽいけど、何かしら？　どっかで聞いた事があるのよね～」

「たぶん、ハープっぽいけど、あそこまで重厚な音は出ないはずだし……なんだろう？」

音源は大音楽堂っぽいので、空間魔法の「遠見《クレアボヤンス》」で先に答えを覗《のぞ》くのではなく、皆《みんな》で正解を見に行こうという事になった。

少女神達はポチやタマと一緒に、売り子から買った焼き菓子に夢中で聞いていなかったしね。

「ふふふん、ふふん」

そこかしこで辻音楽家が曲を奏でるミューシア王国が気に入ったのか、上陸してからのミーアは常に鼻歌交じりで上機嫌だ。

スキップした拍子にフードが脱げかけているが、注意するほどじゃない。

「――奏聖様？」

「あれってソルルニーア様じゃないか？」

ミーアの素顔を見た人達が、ミーアを見ながら奏聖の名を挙げた。

どうやら、ミーアと奏聖を間違えたようだ。おそらく、奏聖はエルフなのだろう。

「飴《あめ》の屋台」

「ポチが買ってくるのです！」

「焼き菓子の売り子」

「タマが買ってくる～」

この国はお菓子産業が盛んなのか、あちこちでお菓子を売る屋台や売り子を見かける。

「この甘みは砂糖とはちょっと違いますね。たくさん食べてもくどさがなくて、後味がさらさらしてます。生地にバターを使っていないからかしら？」

ルルは研究に余念がないようだ。

「あそこにお店があるみたいだから、ちょっと覗いてみよう」

食料品を扱う問屋っぽいお店があったので、ルルと一緒に覗いてみた。

「砂糖？　砂糖珊瑚《さんご》のならあるよ。うちは問屋だから、大袋単位になるぞ。中心街に行けば小売りもあるから、そっちの方がいいんじゃないか？」

店番の男性が試食させてくれながら親切に教えてくれたが、お菓子作りに便利そうなので大袋単位で大人買いしておいた。港から持ち出す場合は重い関税の対象になるらしい。

男性の話だと、砂糖珊瑚はこの島の近傍にしか育たない有毒の珊瑚らしい。無害化する精製方法は王家が独占しており、不用意に精製所の近くに行くと衛兵に捕まると教えてもらった。危ない危ない。ララギの砂糖工場の時のように、匂いに釣られて知らずに行くところだった。

「あれは何？」

問屋を出て通りを歩いていると、カリオン神が何かを見つけた。

「お菓子の家なのです！　甘い匂いがしているから間違いないのですよ！」

「かわいい～？」

本当にお菓子の家みたいな感じのお店だ。

「喫茶店みたいね」

「ちょっと寄っていきましょう」

少女神達はオレの言葉を待たずにお店に突撃していた。

あいかわらず、興味を持ったら一直線だ。

「ふんふふん」

「店の中にも演奏家がいるのね」

可愛《かわい》い店内の片隅で、コントラバスのような大きな弦楽器を持った演奏家がゆったりとした曲を弾いている。ＡＲ表示によるとお店のオーナーさんのようだ。

人気店らしく、たくさんのお客さんがお菓子とお茶を楽しんでいた。

若い女性が多いが、年配の方や男性もそれなりにいる。

「「美味を」」

少女神達の大雑把なオーダーにウェイトレスさんが困った顔をしていたので、お薦めのお菓子を一通りオーダーしておいた。

売り子や屋台で買ったのと同じようなお菓子が多かったが、ここは値段が高い分、バターやバタークリームをふんだんに使ってあってしっとりしていて、屋台でいまいちだったパサパサ感がなくなっている。

地元フルーツの砂糖漬けが挟まったクレープやガレットも美味しいが、生クリームを使っていないので少し寂しい。

そこに真打ちの商品が運ばれてきた。

「ふぁんたすてぃっく～？」

「飴細工ね。食べるのがもったいないわ」

糸のように加工した飴で作る飴細工は芸術品のように繊細だ。

「うふふ、飴細工は儚《はかな》いお菓子ですから、目で楽しんだらすぐに食べてくださいね」

飴細工を運んできたウェイトレスさんが微笑《ほほえ》みを残して去っていく。

「美味。この店は祝福されるべき。カリオンもそう言っている」

「言ってない。でも祝福には同感。そのくらいの価値はある」

少女神達が朱色と紅色の光を帯びた手を振ると、お店や厨房《ちゅうぼう》に光のカーテンが降り注ぐ。

お客さん達もウェイトレスさんもオーナーさんも、目をぱちくりさせて突然の奇跡に驚いていた。

どんな効果があるのか知らないけれど、この事が少女神達の信者に伝われば、今以上にお客さんが殺到しそうだ。これでお店も安泰だね。

◆

「大音楽堂」

ミーアが期待に満ちた顔で、ドーム球場のように大きな大音楽堂を見つめる。

喫茶店でお菓子を堪能《たんのう》したオレ達は、この国での目的地だった「大音楽堂」へとやってきた。

大音楽堂の前は人でいっぱいだ。

「ご主人様、入場券を買い求めて参ります」

リザがそう申し出てくれたので任せる。

タマがするすると影のようにリザの後ろをついていった。たぶん、忍者修行の一環だろう。

「――中止？　演奏会が中止ってどういう事だ？」

聞き耳スキルが周りの声を拾ってきた。

「そんな！　この演奏会を楽しみにしていたのに……」

「なんでも聖楽器の調律ができていないらしい」

「それは本当ですの？　調律伯が奏聖様とご一緒に出かけられているとはいえ、調律伯のお弟子さん達が何人もいるはずですのに」

「調律に使う『夢響の音叉《おんさ》』が盗まれたそうだ」

「まあ、怖い」

せっかく訪れたのに大音楽堂の演奏会が聞けないのは残念すぎる。

そう思って、マップ検索で「夢響の音叉」を捜してみたのだが、この国にも既知のマップにも存在しなかった。おそらく、犯人はアイテムボックスや「魔法の鞄《マジック・バッグ》」の中に収納しているのだろう。

「ご主人様――」

戻ってきたリザが、先ほど聞き耳スキルで得たのと同じ情報を持って帰ってきた。

「サトゥー」

くいくいと両方の袖《そで》が引かれる。片方は残念そうな顔をしたミーアで、もう片方はご立腹な感じのカリオン神だった。

「お前はなんとかするべき。ウリオンもそう言っている」

「言ってない。カリオンは私のマネを止めるべき」

いつもと逆パターンで無茶ぶりが来た。

「私はリズム感がないので自信がありませんが、何か力になれないか聞いてきましょう」

調律師の称号やスキルレベル最大にした「魔法道具調律《マジック・アイテム》」スキルや「演奏」スキルもある事だし、手伝いくらいはできるだろう。

「ミーア、手伝ってくれるかい?」

「ん、任せて」

音楽好きのミーアの手伝いがあるなら百人力だ。

オレ達は大音楽堂の事務局へと続くスタッフ用の入り口に向かう。

「申し訳ありませんが、こちらは関係者専用の通路です。演奏会のチケット払い戻しでしたら、あちらの発券所で行っておりますのでお並びください」

入り口にいた警備スタッフが丁寧な口調でオレ達を遮った。

少女神達の言霊に頼るのもなんなので、詐術スキルに頑張ってもらうとしよう。

「通して」

オレが口を開くよりも早く、ミーアがフードを下ろしながら要求した。

「そ、奏聖様！」

「ど、どうしてソルルニーア様がっ！」

「違――」

「どうぞ、お入りください。皆！　奏聖様がお戻りになったぞ！」

ミーアが否定するよりも早く、警備スタッフ達が扉を開けて中に駆け込んでいってしまった。

「行く」

躊躇《ためら》う事なく、ミーアが通路の奥へと足を向ける。

まあいいか、手間が省けた。


「ソルルニーア様――ではありませんね？」

「ん、ミーア」

廊下を駆けてきた美女の問いにミーアが答える。

「エルフ様とお見受けいたしますが、ソルルニーア様とご同郷の方でしょうか？」

「違う」

ふるふると首を横に振るミーアに、美女が困惑顔だ。

「初めまして、私はサトゥーと申します。彼女はボルエナンの森のミサナリーア。聖楽器の調律でご苦労されていると耳にしましたので、何か手伝える事はないかと馳《は》せ参じました」

美女が小さな声で「ボルエナンの森の……」と呟《つぶや》いた。

「分かりました。エルフ様なら調律できるかもしれません。どうぞ私《わたくし》どもにご助力くださいませ」

どうやら、詐術スキルとエルフのネームバリューが勝利したらしい。

「申し遅れました。私は堂長のララベルと申します」

オレ達を案内しながら美女が名乗る。

アリサが「魔法少女みたいな名前ね」なんて呟いていた。


「これが聖楽器ベルラルーラです」

堂長に聖楽器があるホールへと案内された。

アリサが後ろで「惜しい！」とか零《こぼ》していたが、元ネタが分からないのでスルーする。

「ぐれいと〜？」

「蜘蛛《くも》の巣みたいなのです」

「蜘蛛の巣なら横糸が必要だと指摘します」

聖楽器は放射状に伸びた長い弦を持つハープの一種らしい。

一番長い弦は五〇メートルくらいありそうだ。弦が集中する場所が五箇所あり、それぞれの場所に奏者が座って音の調整をしている。

手前で指揮棒を持つ一人は調律の指揮をしている人かな？

「それぞれの弦の数は二五六本。弦の張力だけでなく、弦を流れる魔力量によっても音が変わるのです」

堂長がそう説明してくれる。

「ダメだ、ダメだ！　一席ならともかく五席全部を調整するなんて無理だ！」

調律の指揮を執っていた男性が頭を掻《か》きむしって叫ぶ。

「倒れた」

「大変なのです！」

男性がバタンッと倒れた。

助手が慌てて男性の傍《そば》に駆けていく。

「医務室に運びなさい！」

堂長の指示を受けたスタッフが男性を運び出していく。

調律に協力していた奏者達も、疲労の極みにあったのか座席にへたり込んだ。

堂長が奏者達のケアをするようにスタッフに声を掛けた後、こちらに視線を戻した。

「お見苦しいところをお見せしました。いつもは『夢響の音叉』に頼り切りで調律していたので、それなしには満足な調律もできない体たらくで」

「そういえば『夢響の音叉』は何者かに盗まれたとか？」

「はい、鞭《むち》を振る黒尽《ず》くめが奪って逃げました」

――鞭を使う黒尽くめ。

ドラグ王国で「緑竜の卵」を盗んだ賊と符合する。

「鞭を使っていた黒尽くめは女性でしたか？」

「ご存じなのですか⁈」

「いえ、ドラグ王国でも同様の事件があったそうなので、もしかしたら同一犯かもしれないと思いまして」

――複数の竜の卵に、「夢響の音叉」。

彼らが何を企《たくら》んでいるのかは知らないが、こうも行く先々で事件を起こされるとさすがに気になってくる。賢者ソリジェーロが負の遺産を残していない事を祈りたい。

「サトゥー」

ミーアがオレの袖を引いた。

どうやら、早く調律しろと言いたいようだ。

オレは堂長に言って、人のいなくなった聖楽器の下へと向かう。

「聖楽器ベルラルーラはこちらの手袋――『奏者の指先』を装着して音を奏でます」

堂長が着席して、演奏の実演をしてくれた。

深みのある素敵な音だ。

「では調律を――」

そう促されて着席し、白い手袋を嵌《は》めた。

僅《わず》かに魔力が手袋に吸い取られたような感覚がある。これが呼び水となって聖楽器に蓄えられた魔力が弦を伝わって音に魔力的な振動を生み出すようだ。

演奏スキルや魔法道具調律スキルの助けを借りつつ、弦を弾《はじ》いてみる。

魔剣や魔法道具でよくある淀《よど》みはないが、弦の品質にばらつきがあるようだ。これが意図的なモノなのか劣化なのかが分からない。

「ミーア、これを演奏できるか？」

「ん、任せて」

堂長が弾くのを見て覚えたのか、ミーアが危なげない仕草で聖楽器を扱う。

先ほどオレがやったように弦を一本ずつ弾いて確認した後に、ミーアがよく弾いているエルフの楽曲を奏で――途中で弾くのを止《や》めた。

「この弦とこの弦とこの弦。それにこれとこれとこれを同時に弾く時のこの弦――」

オレが見つけたのと同じ不良の弦を幾つかと、組み合わせで微妙な弦をさらに何本か見つけてくれた。

「こっちの組み合わせは問題ないのか？」

「ん、意図的」

ミーアに尋ねて良かった。

危うく変更する必要のない場所までいじって、改悪してしまうところだったよ。

オレはミーアの情報を元に、演奏スキルや魔法道具調律スキルの助けを借りて聖楽器の調律を進める。オレ自身に音感があれば一発で調整できるのだろうが、センスがないのばかりはどうしようもないので、ミーアと二人三脚で調律を完成させた。

「これでいけると思う。ミーア、試してくれ」

「ん」

堂長に促され、皆《みんな》と一緒に客席に座って演奏を確認する。

──おおっ。

オレが調律している時は腹に響く重々しいだけだった音が、ミーアの手によって別物へと変わっていく。

凄《すご》い。これが聖楽器の本領か……。

一つ一つの音が明確に感じられるのに、全《すべ》ての音が対立する事なく立体的に調和して深みのある別次元の音楽を作り出していく。

なめらかな音の連なりがうねりのようにオレの身体《からだ》を包み込み、心地よいリズムがオレを満たしてくれる。

いつの間にか、空いていた四つの席に奏者が座ってミーアの演奏に合わせて曲を奏で始めた。

おそらくは譜面を知らないであろうエルフの民族楽曲に、アドリブで合わせる腕前はプロの奏者ならではだろう。

いつもの曲に合わせてポチやタマやナナが歌を口ずさみ、アリサの誘いで仲間達がそれに合わせて歌い出した。

後ろの方からも曲に合わせてハミングする澄んだ歌声が聞こえてきた。衣装からして、声楽隊の少年少女達のようだ。

最初の荘厳さは失われてしまったが、こんな風に賑《にぎ》やかな方が元の楽しげな曲調によく合う。

いつの間にかカリオン神とウリオン神まで合唱し出した。人々を魅了する歌声がミーアの演奏と相まって人々に感動を届ける。これが人と神の共演か——。

オレは椅子《いす》に深く腰掛け、染み渡るような素晴らしい演奏に耳を傾ける。

——うん。なかなか、ぜいたくな時間だね。

◆

「ばいばいび～」

「また会おうなのですよ！」

港で手を振る人々に、大きく手を振り返しながら出航した。

「「「ミーア様ぁああ～」」」

遠くでミーアのファン達が大きな旗を振っている。

聖楽器の調律を終えた次の日から三日間ほど、堂長に乞《こ》われたミーアが演奏会のセンターを務め、ミューシア王国で奏聖の再来と絶賛された。ファンクラブができたほどだ。

「お菓子は美味《おい》しかったけど、観光はもう一つだったわね」

「そうでもないさ」

辻《つじ》音楽会も良かったし、美味しいお菓子を食べながら聞く演奏も乙だった
ミーアが即興で弾くだけで、近くにいた子供達が自然に交ざって合唱になるのも楽しかったしね。


「次はどこ？」

ミューシア王国の港が見えなくなると、カリオン神が次の目的地を尋ねてきた。

顔は真剣だが、ミューシア王国で買った大きなペロペロキャンディを舐《な》めながらだと今ひとつ威厳がない。

「そうですね。航路上だと歓楽都市ヴェロリスあたりですが――」

「ダメ」

「そうよ！　絶対ダメなんだから」

歓楽都市という名前に惹《ひ》かれて名前を出したが、鉄壁ペアに速攻で阻止された。

「興味」

「歓楽がどういうモノか説明を要求。お前は疾《と》く答えるべき」

少女神達は興味津々だ。

「ダメよ、そんなのに興味を持ったら」

「ん、瘴気《しょうき》いっぱい」

アリサとミーアが必死で説得する。

結局二人の説得が実ってしまい、航路を歓楽都市ヴェロリスから逸《そ》らす事になってしまった。

オレ達は鉱山の国でミスリル鉱石を買い求め、海藻と鳥の島で海鳥と海藻の水炊きに舌鼓を打ち、ときおり襲ってくる海賊を退治する旅を続けた。

「もくもく～？」

「お山から煙が出ているのです！」

前方に火山島が見えた。

「あれが次の目的地だよ」

あそこはポチが会いたいと言っていた侍大将がいると噂《うわさ》の黒煙島だ。

鉱山の国の北方にある修羅山では剣聖に会えなかったので、黒煙島の侍大将には期待している。

黒煙島への接近を阻む岩礁や渦を抜け、オレ達の船は黒煙島の港へと近付いた。

黒煙島

〝サトゥーです。火山の噴煙が身近に見える場所で暮らしていた友人によると、噴火の危険性もさる事ながら日々の生活では火口上空の風向きが気になると言っていました。せっかく洗った洗濯物が降灰で台無しになるのだそうです。〟


「ここも戦争の跡がありますね」

「本当に内海沿いの国って、人間同士の戦争が多いわね」

港周辺の建物には焦げ痕《あと》や砲弾などで砕けた痕がそこかしこにあった。

この島はサガ帝国出身の侍大将を中心とした武闘派が実効支配する自治領だ。

観光省の情報によると、戦略物資である火石《ひいし》が火口で豊富に採れ、金鉱脈もある。農作物の収穫量は少ないが、海産物が豊富にあり自給自足が可能らしい。

「パリオンの見境ない愛ゆえ」

ウリオン神が呟《つぶや》いた。

「人を守る事が結果的に争いを助長する事もある」

カリオン神が付け加えた。

パリオン、愛、守る事――「パリオン神の灯火」か！

内海を航行する船舶から魔物を遠ざける「パリオン神の灯火」が、国家間の戦争を誘発する事態になっていると言いたいのだろう。

まあ、これはパリオン神が悪いと言うよりは、豊かさの為《ため》に侵略戦争を企むヤツが悪いと思うけどさ。もしかしたら、パリオン神国が各国の紛争を仲裁しているのは、この事が関係あるのかもしれないね。

「マスター、小舟が接近中と報告します」

港の方から四、五人の漕《こ》ぎ手を乗せた舟が急接近してくる。

一見、小規模な海賊にも見えるが、AR表示によると港湾職員らしい。

「着物」

「ほんとだ。タスキやハチマキもしてるし、服装も和風よね」

サガ帝国から移民した侍が多いという話は聞いていたけど、服装まで和風なのは予想外だった。

『ここは黒煙島！　強者《つわもの》のみが上陸を許される修羅の島！』

――漫画かっ。

思わず内心で突っ込んでしまった。

世紀末な救世主漫画に出てくるような設定はいらない。ぜひともほのぼのファンタジー路線でお願いしたい。アリサなんか声も出ないくらい嬉《うれ》しそうに興奮しているし。

「我が名はリザ・キシュレシガルザ！　シガ王国ペンドラゴン子爵の直臣にして、セリビーラの迷宮の『階層の主《フロア・マスター》』を討伐せしミスリルの探索者！　この船に乗る者は皆、一騎当千の強者なり！」

リザが魔槍《まそう》ドウマ片手に、ノリノリで返答する。

こういうリザはレアだね。思わず「録画《ピクチヤー・レコーダー》」や「録音《サウンド・レコーダー》」の魔法で勇姿を撮影してしまった。

『よかろう！　縄を下ろせ、侍大将が一の家臣にしてテンネンリー・スィン流皆伝のゴンロック様が見極めてくれる！』

権六みたいな名前をした中年侍が小舟から叫んだ。

リザが「よろしいですか？」と尋ねてきたので首肯してやる。

縄を垂らすと猿のような俊敏さで中年侍が浮遊帆船の甲板に上がってきた。オレ以外は女子供ばかりなので驚いていたが、特に何もコメントをせずにリザと相対した。

「お侍様なのです！」

中年侍を間近で見たポチが嬉しそうだ。

「――いざ、尋常に勝負！」

黒子みたいな格好をしたアリサが、中年侍とリザの決闘を取り仕切っている。

たぶん、ゲームのコスプレだと思うが、いつの間に着替えたのやら。

『なんと！』

一瞬目を離した隙《すき》に勝負が付いていた。

瞬動で一瞬のうちに間合いに入ったリザの槍《やり》が、居合いをしようとした中年侍の刀の鍔《つば》を貫いて止めたのだ。

『ここまで手も足も出なかったのは、大将や剣聖殿以外では初めてだ！』

中年侍が呵々《かか》と笑う。

彼は下で待つ仲間に「強者だ！」と声を掛けると、小舟は素直に浮遊帆船から離れ、オレ達を先導してくれた。中年侍は港まで同乗するらしい。

「リザと戦う時にイアイ・バットーはダメなのですよ！　ポチもいつだって止められちゃうのです」

『ほうほう、小さいのに居合いを使うのか』

「そうなのです！　カゥンドーに教えてもらったのですよ！」

『カゥンドー？　もしかして、スィン・カァーゲ流の天才、変幻自在のカゥンドーか！』

サガ帝国の侍、カゥンドー氏にそんな二つ名があるとは知らなかった。

『あのカゥンドー殿に教えを受けたのなら、さぞかし才能があるのであろう』

「カジロ先生やルドルーにも教えてもらったのです」

『帝都ジィ・ゲイン流のルドルー殿と元祖ジィ・ゲイン流のカジロ殿か！　どちらもジィ・ゲイン流の有名人ではないか！』

侍の世界は狭いらしい。

オレ達は中年侍から侍の流派や有名人の話を聞かせてもらいながら入港した。

外洋船が接舷《せつげん》できる桟橋がないので、オレ達の浮遊帆船は港の近くに投錨《とうびょう》して、小舟で港へと下り立つ。

春から初夏の気候が多かった他《ほか》の都市と違い、この港は真夏の暑さだ。

オレはローブを脱いでシャツの袖《そで》をまくる。仲間達も上着を妖精鞄《ようせいかばん》に収納していた。

「港の倉庫以外は掘っ立て小屋みたいなのが多いわね」

「町中には立派な木造建築もあるけど数が少ないし、黒煙島は建材が高価なのかもね」

中年侍に先導されてオレ達は黒煙島の入り組んだ狭い通りを進む。

目的地は侍大将がいる屋敷だ。

「道に砂が溜《た》まっているのです」

「ほんとね？　近くに砂丘でもあるのかしら？」

『そいつは火山灰だ。普段は今みたいな方角に風が吹いているんだが、たまに里の方に吹く』

なるほど、きめ細かい砂に見えたのは降灰が積もったモノだったのか。

『いい研磨剤になるから、内海の商人がたまに買いに来る』

中年侍が意外な特産品を教えてくれた。

「「美味を」」

「小魚やイカを焼いたのばかりですが構いませんか？」

少女神達からリクエストが来たが、この辺りはシンプルな料理を扱う屋台ばかりだ。

「肯定。同じように見えても、違う美味がある」

「カリオンに同意。美味は奥深い」

そういう事なので、ポチ先生の鼻が美味しそうに感じた屋台の料理を買い求め、それをパクつきながら、待ってくれていた中年侍とともに屋敷に向かった。

◆

「ようこそ強者。ワシが侍大将スィーンゲンである」

着物を着た総髪の初老男性が威厳のある声で名乗った。

オレ達は低い石垣の上に建つ武家屋敷のような家の座敷にいる。ここは風俗まで和風らしく、板の間には靴を脱いで入るようになっており、そういう習慣に馴染《なじ》みのないオレとアリサ以外のメンバーが戸惑っていた。今も藁《わら》編みの敷物の上に座っているしね。

「初めましてスィーンゲン閣下。私はシガ王国のサトゥー・ペンドラゴン子爵と申します」

オレも名乗り、リザや仲間達を簡単に紹介した。

「そっちの鱗《うろこ》族の娘がゴンロックを軽くいなした達人か……」

侍大将が獲物を見つけた猛獣のような顔になる。

「手合わせなら庭でやりな。また、壁や道場を壊してヌゥーメに叱《しか》られるよ」

洋装で縁側の障子戸にもたれかかっていたのは、白い髪をボブカットにした老齢の女性だ。

AR表示によると彼女の名前はブルーメ・ジュレバーグ。「剣聖」や「勇者の従者」という称号を持ち、剣術スキルなどの近接戦闘系以外にも雷魔法や「神聖魔法：パリオン教」のスキルを持っている。

おそらくは彼女こそが修羅山で会えなかった剣聖その人だろう。

家名からして、シガ八剣筆頭「不倒」のジュレバーグ氏の親族に違いない。

「そうするか。行くぞ、リザ」

侍大将が腰を上げた。

リザが振り返って許可を求めてきたので頷《うなず》いてやる。

「承知」

「ポチもケットーするのです」

「タマもやりたい～？」

「私もサムライ・マスターとの勝負を希望すると告げます」

リザが立ち上がると、前衛陣が楽しげに立ち上がった。

「ポチ、激しい動きをするなら卵を預かっていてあげるわ」

「はいなのです。大切な大切な卵だから大事にしてほしいのです」

「おっけー、まーかせて！」

「……本当の本当に大丈夫なのです？」

「あはは、本当に大丈夫だから安心して」

ポチが心配そうにしながら、お腹《なか》に巻いていた卵帯をアリサに預けている。

修行中は邪魔だろうし、明日《あした》からはオレが預かっていてあげようかな？

「――美味は？」

くいくいとオレの袖を引いたカリオン神が問う。

「なんだ？　腹が減っておるのか？　ヌゥーメ！　客人に食事を！」

刀を手に縁側へ出ようとしていた侍大将が、家の奥に向かって叫んだ。

遠くの方から女の子の「はーい」という元気な声が聞こえてくる。

「酒は？」

「少し待て。それは勝負が終わってからだ」

「承諾。戦いを見守ろう」

ウリオンが大仰な仕草で頷いて縁側に座った。

足をぶらぶらさせる姿からは、その正体が神々の一柱だとは想像できない。

「まずはリザからだ」

「——承知」

侍大将は抜いた刀を中段に構えた。

彼はレベル五一もあるので、リザでもそうそう油断はできない。

「動いた」

舞い落ちる木の葉が二人の視線を遮った瞬間、リザが電光石火の早業で仕掛けた。

侍大将はリザの怒濤《どとう》の攻めをギリギリで受け流す。

「——ぬぅ」

予期せぬ攻撃に侍大将が舌を巻いた。

一度引いたかに見えたリザが、振り向いた瞬間に尻尾《しっぽ》で足払いを仕掛けたのだ。

それでもすぐに侍大将は後退して尻尾を避《よ》けている。

さほど広くない庭を二人が位置を入れ替えつつ壮絶な攻防を繰り返す。

リザに圧《お》されながらも、侍大将は紙一重で見きって受け流し、反撃の隙を作り出している。

スピードやパワーといった地力はリザの方が上だが、老練さと何より長い年月を積み上げてきた経験は侍大将の方が圧倒的に上だった。少なくとも現時点の対人戦においては、彼の方に一日の長がありそうだ。

ドワーフ自治領のドハル老と戦った時も思ったが、歳経《とし》た戦士の老練な経験は学ぶべきところが多い。

「あの娘、やるね」

オレの隣に立って声を掛けてきたのは剣聖だ。

ピンと伸びた背筋といい、生気溢《あふ》れる気迫といい、とても御年八八歳には見えない。

「あんた達はシガ王国から来たんだろ？　ならシガ八剣は知っているね？　あの娘がスィーンゲンに勝てたら紹介状を書いてやる」

――いりません。

「シガ王国最強だの『不倒』だのと言われて天狗《てんぐ》になっているうちの馬鹿《ばか》息子の鼻っ柱をへし折ってきてやりな」

おっとシガ八剣に推挙する紹介状じゃなく、決闘の為《ため》の紹介状か。

息子のゼフ氏もたいがい脳筋だったが、母親も同タイプらしい。

「剣聖殿はゼフ・ジュレバーグ氏のご母堂でしたか」

「ご母堂なんてかしこまった言い方をしなくていい。あたしの事は剣聖や捨てた家名じゃなく、ブルーメと名前で呼びな」

ブルーメ女史がさばさばした口調で言う。

会話の途中で、くいくいと後ろからシャツの背中を引っ張られた。

「不満」

振り返ると不満顔のカリオン神がオレを見上げていた。

その後ろでは困り顔の見知らぬ少女がいる。AR表示によると名前はヌゥーメ、侍大将の娘らしい。

座敷には膳《ぜん》に載った茶色い握り飯と吸い物が置いてあった。

「すみません、厨房頭《ちゅうぼうがしら》のラドパドさんがいたら、もう少し凝った物が出せるんですけど、あいにく磯《いそ》まで食材を採りに行ってまして」

「厨房をお借りしてもよろしいですか？」

「はい。大した食材はありませんが、それで良ければ」

許可が貰《もら》えたので、ルルを誘って厨房に行く。

念のため、空間魔法の「遠見《クレアボヤンス》」と「遠耳《クレアヒアリス》」を発動してリザ達の様子を確認しておこう。

「火石を使った竈《かまど》ですね。調味料は塩とお酒、それに黒いのは味噌《みそ》ですね。こっちは溜《た》まり醤油《じょうゆ》かしら？」

「それは魚醤をラドパドさんが漉《こ》したモノです。臭みがなくて美味《おい》しいですよ」

ルルが活《い》き活《い》きとした顔で厨房をチェックする。

食材や調味料は自前のモノを使おうと思っていたのだが、ルルが楽しそうなのでそのまま後ろで見守る。

「ワッシの厨房で食い物を漁《あさ》るのは誰《だれ》だ！」

半裸の男が厨房に飛び込んできた。

「ラドパドさん、お帰りなさい」

「むむ、ヌゥーメ！　まさかお前が！」

「『まさかお前が』じゃありません。ラドパドさんがいなかったから、お客様に料理を作っていただこうとしていたんです」

筋肉をやたら強調する暑苦しい男性が料理人のラドパド氏らしい。

頭にわかめを載せているのはファッションか、磯帰りゆえのゴミか、判断に迷う。

「客？」

「シガ王国からのお客様です」

ヌゥーメ嬢がラドパド氏に説明してからこちらを振り返った。

「サトゥー様、こちらが我が家の料理人で、『千変万化の料理人』ラドパドさんです。まあ、よそでは『変態料理人』なんて呼ばれる事の方が多いらしいですけど、見た目と言動以外は普通の人なので、生暖かい目で見てあげてください」

ヌゥーメ嬢がフォローにならない言葉でラドパド氏をフォローする。

「ヌゥーメ！　それではワッシが変な人と言っているようなものではないか！」

「変な人だと言っているんです」

二人の漫才を見ている間に、リザと侍大将の試合が決着した。庭の方から歓声が聞こえる。結果は引き分けらしい。勝利寸前までいきながら勝ちきれなくて、リザが凄《すご》く悔しそうだ。

「それじゃ、ラドパドさん。お客様に何か作ってあげてください」

「武者修行に来た無骨者になら、昼の残りの汁と握り飯でも与えておけばよかろう。あいつらは腹が膨れたら文句がない奴《やつ》らばかりだ」

「否定。冷や汁はかろうじて美味。なれど味の深みが足りない」

カリオン神が口を挟んできた。

「あんたが客か？　なかなか味には詳しそうじゃねぇか」

「美味を」

「それは料理人への挑戦だな！　待ってろ！　ぐうの音も出ないくらい美味《うま》いもんを喰《く》わせてやる！」

ラドパド氏の発言を聞いたカリオン神が満足そうに頷いた。

「ちょ、ちょっと、ラドパドさん！　それは晩ご飯の食材じゃないんですか？」

「それがどうした！　客人の舌も満足させられないくらいなら、他《ほか》が晩飯抜きでも構わないだろ！」

「構います！　皆《みんな》、修行や仕事でどれだけお腹を減らしていると思っているんですか！」

ヌゥーメ嬢が厨房の財布を握っているらしく、ラドパド氏もそれ以上は強行できないようだ。

「不足する食材なら、私達が仕入れて参りましょう」

「おう、そうか！　それじゃ頼んだぜ！　手伝え、ヌゥーメ」

「すみません、お客さんにそんな事をさせて」

「構いませんよ」

ルルはラドパド氏の料理に興味があるようだったので、不足する食材はオレ一人で買いに行く事にした。


「サトゥー」

玄関に向かう途中でミーアが追いかけてきた。一緒に買い出しに来てくれるようだ。

「お客人、ここはよそ者が歩いているとバカが絡んで来やす。小者を付けますんで、荷物持ちと露払いに使ってやってくだせぇ」

門番が親切に従者を付けてくれたので、わんぱくそうな少年と一緒に食材を買える漁師達の船着き場へと向かった。

少年も草鞋《わらじ》に着流し一枚だ。見習いらしく真剣ではなく木刀を縄の腰帯に差している。

ミーアに一目惚《ひとめぼ》れでもしたのか、顔を赤くしてミーアの方をちらちら振り返って見ていた。

「なあなあ、お前のご主人様は強いのか？」

港へと向かう荒れた小道を下っていると、暇を持て余したのか少年がオレに話しかけてきた。彼の視線はちらちらとミーアの方を向いているが、オレへの質問だろう。

「オレが当主だよ。スィーンゲン氏に稽古《けいこ》を付けてもらっているのは、オレの仲間達だ」

どうやら彼はオレが使い走りの従者だと思っていたようだ。

「ええっ？　シガ王国は偉い人に買い物に行かせるのか？　旦那《だんな》様も大旦那様も、自分で買い物なんて行かないぞ？」

よっぽど驚いたのか、ミーアをちら見する事も忘れてオレの方を向く。

「シガ王国でもそれは同じだよ」

「あんた、変わっているんだな」

少年が心底呆《あき》れたといった顔になる。

まあ、この大陸の常識からは逸脱しているかもね。

少年が一緒にいたお陰で、大したトラブルもなく不足食材を買い集める事ができた。何度かミーアの垢抜《あかぬ》けた可愛《かわい》さに魅了された男の子達がはやし立てたけど、少年が顔を真っ赤にして追い払っていた。

「なあ、黒渦の大鯛《おおだい》をあんなに買って良かったのか？」

「構わないさ。君も食べたいだろ？」

「うん、そりゃそうさ。おいら達小者も、正月には鯛のアラを使った味噌汁が飲めるんだぜ」

少年が嬉《うれ》しそうに言う。

「むぅ、茸《きのこ》」

「茸なら山だぜ。山に行けば採れるから、村じゃ売ってないんだ。喰いたいなら採ってきてやるぜ」

ようやくミーアと会話できて嬉しいのか、少年がもの凄い早口だ。

「お願い」

「分かった！　任せとけ！　山菜も採ってきてやる！」

少年は頬《ほお》を赤らめ、案内の役目も忘れて山に駆けていった。ミーアの魅力恐るべし。

手伝おうかとも思ったが、少年が甲斐性《かいしょう》を見せるチャンスを潰《つぶ》しても悪いし、先に屋敷へ帰るとしよう。


「お帰りなさいやし、お客人。ヘースッケのヤツを付けたはずですが——あいつ仕事を放り出しやがったんっすね。ふてえ野郎だ」

屋敷の門番が仕事を忘れた少年に腹を立てていたが、オレ達が用事を頼んだ事にして矛を収めてもらった。

前衛陣と侍大将の試合は終わっており、今は剣聖のブルーメ女史による指導タイムになっていた。

「突撃の速さはいい。だが、周りももっと見な！」

「はいなのです！」

ブルーメ女史がポチの一撃を、しなやかな剣技で受け流す。

「猫耳は周りをよく見てるが、一撃が軽い。二刀流で手数を増やすなら、もっと技の種類を増やすんだよ！」

「あい」

死角から襲いかかったタマの双剣を、ブルーメ女史の剛剣がまとめて薙《な》ぎ払《はら》った。

レベル的にはポチやタマの方が高いはずなのだが、対人戦はブルーメ女史の方が何枚も上手だ。

「まだまだーなのです！」

「わんもあとらい～」

ポチとタマはめげずに挑みかかる。

「美味。煮物の味付けが絶妙。炊きたて白米はサトゥーに劣るが、汁と合わせると旨《うま》みが増す」

「白米か……この島だと米は取れないから、ガルレオン同盟の交易船から買うしかないんだ。他に良い米があるなら譲ってくれないか？」

カリオン神が縁側で膳に載ったご馳《ち》走《そう》を食べている。

傍《そば》にいる料理人のラドパド氏が、後半の言葉をオレに向けて言った。

「ええ、構いませんよ。シガ王国のオーユゴック公爵領産のですが、それでよろしいですか？」

「おお！　最高級品じゃないか！　それを出されて文句を言うヤツはいないぞ！」

ルルが試食用の茶碗《ちゃわん》からここで食べられているご飯を食べさせてくれた。この辺は細長い長粒種の米が主流らしい。

「濁り酒はくどい。米酒は少し辛いが、美味。蜂蜜酒《ミード》やラム酒の勝利」

「飲むか？　焼酎《しょうちゅう》もあるぜ」

「肯定。杯に注ぐ事を許す」

上半身裸で汗を拭《ふ》いていた侍大将がウリオン神と酒を酌み交わしている。

「ラドパドさん、遊んでないで夕餉《ゆうげ》の準備をしないと！　夕暮れまでに終わりませんよ！」

ヌゥーメ嬢が厨房からやってきた。

「分かってる分かってる。若様、食材は手に入ったか？」

「ええ、ここに」

オレは食材を入れた「魔法の鞄《マジック・バッグ》」を、筋肉を誇示するポーズを取るラドパド氏に渡した。

「おおっ、なかなかの目利きだな。傷んだ食材が一つもない。おまけに黒渦の大鯛が六匹もいるじゃないか！　これは腕の振るい甲斐《がい》があるぜ！」

半裸のラドパド氏が嬉々《きき》とした顔で厨房に走っていき、置いていかれたヌゥーメ嬢が慌てて追いかける。

ルルも調理を手伝うと言って厨房に向かった。

「ちかりた～」

「へろへろなのです」

タマとポチが縁側にぺたりと突っ伏した。

どうやら、ブルーメ女史の指導は終わったようだ。

「はい、ポチ」

「アリサ、ありがとなのです」

ポチがアリサから受け取った卵帯をお腹《なか》に巻く。

へろへろになりながらも、帯越しに卵を撫《な》でるポチは幸せそうだ。

そんなポチがオレを見上げた。

「ご主人様、ポチはもっともっと強くなるのですよ」

「タマも、もあすとろんが～」

うわごとのように呟《つぶや》いた二人のお腹から、ぐるきゅると盛大な音がした。

「もうすぐご飯だから、それまではこれで誤魔化しなさい」

オレはそう言って二人の口にクジラジャーキーを入れてやる。

「ぱわーひゃくばいなのれす」

「でりーしゃす～」

二人は寝落ちしかけながらも、むぐむぐとジャーキーを咀嚼《そしゃく》する。

「未知の美味」

「美味を」

ぬうっと現れたのはカリオン神とウリオン神だ。

「美味そうだな。ワシにもくれ」

侍大将まで杯片手に現れて手を差し出してきたので希望者に配る。

「へー、なかなか乙な味だね。葡萄酒《ぶどう》にも合いそうだ」

ブルーメ女史が水分補給に焼酎をジョッキで呷《あお》りながら、酒のあてにジャーキーを齧《かじ》る。なかなかワイルドだ。

「マスター、疲労がピークだと告げます。ダイレクトな魔力供給の必要を訴えます」

最後にブルーメ女史の相手をしていたナナがオレの背中にしなだれかかった。

よっぽど疲れたらしい。

「ぎるてぃ」

「ちょ、ちょっと！　ナナ！　べたべたするのは禁止！」

鉄壁ペアからさっそく物言いがついた。

「マスター成分を補給しています。チャージ終了まで三六〇〇秒――」

「長い！　それは長いわ！」

「むぅ、魔法薬」

珍しくナナが甘えてきたので、素直に魔力を供給してやる。

最近は慣れたから、身体《からだ》さえ接触していれば、こんな不自然な状態からでも可能だ。

横からすぴすぴと寝息が聞こえてきた。

「ポチ助とタマ助が寝ちまったか。サトゥー、こいつらは強くなるぜ」

ポチとタマは侍大将に気に入られたようだ。

「戻りました。もう一手、ご指南お願いいたします」

リザが裏門から帰ってきた。

どうやら、山を走ってこいと命じられたようだ。

「今日は終わりだ。明日からはブルーメ婆《ばあ》さんに学べ。お前ならワシよりブルーメ婆さんの方が学ぶ事が多い。ナナ、お前もブルーメ婆さんから学びな」

「――婆さん？　小僧がずいぶん偉くなったね？」

「あんたはワシが小僧の頃《ころ》から婆さんだっただろうが！」

「嘘《うそ》を言うんじゃないよ。あんたと初めて会った頃はまだ三十路《みそじ》だった」

侍大将とブルーメ女史が仲良く喧嘩《けんか》する。

「ブルーメ殿、一手ご指南いただけますか？」

「老人を酷使するんじゃないよ。今日は小娘達やそっちの金髪の相手で疲れた。明日、相手してやる」

「分かりました」

リザが珍しくしょぼくれた感じになる。尻尾《しっぽ》も元気がない。

久々に死力を尽くして戦えたのが楽しかったようだ。

「リザ、オレで良かったら相手をしようか？」

「本当ですか！」

リザがパアッと花が咲いたようにわくわくした顔になる。

「夕飯までだよ」

「はい！　ご主人様！」

オレは庭を借りてリザと軽く手合わせをする。

何倍ものレベル差があり、さらに「先読み：対人戦」スキルを使っても、ヒヤリとする一撃を放ってくるので油断できない。

傾いた陽《ひ》で長い影ができるまで、リザと思う存分戦いを楽しむ。

「──リザ」

疲労で膝《ひざ》を突いたリザに、手を差し伸べる。

「いつの間にか、ずいぶん強くなったね」

オレの手を掴《つか》んだリザがやりきったような満足そうな笑顔になったが、すぐに顔を引き締めた。

「ありがとうございます。ですが、まだまだです。私はご主人様に汗をかかせる事もできませんでした」

リザはストイックだ。

肩を貸し縁側の方に戻る。

──あれ？

仲間達以外は数人しかいなかったはずなのに、いつの間にかもの凄《すご》い人数がオレ達を見ていた。

誰《だれ》も彼も興奮した様子で隣の者と話している。

リザの成長が嬉しくて、人前だったのを忘れていた。

「なるほど、『ご主人様は私より強い』ってのは主人を持ち上げているわけじゃなく、文字通りの

意味だったんだな」

「明日はあたしとも手合わせしてもらうよ？」

「もちろん、ワシともだ」

どうやら、明日はブルーメ女史や侍大将との手合わせが待っているようだ。

◆

「サトゥー殿、湯殿はこちらでございます」

特に汗はかいていないが、侍大将の屋敷には天然掛け流しの露天風呂《ろてんぶろ》があるというので、夕飯の前に入浴させてもらう事になった。

侍大将や若者達は夏に湯などに浸《つ》かれるかと言って、近くの川へ汗を流しに行った。

湯気溢《あふ》れる浴場は自然石があちこちに配置され、竹の柵《さく》で目隠しされている。実に和風だ。

「夏に入る温泉も乙だね」

岩風呂の温泉に身体を沈めると、温泉独特の気持ちよさに思わず声が漏れそうになる。

レーダーに接近する光点が映った。全員が川に行ったわけではないようだ。

「失礼するよ」

予想外の声に思わず振り返りかけたが、それは全力で堪《こら》えた。

「――ふう。まったく、こんなにいい温泉があるってのに、わざわざ川に行く神経が知れないね」

少し離れた場所に浸かって満足そうな息を吐いたのは、剣聖のブルーメ女史だった。彼女は温泉派らしい。肩を見た感じだと湯着を着ている。全裸派の人じゃなくて良かった。

「ご主人様、いるー？」

どやどやと仲間達が入ってきた。ブルーメ女史と同じく湯着を着ている。

ポチは卵がお湯に浸からないように卵帯を頭に巻いていた。

「ぎ、ぎるてぃ？」

「ちょっと、ご主人様！　いくら年上好きでも、年齢差がありすぎるでしょ！」

ミーアは疑問形だったが、アリサはストレートに文句を言ってきた。

「ノー・アリサ。年齢差ならアーゼの方が離れていると告げます」

ナナがよく分からない擁護をする。アーゼさんは一億歳超えでも可愛《かわい》いから。

そういえばブルーメ女史よりもミーアの方が年上だな。

「自分のひ孫より幼い小僧を閨《ねや》に呼ぶ趣味はないから安心しな」

ブルーメ女史は特に気を悪くした様子もない。

「わざわざ大量の水に浸かる不思議。カリオンも不思議がっている」

「言ってない――ウリオンはフェイント禁止。温かい湯に浸かる事で血行を促進すると推測できる」

少女神達も入ってきたようだ。

彼女達は依《よ》り代《しろ》に顕現してから、これまで入浴していなかったらしい。

二柱の神々がざぶざぶと湯を渡ってオレ達の前で身体を沈める。

「ぬるりとした湯の感触が快感」

「それは温泉だからですよ。真水のお湯だと、そこまで粘性はありません」

不思議そうに温泉水を手で掬《すく》うカリオン神に教える。

難しい顔をしているウリオン神と違って、カリオン神は温泉がお気に入りのようだ。

「身体に張り付く服が不快」

――げっ。

ウリオン神が湯着を脱ぎ捨てた。

オレの視界に未発達な少女の裸身がもろに飛び込んでくる。

鉄壁ペアが裸身を隠すよりも早く、ウリオン神から視線を逸《そ》らす。ギリシャ神話のアルテミス神の逸話を始め、女神の入浴シーンを目撃して碌《ろく》な事にならないのは定番だからね。

「これはいい。お湯が身体をマッサージしているかのよう。カリオンも脱ぐべき」

「肯定。ウリオンの発見は偉大。温泉は裸で入るのが正義」

少女神達の言葉には同感だが、それはそれとして混浴時は着衣マナーを守ってほしいね。

たっぷりと温泉を堪能《たんのう》したオレ達は、下働きの女性が用意してくれたとおぼしき浴衣に着替えて座敷へと戻った。

◆

「お待たせしてしまいましたか？」

座敷では既に膳《ぜん》が並べられ、欠食児童ならぬ欠食侍達がオレ達の帰りを今か今かと待ち構えていた。

ポチとタマは寝ぼけまなこで鼻をスンスンさせている。

二人の脳内では空腹と睡魔が闘っているに違いない。

「ワシらも今さっき戻ったところだ」

オレ達が着席するなり、侍大将が大きな杯を手に取って立ち上がった。

「さあ、宴《うたげ》を始めるぞ！」

「「「応！」」」

侍大将のかけ声で宴が始まる。

リザがポチとタマを起こして食事させた。初めは眠そうだった二人だが、猪《いのしし》の丸焼きが運ばれてくると、目をカッと開いて目覚めた。やはり二人の魂を揺さぶるのは肉らしい。

「美味。さっきよりも美味。料理人は称賛されるべき」

「葡萄酒も美味。カリオンもそう言っている」

「言ってない。ウリオンは渋みのないブドウジュースの方が美味と知るべき」

カリオン神が絶賛しているように、変態料理人ことラドパド氏の作る和食は絶品だった。

「これはどちらの国の料理なのですか？」

「これか？　これはサガ帝国の耳族自治領がある『ヒガシノ島』の郷土料理だ。何百年か昔の勇者様が故郷の味を再現したくて作った料理らしいぜ」

やはり、勇者が伝えた日本料理だったらしい。耳族の保護区がある話は前にも聞いた事があるが、それが島にあるというのは初めて知った。

微妙にオレが知る和食とは異なっているが、それは調味料や調理器具が違うからだろう。

「ルル殿が分けてくれた最高級の醤油《しょうゆ》や味噌《みそ》のお陰だぜ」

彼の料理技法を教えてもらう代わりに、みりんや胡椒《こしょう》、山葵《わさび》なんかも色々とお裾《すそ》分《わ》けしたそうだ。

「ご主人様も早く食べなさいよ。どの料理も美味《おい》しいわよ」

「そうだね。いただくよ」

海の幸に山の幸、色々な料理が三つの膳に所狭しと載っている。

カリオン神も褒めていたが、煮物が美味《うま》い。特に煮魚をご飯に載せて一緒に食べると最高だ。

侍達もめったに食べられないご馳走《ちそう》のオンパレードに我を忘れて食べている。

「美味いか？　おいらが採ってきた山菜と茸《きのこ》を使ってるんだぜ」

「ん」

買い出しを案内してくれた少年が、ミーアに自分の手柄をアピールしている。

ミーアの反応は鈍いが、自分の採取した山の幸をミーアがもくもくと食べるのを見るだけで満足そうだ。「ヘースッケ！　喰《く》わないならワシが貰《もら》うぞ」という髭《ひげ》侍の言葉に焦った少年が、文句を言いながら飛ぶように戻っていった。成長期だけあって、色恋よりも食欲の方が優先らしい。

「リザ殿！　先ほどの槍捌《やりさば》きは見事でごわした！　ぜひ、明日はそれがしにも一手ご指南くださされ」

「ナナ殿の剣技も素晴らしかったでござる。侍の技とは違っても同じ剣士。共に至高の技を目指しましょうぞ！」

食事が一段落すると、濁り酒や杯を持ったむさい侍達が、リザやナナに声を掛け始めた。二人は勧められた酒は断っていたが、試合の申し込みは即答で快諾していた。

「美味。これは何？」

「ボタ餅《もち》だ。そっちの緑色のがズンダ豆を使ったズンダ餅だぜ。ルル殿が砂糖を分けてくれたから、姫さん達に作ってみたんだ」

「美味。お前は祝福されるべき」

カリオン神がそう言うと、ラドパド氏の身体《からだ》を朱色の光が包んだ。筋肉に浮かぶ汗がテカテカ光って暑苦しい。

ＡＲ表示によると、彼の称号欄に「祝福：カリオン神」というのが増えていた。カリオン神なりのお礼なのだろう。

カリオン神に勧められたウリオン神も和菓子が気に入ったらしく、夢中で食べている。

仲間達も一緒にご相伴に与《あずか》っていたが、ポチとタマの二人は猪の丸焼きを食べる途中で力尽きて寝落ちしていた。よっぽど疲れていたのだろう。ヌゥーメ嬢に頼んで少し取り分けてもらったから、明日《あした》の朝ご飯にでも食べさせてやろう。

次の日から修行の日々が始まった。

ポチは侍大将に気に入られてマンツーマンで特訓を始め、リザとナナは剣聖のブルーメ女史から技術を学ぶ。タマも最初はポチと一緒だったが、タマの忍術に驚いた忍者頭と一緒に山で忍者修行を始めてしまった。

オレは日に何度か侍大将やブルーメ女史と手合わせするくらいで、その後は侍大将から借りた侍魔法の秘伝書をアリサやミーアと一緒に読んでいる。侍魔法というのは侍達が実戦で使う為《ため》に編み出した各種属性の魔法らしい。残念ながら「侍魔法」というスキルを持つ者はいない。

ルルはラドパド氏と料理技術の交流をしている。彼の変態性は学ばないようにしてほしいね。

少女神達は温泉が気に入ったようで、気の向くままに温泉に浸かったり、ルル達の試作する料理の試食をしたり、島内にある鉱山を見学に行ったり、山羊《やぎ》の群れを眺めたりして島の生活を満喫していた。

彼女達が島に飽きたら出発かな？

そんな風に暢気《のんき》に考えていたある日、向こうから事件がやってきた。

◆

「大将ー！　港に賊です！」

血まみれの侍が屋敷に飛び込んできた。

「ミーア！」

「ん、■■……」

ミーアが治癒魔法の詠唱を始める。

マップを確認すると港に無数の赤い点が映っていた。レベル二〇以下の傭兵《ようへい》や浪人といった感じの有象無象が多いが、何人かレベル三〇台後半から四〇台前半の強者が交ざっているようだ。

そいつらがもの凄《すご》い勢いで屋敷までの坂を駆け上がってくる。

「大将！　賊がこっちに来るでござる！」

物見櫓《やぐら》から軽装の侍が叫んだ。

「正門で迎え撃つぞ！」

「大将！　奴《やつ》らが三方に分かれた！」

「ゴンロック！　一番隊を連れて左へ！　婆《ばあ》さんは二番隊を連れて右へ！　残りはワシに続け！」

具足を着けた侍達が三方に分かれて迎撃に向かう。

「ご主人様、わたし達はどうするの？」

オレはマップで敵の高レベルの配置とスキル構成を確認する。

ブルーメ女史や侍大将のいる方はなんとかなりそうだけど、指揮を執りながら戦うのは難しそうだ。特にブルーメ女史のいる方には高レベルの魔法使いもいるしね。

「リザはゴンロックさんの方へ、ナナはブルーメさんの方へ、ポチは正門へ行ってくれ！」

白銀鎧《よろい》も着込んでいる事だし、屋敷にいる前衛陣を各方面の支援に回した。

「承知！」

「イエス・マスター」

「らじゃなのです。アリサ、卵のヒトを預かってほしいのです」

「おっけー、任せなさい」

卵を預けたポチが、留守番の侍達と一緒に侍大将の後を追う。

「ルル、アリサ、ミーアの三人はオレと一緒に物見櫓だ」

「おっけー。タマは大丈夫かしら？」

「大丈夫だよ。忍者頭が一緒だし、賊が来たのとは正反対の山奥だからね」

タマは忍者頭と一緒に山奥へ忍者修行に行っている。

「――――障壁だわ」

屋敷に拠点防衛用の防御障壁が展開された。

ここの地下にはそれを支えられる大型の魔力炉があるようだ。

「大将閣下に言われてきた。ここは任せてくれ」

「分かった。敵の増援を見つけたら、銅鑼《どら》を叩《たた》いて報《しら》せろ」

オレ達は見張りの侍と交代し、物見櫓から魔法支援および狙撃《そげき》を行う。

今回の相手は人間だから、ルルには金雷狐銃《きんらいこじゅう》ではなく火杖銃《ひつえじゅう》を使わせる。オレは威力が抑えられる短弓だ。

「ミーア、シルフを呼んで上空支援を頼む。アリサは適宜、魔法で支援を」

「ん。■■……」

「障壁もあるし、強化魔法かしら――」

閃光《せんこう》が正門で発生し、障壁の一部が砕け散った。

少し遅れて左右の障壁にも魔法攻撃が炸裂《さくれつ》し、障壁に亀裂《きれつ》が走る。

「ルル、正面の障壁の砕けた所から、弓や杖を持っているヤツを狙《ねら》うぞ」

「はい！　ご主人様！」

オレは杖持ちを優先する。

ポチのファランクスがあるけど、あれは効果範囲が狭いから、広範囲な攻撃魔法を受けて侍達の間に犠牲者が出ても困るしね。

「魔法を使えるのが貴様らだけだと思うな！　■■　熱線《ヒート・メーザー》」

腰だめに構えた侍大将が、刀を持ったのと反対側の掌《てのひら》から、炎魔法の赤い熱線を放った。

「そうよ！　侍ならその技だわ！　ディ――」

それを見て興奮したアリサの言葉を爆発音が消し飛ばした。

元ネタは知っているから、聞こえなくても何を言おうとしていたかはだいたい分かる。

「雑魚に武士の魂たる刀はもったいない！　大将に続け！　侍隊、砲撃！」

侍大将の配下達も似た魔法で門前の敵を攻撃する。

魔法を使えない侍は長弓で迎撃を始めた。

「あっちは大丈夫そうだね」

「サトゥー、右」

轟音《ごうおん》と土煙が屋敷右手から上がっている。

障壁が破られたようだ。

「攻撃魔法で目眩《めくら》ましをして、その間に塀を跳び越えてきたみたいです」

どうやら、さっそく敵に侵入されたようだ。

壁を砕いた高レベルな敵は、剣聖のブルーメ女史とナナのペアが相手をしている。

「侍達もけっこうやるわね」

「ああ、接近戦中心の雑魚は任せて大丈夫そうだ」

オレはアリサと会話しつつも、弓や火杖を持つ敵を倒していく。

遠距離攻撃はラッキーヒットで犠牲が出ちゃうからね。

「……■　風精霊創造《クリエート・シルフ》」

ミーアの精霊魔法が発動し、風の疑似精霊シルフが彼女の傍らに顕現した。

「小シルフに分裂させて回復支援を頼む。何体かは空の警戒を頼んでいいかい？」

「ん、大丈夫」

ミーアがシルフに命じると、小さなシルフ達に分裂し、フォンフォンと風の音を奏でながら、侍達の支援を開始した。

「ご主人様、左手に！」

ルルが警告する。

黒尽《ず》くめの大剣使いが障壁ごと塀を砕いて侵入し、侍達を蹴散《けち》らしている。

今は侍大将の一の家臣であるゴンロック氏が相手をしているようだ。

「ああっ、吹っ飛ばされた」

刀ごと袈裟《けさ》懸《が》けに斬《き》られたゴンロック氏が、勢いよく撥《は》ね飛ばされて近くの小屋を砕いて止まった。

大剣使いが追撃を掛けようとしたが、ルルの狙撃がそれを阻止する。

忌々しそうな目をした大剣使いがこちらを見上げた。

「――大剣が変形したわ！」

アリサが嬉《うれ》しそうに言う。

大剣使いの持つ漆黒の剣が中心線で上下に割れ、その間に赤い光が瞬いている。

漫画やアニメではお馴染《なじ》みの光景だが、こっちの世界で見る事になるとは思わなかった。

「なんだか、ヤバそうね」

「大丈夫」

隔絶壁《デラシネーター》を用意するアリサの手をミーアが止めた。

なぜならば――。

「瞬動――螺旋槍撃《らせんそうげき》！」

赤い光を曳《ひ》いたリザが、大剣使いに躍りかかったからだ。

大剣使いはすぐさま射線をリザに変え、赤い熱線を放ったが、時既に遅し。リザの槍が纏《まと》う螺旋の流れが大剣を撥ね上げ、熱線は空の彼方《かなた》にむなしく散った。

それでも大剣使いはギリギリまで諦《あきら》めず、螺旋槍撃に防御障壁を削られながらも、大剣を捨てて飛《と》び退《の》こうとする。

「――烈」

裂帛《れっぱく》の気合いでリザが叫ぶと、魔槍が纏っていた魔力の流れが散弾のように放たれて周囲を穿《うが》つ。

大剣使いに散弾が次々と命中し、砕ける寸前だった防御障壁が完全に砕かれ、鎧やローブが抉《えぐ》られていく。

見た事のない技だから、この黒煙島で修行する間に編み出した新技だろう。

大剣使いは血まみれになりながらも、アイテムボックスから予備の大剣を取り出してリザと対峙《たいじ》する。

勝負は一瞬――。

リザと大剣使いが互いに瞬動で飛び込み、赤い光をまき散らしながら必殺技の応酬を交わした。

結果、大剣が砕かれ、リザの魔槍に肩と両膝《りょうひざ》を貫かれた男が地面に倒れ伏したのだ。

さすがはリザ。期待を裏切らない。

「あっちの黒尽くめもブルーメさんとナナにやられたみたい」

氷系の上級魔法を使う強敵だったけど、ナナやブルーメ女史が瞬動で急接近し、護衛が一瞬も持ちこたえられずに倒されると、発動が早い下級魔法に切り替えて二人の接近を阻もうとしていた。

正しい戦術なんだけど、相手が悪い。

火杖と遜色《そんしょく》のない速さで矢継ぎ早に繰り出される魔法攻撃はなかなかのモノだったが、ブルーメ女史とナナはそれを矢薙ぎのように切り払って迫ってくるのだ。

最後まで魔法を噛《か》まずに詠唱していた胆力は良かったけど、最後は絶望を顔に貼《は》り付けて打ち倒されていて、敵ながらちょっとかわいそうだった。

「正門も侍大将さんが黒尽くめさんを倒しました」

正門では黒尽くめと戦えなかったポチが、少し不満そうだ。

一応、黒尽くめ以外の強者はポチが倒していたんだけどさ。

「サトゥー」

ミーアが裏門を指さす。

ここからは見えないが、三方からの派手な攻撃を陽動にして裏門から本命が侵入したようだ。

空間魔法の「遠見」を実行して、そちらの状況を俯瞰《ふかん》視点で確認する。

「転移で射線が取れる場所に行く?」

「いや、そっちはいいよ」

山から戻ったタマが侵入者達を影に引き込むのが見えたからだ。

タマと一緒に山ごもりしていた忍者頭は、屋敷の外で待機している賊の観測員に忍び寄って暗殺していた。こっちの人は賊に対して容赦ないよね。

「そろそろ戦いも終わりかしら？」

敗色濃厚になり、雇われらしき賊の大部分が屋敷から逃げ出していく。

侍達が班ごとにまとまって追撃戦を始めた。

「サトゥー、海岸」

周囲を警戒させていた小シルフが、海岸から接近する巨大ゴーレムを見つけたようだ。

ゴーレムは人型ではなく、四足歩行の要塞《ようさい》のようなゴーレムだ。

オレは銅鑼を鳴らして侍達に警告する。

「ギガントが来た。もう、お前達は終わりだ」

リザに倒された大剣使いがそんな事を言っている。

そのギガントという巨大ゴーレムで爆発が発生し、連鎖的な爆発で足が吹き飛び、大砲や構造物が次々に爆発に呑《の》まれて壊れていく。

最後には派手な爆発が巨大ゴーレムを包み、活動を停止した。

◆

「——若様」

櫓《やぐら》に二つの人影が現れた。

ルルが反射的に銃口を二人に向ける。

「ま、待った！　俺だ、俺！」

必死に自分をアピールするのはエチゴヤ商会の諜報《ちょうほう》員をしている元怪盗のピピンだ。一緒にいるのは前に「竜の卵」を預けに来た時にいた「賢者の弟子」の少女だろう。

「あの巨大ゴーレムはピピン達が倒したのか？」

「ああ、俺は手伝っただけだがな」

ピピンが視線を少女に向ける。

「遅れてすまない。奴《やつ》らがここに攻め込む前に阻止したかったんだが、ギガントの始末に手間取ってしまった」

少女が侍大将に詫《わ》びたいと言うので、ピピンと連れだって下に降りる。

「サトゥー、その娘も捕虜か？」

「いいえ、彼女は——」

「——セレナ！　貴様の仕業か！　貴様が侍どもに私達の襲撃を報せたのだな！」

侍大将とオレの会話を遮ったのは、ブルーメ女史とナナのペアに敗れた黒尽くめの氷魔法使いだった。

「カムシムか……、バザンはどこだ？」

知らない名前が出てきた。

カムシムは氷魔法使いの名前として、バザンというのは誰《だれ》だろう？

「バザンってのはセレナが追いかけている『賢者の弟子』だ」

ピピンが小声で教えてくれた。

「バザンは封印を解きに向かった。私を手伝えセレナ。バザンが賢者様の教えから逸脱するのは時間の問題だ。私はヤツへの抑止力となる浮遊要塞を手に入れる為《ため》にここに来たのだ」

「――浮遊要塞？　ルルキエ時代に無敵を誇った浮遊要塞がここにあるというのか⁉」

なんだか深刻そうな雰囲気で内輪話が始まった。

「ねぇよ」

「――え？」

「だから、この島にそんなモノはない」

そう言った侍大将に、賢者の弟子達の視線が集まる。

「そんな言葉で誤魔化されるものか！　我らは裏社会で語られる噂《うわさ》から、浮遊要塞がこの島に隠されているという確たる証拠を――」

「その証拠ってヤツをばらまかせたのはワシだ。ワシが忍者達に命じて裏社会に噂や証拠をばらまかせた」

「な、なぜそんな事を……」

「そりゃあ、おめぇ――」

侍大将がニヤリと口角を上げる。

「――噂を信じた悪党どもが攻めてくるからさ。強くなるには強《つ》ぇえ奴らとの命を懸けた真剣勝負が一番だ。噂を信じて攻め込んでくるような悪党なら斬り捨てても心が痛まねぇからな」

「心臓が毛だらけの癖に、繊細ぶるんじゃないよ」

「うるせえ、ばばあ」

侍大将の言葉が衝撃的だったのか、カムシムという氷魔法使いがうわごとのように「嘘《うそ》だ」と繰り返している。

「えもの～？」

タマが足下の影から顔を出し、その中から「うんしょ」とかけ声を掛けてグラマラスな黒尽くめの女を引っ張り上げた。

影の中で衰弱したらしく、ふらふらだ。

それでも念のため、覆面を剥《は》がしてから両手両足を縛って拘束しておく。美人というほどではないが、妙な色気がある。夜の街なら人気が出そうな感じだ。

「ケルマレーテまでバザンに与《くみ》していたか……」

「いい子ちゃんのセレナにしてやられるとは、あたしも焼きが回ったね」

この女も賢者の弟子のようだ。

名前が挙がっているのは三名だけだけど、名前を知らない黒尽くめを含めると問題児ばかりな気がする。

「諦めろ、ケルマレーテ。『卵』の一つがこちらの手にある限り、バザンが儀式に必要な三つ全《すべ》てを集める事は不可能だ」

「あはははは！　こいつあお笑いだ！」

「何がおかしい！」

「おかしいさ。バザンは今頃《いまごろ》全てを集め終わっているよ。あたしがドラグ王国で緑竜の卵を手に入れた。今頃はあたしの部下がバザンに届けている頃《ころ》さ」

「そ、そんな……」

今は竜達の産卵時期なのだろうか？

それとも年単位で卵の状態が続くのかな？

竜の生態について謎《なぞ》が深まるが、今はそんな事に思考を逸《そ》らしている場合じゃない。

セレナが真剣な顔で侍大将の下に駆け寄る。

「閣下、身内の不始末は私どもの責任。こやつらの処分は私に任せていただけないだろうか？」

「手前勝手な話だな。ワシが承諾するわけがなかろう」

セレナの言い分を、侍大将は鼻で笑い飛ばした。

「――閣下」

「くどい。それ以上、口を開けばサトゥーの知り合いでも容赦せん」

侍大将に断固とした口調で言われて、セレナは苦渋の表情で引き下がった。それ以上抗弁できなかったのだろう。

「ねぇ、そこの人が良さそうな少年」

グラマラスな女が身をよじると、胸元を縛っていた紐《ひも》がほどけて胸が半ばまで露《あら》わになった。

捕縛された時に使う色仕掛け用のギミックらしい。

思わず深い谷間に目が引きつけられそうになる。

——危機感知。

女が縛られた両腕で胸を挟み込むと、胸の谷間から漆黒の液体が噴出した。

オレは軽く避《よ》けられたが、その液体は背後で転がされていた氷魔法使いへと降りかかった。

「ぐあああああああああああああ」

「カムシム！」

氷魔法使いが絶叫を上げ、セレナが叫ぶ。

「あーあ、せっかくの切り札だったのに……まあ、カムシムなら、ギリ成功？」

「この痴《し》れ者《もの》め！」

侍大将の刀が女の首を刎《は》ねた。

グロいのは苦手だから、そういうバイオレンスなのは目の前でしないでほしいね。

「ご主人様！」

緊迫したリザの声に振り返る。

斬首刑《ざんしゅけい》に気を取られて対応が遅れた。

氷魔法使いの身体《からだ》が内側から引き裂かれ、黒尽《ず》くめの服装ごと裏返り、筋肉繊維や骨がむき出しになった。

――黒線。

氷魔法使いの裏返った身体から黒い稲妻のような黒線が放射されている。AR表示される彼の状態が「穢《けが》れ」になっているし、勇者を蝕《むしば》んだ「魔神の呪詛《じゅそ》」――かつてシガ王国に召喚された「魔神の落とし子」の残滓《ざんし》と同じモノに違いない。

「くっ、煉獄《れんごく》呪詛を浴びたかっ」

セレナが氷魔法使いから距離を取る。

さっき女が胸元から放った黒い液体が、それだったのだろう。

セレナの言う「煉獄呪詛」とは魔神残滓を加工した呪具の類《たぐ》いに違いない。

後ろに赤い光点しかなかったから避けたけど、うかつに受け止めたらまた黒腕みたいな事になっていたかもしれない。

「すぇれえええええええぬああああああああ！」

氷魔法使いだった異形の怪物が咆哮《ほうこう》を上げ、異様に長く伸びた指や髪を触手のように振り回して、周囲の人や建物を薙《な》ぎ払う。

「――距離を取れ！」

オレの警告を聞いた仲間達やブルーメ女史が怪物から距離を取る。

逃げ遅れた侍達が、氷の刃《やいば》のようになった触手に斬《き》られ、切断面から魔神残滓に侵食されるのが見えた。

――させないよ？

オレは常時発動している「理力の手《マジック・ハンド》」で侍達を引き寄せ、彼らの身体に潜り込もうとする魔神残滓を掴《つか》んで引き剥がした。

「っうぅううう」

背中に冷たい刃を押し込まれたような不快感が全身を蝕む。

掴んだ手から魔神残滓が侵食してきている。

「ご主人様！」

「とーなのです！」

動きの止まったオレを狙《ねら》って触手が襲ってきたが、それはリザやポチが切り払い、タマやナナが侍達を安全圏へと退避させてくれたお陰で、身一つで危地を脱出できた。

オレ達に怪物の意識が向いている隙《すき》を突いて、背後からブルーメ女史と侍大将が必殺技を放つ。

怪物は首を切り落とされたうえに身体を引き裂かれ、大きなダメージを負っていたが、動画の逆再生のような動きで復元してしまった。

「だ、大丈夫？」

「……心配するな」

心配そうなアリサにそう答え、手に聖刃を纏《まと》わせて魔神残滓に抵抗する。

視界の隅でメニューが勝手にAR表示され、スキル一覧の何かを有効に切り替えるのが微《かす》かに見えた。

今のオレにはそれを追求する気力もなかったが、すぅっと不快感が薄れオレの手を蝕もうとしていた魔神残滓が手の爪《つめ》に集まって勝手に剥がれ落ちた。

落下して地面を侵食しないように、即座にストレージに収納する。

「マスター！　化け物が巨大化したと告げます」

怪物が人の形を失い、巨大な不定形物体へと急拡大していく。

勇猛果敢な侍大将やブルーメ女史も、怪物に呑《の》み込まれないように距離を取った。

「ご主人様、私達も剣聖殿や侍大将閣下に加勢いたしますか？」

「――いや。たぶん、ヤツに普通の攻撃は効かないよ」

オレは呼吸を整えつつ、人前で神剣を使うべきかに頭を悩ませていた。


――まつろわぬもの。


誰かが言った。

「穢らわしい。あれはこの世界にあるべきではない。カリオンもそう言っている」

「その通り、あれは世界を穢し、理《ことわり》を腐らせる。人界に存在するべきでない」

髪から温泉水を滴らせた少女神達が、裸身も露わに怪物と対峙《たいじ》する。

いつも飄々《ひょうひょう》とした二人が、怪物を見て厭《いや》そうに顔を歪《ゆが》めた。

「破廉恥」

「かっこつけるのは服を着てからにしてよね！」

ミーアとアリサが少女神達に浴衣を羽織らせる。

「衣服など飾り」

「優先事項はあれを消滅させる事」

「戦士達よ。神の託宣である」

「この世界にあるべきではない穢れを討滅せよ」

ウリオン神が掲げた右手に紅色の光を、カリオン神が掲げた左手に朱色の光を灯《とも》す。

「戦士達よ。ウリオンの名の下に、穢れを討つ為の断罪の刃を与える」

「戦士達よ。カリオンの名の下に、穢れから身を守る聖なる守りを与える」

少女神達の言葉と同時に、この場にいる戦える者達の武器や防御が紅色と朱色の光を帯びた。

ＡＲ表示によると「神の加護」が付与されているらしい。

「おおおっ、力が湧き上がってくるぞ！」

「凄《すご》いね。全盛期を思い出すよ」

侍大将とブルーメ女史が怪物に斬りかかる。

二人とも触手に斬られながらも、ひるむ事なく触手を切り落としながら接近する。

彼らが魔神残滓に侵食される様子はない。神の加護の力だろう。

「ご主人様、私達も」

「マスター、戦力が不足していると告げます」

リザとナナが促すが、後衛陣の守りをおろそかにはできない。

「守護は万全。カリオンの守りを突破できるのは竜神だけ」

「ウリオンは一言多い。だけど、心配無用。分け御霊《わけみたま》でも、あの程度の残滓に突破される事はない」

ウリオン神とカリオン神が太鼓判を押してくれた。

ならば、後顧の憂いはない。

「分かった、行こう」

オレは腰に下げていた竜牙《りゅうが》短剣を抜き、リザやポチと一緒に怪物退治に赴いた。

魔王戦もかくやという激戦を想定していたのだが、ウリオン神の付与した「断罪の刃」の力は素晴らしく、怪物は再生する事もできず、魔神残滓ごと浄化殲滅《せんめつ》する事ができた。

こう言っちゃ失礼だけど、思ったよりも神様の力が強くて驚いた。

前にも感じたけど、どうして魔王退治に召喚勇者が必要になるのか不思議でしかたない。狗頭《くとう》みたいな例外は別として、神々の力を宿した英雄に戦わせれば、普通の魔王くらいなら退治できそうな気がするんだよね。

◆

「偉大なる神よ。御身のご助力を感謝いたします」

少女セレナが慇懃《いんぎん》な口調で少女神達に礼を告げる。

「世界を外敵から守るのは神の役目」

「だけど、感謝は受ける。お前達も我らに感謝と敬虔《けいけん》な祈りを捧《ささ》げるべき。カリオンもそう言っている」

「言ってない。ウリオンは軽薄にすぎる。もっと貫禄《かんろく》を大事にするべき」

はらぺこ神のカリオン神が言っても説得力が薄い。

彼女達が本当に神様だった事にブルーメ女史や侍達が驚いていたが、すぐに言霊で鎮めて事なきを得ていた。便利だよね、言霊。ちょっと欲しいかもしれない。

「若様、悪いけど、『卵』はもうしばらく預かっていてくれ」

「それは構わないが、ピピン達はこの後、どうするんだ？」

「俺達はピアロォークに行く。件《くだん》の弟子――バザンが向かった可能性が高いそうだ」

ピピンがオレに告げる。

「オレも同行しようか？」

厄介事に首を突っ込むのは趣味じゃないけど、ピピンにはパリオン神国の件で借りがあるしね。

「閣下、これは私達一門の問題だ。お節介なピピンがついてくるのは諦《あきら》めたが、これ以上の介入は無用に願いたい」

「娘の発言に同意。お前は我らの使徒。勝手に離れるべきではない。カリオンもそう言っている」

「言ってない。でも、案内人が必要なのは同意」

セレナが難色を示し、少女神達が拒否した。

「ですが、バザンとやらのいる場所に、先ほどのような魔神残滓を帯びた者がいるかもしれません」

「心配無用。人界の者に対処不能な災いなら神託が降りる」

カリオン神が自信ありげに言う。

「分かりました。同行は諦めましょう」

まあ、カリオン神がそう言うなら信じよう。

「ピアロォーク王国方面は任せてくれ。まあ、ガルレォーク市やオーベェル共和国の可能性も捨てきれないらしいけどな」

「なら、オーベェル共和国には行く予定があるから、気をつけてみるよ」

「ああ、悪いな。この件が終わったら、好きなだけ酒を奢《おご》るぜ」

「そんな事より、バザンと対峙する前にクロ殿に必ず連絡しろ。さっきみたいなのが出たら、オレ達凡人には対処不能だ」

「ああ、そうするよ。――若様が凡人とは思えないけどな」

ピピンがそう言って少女セレナの方へ向かう。

これでピピン達が件の弟子と対峙する前に連絡が来るはずだから、最悪の状態になる前にナナシとして助けに行こうと思う。

ナナシの姿なら遠慮なく神剣が使えるし、神様の助けがなくても大丈夫だしね。

「閣下、我が同門の不始末は後日必ず償いに参ります」

少女はそう告げてピピンと一緒に屋敷を去った。


「ポチ助。厄介な奴《やつ》らと因縁があるようだな」

侍大将が大きな手をポチの頭に乗せる。

「因縁があるのは私達ではなく、さっきの友人なのですが――」

「ダチに因縁があるなら、あんたに因縁があるのと一緒さ」

ブルーメ女史がオレの言葉を遮る。

彼女は「神の加護」が去った剣を振って、あの時の感覚を思い出しているようだ。

「神様におんぶに抱っこじゃ、あんたらも格好が付かないだろ?」

ブルーメ女史に言われた仲間達がこくりと頷《うなず》く。

「ちょっと力を貸してやろうじゃないか。なあ――」

「――うむ」

ブルーメ女史と侍大将がアイコンタクトを交わした。

「山ごもりだ、ポチ助！　お前にはワシが怪物退治向けの必殺技を伝授してやろう」

「なら、リザとナナはあたしと一緒に来な。あんた達には障壁破壊の範囲技や魔法破壊の範囲技を伝授してやろうじゃないか」

「タマは～？」

忍びすぎて侍大将とブルーメ女史に忘れられたタマが少し寂しそうだ。

「タマ殿には拙者が忍術の奥義全《すべ》てを伝授いたしましょう」

忍者頭がタマの前に現れた。

「その対価にタマ殿の忍術を教えていただきたい。よろしいか？」

タマが視線で可否を問うてきたので頷いてやった。

「あい」

「ならば、参りましょう」

二人の忍者が山に消える。

三箇所で行われた奥義伝授の修行は三日三晩続いた。

修行は前衛陣だけでなく、アリサとミーアもオレが改良を重ねた魔法を新たに覚え、ルルも変態料理人ことラドパド氏との料理研究に勤《いそ》しんでいた。

少女神達は温泉三昧《ざんまい》とルルとラドパド氏の新作料理にご満悦だった。


奥義伝授を終え、黒煙島を出立する日――――。

桟橋に着けた小舟の前でオレ達は別れを惜しんでいた。

「ポチ助、もっと強くなれ」

「はいなのです。ポチはもっともっと強くなるのですよ！」

侍大将がポチと固い握手を交わす。

「リザ、ナナ、死ぬんじゃないよ。あんた達にはまだ教えたい事がある。必ず生きて帰ってきな」

「イエス・ブルーメ。アグレッシブなディフェンスは確かに会得したと告げます」

「ブルーメ殿から教えていただいた技は必ずものにしてみせます」

ブルーメ女史がナナとリザを抱きしめた。

修行から戻った昨晩の殺伐とした姿が嘘《うそ》のように、しみじみとした雰囲気だ。

「ルル殿、次はシガ王国で会おう！」

「はい、迷宮都市か王都のお屋敷に来てくださいね」

筋肉をアピールする半裸のラドパド氏とルルが別れを惜しんでいる。

料理で意気投合するのはいいが、ルルは今後もラドパド氏の性癖に影響されないでいてほしい。

「神様、これお気に入りだった温泉卵と温泉饅頭《まんじゅう》です。おやつに食べてください」

侍大将の娘ヌゥーメが、少女神達にお土産を渡している。

「ミ、ミーア様」

見習い侍のヘースッケ少年が緊張した顔でミーアの前に出た。

少年の後ろで侍達が固唾《かたず》を呑んで見守っている。

「おいら、おいらもっと強くなる。ゴンロック様より、スィーンゲン様よりも強くなる」

「ん」

「だ、だから――また、この島に来てくれ」

言葉の後半で、見守っていた侍達が脱力した。

きっと、純情な少年がミーアに告白すると思っていたのだろう。

「約束」

「うん！」

ミーアが小指を差し出すと、少年は花が咲いたように笑顔を見せてミーアと再会の約束を交わした。

「それじゃ、行きましょう」

アリサに促され、桟橋から小舟を出発させる。

小舟から浮遊帆船に乗り移り、出港するまで侍屋敷の人達は手を振ってくれていた。

「ご主人様、次の目的地は？」

オレは問いかけるアリサに答えた。

「花と恋の国、テニオン中央神殿があるオーベェル共和国だ」

花と恋の島

〝サトゥーです。花の都というとパリをイメージしますが、友人によるとフィレンツェこそが花の都に相応《ふさわ》しいそうです。友人は熱く語っていましたが、別に花の都の一番を決めなくてもいいと思うのです。だって、どちらも素敵な街なんですから。〟


「島、いっぱい」

オレ達は浮遊帆船を全速力で航行し、黒煙島を出発した日の翌日にはテニオン共和国ことオーベェル共和国が領有する島嶼《とうしょ》群へと辿《たど》り着いていた。

全マップ探査の魔法を使って、「花と恋の国」オーベェル共和国の情報をゲットした。

警戒していた賢者の弟子達は誰《だれ》もいない。魔族や魔王信奉者や転生者なんかもだ。

オレは密《ひそ》かに胸を撫《な》で下ろしつつ、ゲットした情報に目を通す。

この国は人族や鳥人族や鰭人《ひれひと》族——人魚が大多数を占める。特筆すべきは男女比だ。青少年向け漫画みたいに女性の数が男性の一〇倍近い。男性のほとんどは船乗りや外国の商人達だ。

観光省の資料によると、国内の農業や産業が弱い為《ため》に男達の多くが出稼ぎに行っているかららしい。

「いい香り～？」

「色んな花が咲いているのです」

花々が咲き乱れる島々を見渡しながら、タマとポチがうっとりと目を細める。

「砂糖航路の島みたいに、香りで誘った生き物を苗床や栄養分にするとかじゃないわよね？」

「大丈夫、ここのは普通の花だよ」

アリサが不安そうな顔で言うので笑い飛ばしてやった。

「ここは春の気候が島々まで広がっているんですね」

「イエス・ルル。快適だと告げます」

ルルとナナも気に入ったようだ。

「タマ、見張り台に上がりなさい。島陰から海賊が出てくるかもしれません」

「あいあいさ～？」

「ポチも行くのです！　ポチは監視のプロなのですよ！」

リザが指令を出すと、シュピッのポーズを取ったタマとポチがマストへ駆け寄る。

タマはすぐにするすると登っていったが、ポチは卵帯を頭に移動させてからタマを追いかけ、見張り台の篭《かご》の中に収まった。

それを見上げていると、くいくいと袖《そで》を引っ張られた。

「「美味を」」

はらぺこ少女神達だ。

「風が気持ちいいですし、甲板でクレープでも焼きましょうか」

ルルにクレープの準備を頼み、カリオン神が好む蜂蜜《はちみつ》入りの果実水とウリオン神が好む甘い蜂蜜酒《ミード》をガラス杯に注ぐ。

「「美味」」

少女神達が上機嫌でガラス杯を傾ける。

尋ねるならこのタイミングだろう。

「――まつろわぬもの」

ぽそりと呟《つぶや》いた言葉に、少女神達が過敏なほどの反応を見せた。

全てを見通すような深い瞳《ひとみ》でオレを見つめる。

「黒煙島で漆黒の穢《けが》れに冒された者を見てそう仰《おっしゃ》いましたが、あれはそういう名前のモノなのですか？」

「それは禁忌」

「人は知るべきではない」

禁忌か……そういえば電波塔や鉄道や活版印刷も禁忌なんだっけ？　意外と禁忌の範囲が広いね。

「そうですか――『世界を外敵から守るのは神の役目』とも仰っていましたが、まつろわぬものは外敵なのですか？」

「お前は質問が多い。人が知るべきではない事に首を突っ込むべきではない。カリオンもそう言っている」

「言ってない。ウリオンの妄想。でも、今の質問は禁忌に属する」

「――カリオン!」

ウリオン神が鋭い声でカリオン神の言葉を遮る。

――なるほど。

ウリオン神が制止した事で分かった。カリオン神の言う「禁忌」は「まつろわぬもの」をさしているようにも聞こえるが、「外敵か否か」の部分に対しての発言だろう。カリオン神は「まつろわぬもの」が外敵だと、世界を害する存在だと遠回しに教えてくれたのかもしれない。

「鉄道や電波塔や活版印刷も禁忌と伺いましたが、それも同じ理由なのでしょうか?」

「……何度も言わせるな。人界の者は神界の情報を知るべきではない。カリオンもそう言っている」

「言ってない。でも、同意。禁忌は禁忌であるに足る理由がある。その理由を知る事は禁忌を犯す事と同義の場合があると知るべき」

――知る事は禁忌を犯す事と同義?

つまり、理由を知ってしまえば、禁忌を犯したのと同じだけの影響があるという事か?

鉄道や電波塔や活版印刷の共通点といえば――。

パンッとカリオン神が手を打ち合わせて大きな音を立てた。

「思考を停止するべき。それ以上の思考は世界に害をなす。我らも天罰は望まぬ。ウリオンもそう言っている」

「カリオンに同意。神力の無駄遣いは厳に慎むべき」

この辺の考察は少女神達と別れてからしよう。

どんなのかは知らないけど、天罰はさすがに嫌だしね。

「おっきな島～？」

「船がいっぱいなのです！」

マスト上の見張り台からタマとポチの元気な声が聞こえてきた。

思考を少女神から戻すと、こちらを気遣わしげに窺《うかが》う仲間達の顔が見えた。

どうやら、少し心配させてしまったようだ。

◆

通常の船速に戻したものの、クレープ種が尽きる前にオーベェル共和国の港に到着してしまった。

「ここも外洋船は入港待ちなのね」

「荷下ろしがない船は湾内に投錨《とうびょう》して、小舟で上陸するスタイルみたいだ」

小舟を降ろして乗り込むと、たくさんの人魚達が集まってきて舟を港の桟橋まで引っ張っていってくれた。到着後に一人一枚の銅貨を要求されたけど、なかなかリーズナブルだ。両替前だったので、他《ほか》の国の銅貨だったけど、人魚達は頓着《とんちゃく》せずに受け取っていた。

人魚達は内海共通語が通じたけど、会話の途中でオーベェル国語というスキルを得られたので、それにスキルポイントを割り振って有効化《アクティベート》しておいた。

「テニオンの神殿に行く」

桟橋に下り立つと、ウリオン神が宣言してスタスタ歩いていく。

テニオン中央神殿は湾に面した低い崖《がけ》の上にあるので、ここからでもよく見える。

「あれがそうなの？」

「きれ～？」

「宝石みたいに綺麗《きれい》なのです。卵のヒトにも見せてあげるのですよ」

ポチが卵帯を腰から外し、胸に抱き直した。

「素材は翡翠《ひすい》だから、宝石そのものだね」

港湾職員とのやりとりをアリサとリザに任せ、オレ達は神官服のフードを目深に被《かぶ》って少女神達の後を追う。

「神官さん、お花はいかが？」

「神官さん、オーベェル名物の花菓子はいかが？」

「神官さん、花酒も美味《おい》しいよ？」

表通りに並ぶ店先には花が咲き乱れ、綺麗なお姉さん達が輝くような笑顔で呼び込みをしている。

「むぅ」

「ご主人様、寄り道していたら神様達を見失いますよ」

土地の名産に心引かれるオレをミーアとルルが引っ張っていく。

そういえば、少女神達が甘味やお酒に興味を惹《ひ》かれないなんて珍しい。

「綺麗」

通りの向こうに、ミーアが大きな建物を見つけた。

マップ情報によると、都市の中央にある白い宮殿はオーベェル共和国の議事堂らしい。「花と恋の国」の中心に相応しい瀟洒《しょうしゃ》な建物だ。

建物の前を通り過ぎ、少し上り坂になった通りを進むとテニオン中央神殿が見えてきた。

「ようこそ、テニオン中央神殿へ」

「あなたに良い恋が宿りますように」

「テニオン神の祝福があなたとともにありますように」

可憐《かれん》な見習い神官達の華やかな声に迎えられてテニオン中央神殿の中に入る。

カリオン中央神殿の神官服を着ているせいか、なんとなくアウェーな感じだ。

「お待ちください。ここから先は神殿の者しか入れません」

ずんずんと神殿の奥に向かう少女神達を美青年神官が止めた。セーリュー市のガルレオン神殿の神官さんも美形だったが、ここの彼は色っぽい艶《つや》やかさがある。

「無礼者。神の行く手を阻むなかれ」

「頭が高い。伏して詫《わ》びるべき」

少女神達が言うと、言霊の影響を受けた美青年神官が平伏して二人を通した。

行く手に現れる神官達も、その霊威を受けてドミノ倒しのように、次々と平伏して道を空ける。

「テニオン神にも木彫りの像が必要ですか？」

「否定。像は必要ない。テニオンに会うのは報告の為」

カリオン神が素っ気なく答える。

報告――おそらくは「まつろわぬもの」が現れた事を報告するのだろう。

こっそりとテニオン像を彫っていたのだが、この様子だと無駄になりそうだ。まあ、いずれ公都のセーラや巫女《みこ》長さんに会いに寄った時にでも、テニオン神殿に奉納すればいいだろう。

「お待ちしておりました。尊きお方」

清浄な空気を帯びた場所に近付くと、透け具合が色っぽい法衣を来た巫女さん達が待っていた。

この神殿の巫女さんや神官は男女問わず綺麗な人や艶のある人が多い。

「どうぞこちらに」

巫女長さんが聞き心地のいい澄んだ声で、少女神達を聖域に招く。

ベールが翻った事で分かったけど、意外な事に巫女長さんの種族は長耳族《ブーチ》らしい。長耳族はサガ帝国の耳族保護区以外では希少な種族なのに、最近は勇者の従者ウィーヤリィや鬱《うつ》魔王シズカといい、不思議と長耳族に縁があるね。

「「テニオンに会う」」

「承知しております」

少女神達がテニオン中央神殿の聖域へと進む。

オレ達は巫女さん達に制止されたので、外でお留守番だ。シェリファード法国の時と違って、カリオン神からお呼びが掛かる事はなかった。

『我らを見守る偉大なる神よ』

微《かす》かに神への呼びかけが聞こえる。

しばらく外で待っていると、扉の向こうから緑色の光が漏れてきた。心が温かくなるような清浄な光だ。

「サトゥー」

ミーアがオレを呼ぶ。

聖なる光に浴していると、内側から扉が開いた。

「黒髪の少年、来なさい」

巫女長とは別の巫女がオレを呼んだ。

「早く。巫女長様はそう長くテニオン神と交神できません」

巫女がオレの手を引いて、聖域へと強引に引き込んだ。

「像を。テニオンの依《よ》り代《しろ》を」

カリオン神は、オレが内緒で彫っていた像の存在を知っていたようだ。

さっき不要だと言われた直後なので少し複雑な気分だが、無駄になるよりはいいかと思い直してアイテムボックスから彫像を取り出した。

テニオン神は少女神達よりも大人なイメージがあったので、公都のセーラを成長させたような美女像にしてみた。

少女神達に言われて、聖域の中心に彫像を運ぶ。

「テニオン」

「準備完了」

少女神達が聖域の中心の、緑色の光が降る場所で天を見上げて呼びかけた。

空から降る光の粒子が増えていき、光量調整スキルをもってしても目が見えないほどの光が聖域に満ちた。

「これが肉体……」

まだ光が満ちていたが、光量調整スキルによって周囲の人達より一足先に視界が戻った。

そこには緑の粒子がたゆたう光のベールを帯びた美女が立っていた。アーゼさんと出会う前だったら、秒でプロポーズしてしまいそうなほど好みのタイプだ。見た目だけじゃなく、雰囲気がとてもいい。

「少し地味ですね」

美女が碧色《みどり》の髪に手を当てて一撫《な》でするとウェーブがかかり、耳元の髪が独りでに編まれて後ろへと集まり、髪を結い上げた。パーティーで男達を一目で恋に落としそうなほど魅力的だ。

「テニオンは器用」

ウリオン神の呟きに美女が微笑《ほほえ》む。

やはり、この美女がテニオン神で間違いないらしい。

「そこの人族が、この依り代を用意したのですね」

「そう。優れた木彫り職人」

「料理の腕もなかなか」

直答していいのか分からなかったので黙っていたら、ウリオン神とカリオン神が代わりに答えた。

「大儀でしたね。何か褒美を望みますか？」

テニオン神は人族に対しても敬語だ。きっと、敬語が基本なのだろう。

「もし許されるなら、『まつろわぬもの』や禁忌の情報をいただけたら――」

オレは巫女達に聞こえないよう声を潜めて尋ねる。

「否定。それは不許可と伝えたはず」

「禁忌は許されぬ故に禁忌であると知るべき」

テニオン神より先に少女神達に否定されてしまった。

「――まつろわぬもの？　言ってしまったの？」

「口が滑った。でも詳細は話していない。カリオンもそう言っている」

「言ってない。あれはウリオンのミス。ウリオンはテニオンに叱《しか》られるべき」

なるほど、あの言葉を言ったのはウリオン神だったのか。

「そこの人族――」

「――サトゥーとお呼びください」

「忘れなさい」

オレの言葉をスルーしてテニオン神が命じた。

なんとなく言霊の気配を感じる。

「無駄。この者には言霊が通じない」

「神力を増やしても効果はない。意味不明」

少女神達が不満そうに言う。密《ひそ》かにディスるのは止《や》めてほしい。

「困りましたね……」

テニオン神が手振りで巫女達を退出させる。

「他言するなと言うなら口外いたしませんが、それが何かを教えていただけないでしょうか？　私は『まつろわぬもの』――魔神残滓《ざんし》や『魔神の落とし子』と幾度か出会った事があります」

倒したとは言わない。あれは勇者ナナシの活躍だからね。

「分かりました」

「「テニオン！」」

「構いません。禁忌に属する事柄は詳細を語れませんが、それでいいですね？」

オレはテニオン神に首肯する。

「あれは外敵です」

まさかそれで終わりじゃないよね？

「それは存じています。つまり魔神とその力を帯びた者達、たとえば魔族などが『まつろわぬもの』――外敵という事ですね？」

「違います」

――あれ？　違うのか。

「魔族は世界の一要素です。魔神もまた神の一柱」

「盗神と同列に扱われるのは不快。カリオンもそう言っている」

「言ってない。蔑称《べっしょう》で魔神を呼ぶのは禁止。差別は神格を曇らせると知るべき」

ウリオン神は魔神を嫌い、カリオン神は魔神を擁護する感じだろうか？

盗神というのが魔神の蔑称と知れたのは収穫かもしれない。

「では『まつろわぬもの』は世界の要素ではない——つまり外の世界からの侵略者という事ですね？」

「『まつろわぬもの』の定義や詳細を伝える事は禁則事項です」

テニオン神は答えてくれなかったが、ここまでに得た情報から考えて間違いないだろう。

アリサがここにいたら、「世界を大いに盛り上げる」超有名ラノベの未来人を連想してニマニマしそうだ。

「つまり、その外敵を排除する仕事に差し障りがあるから、鉄道や電波塔や活版印刷が禁忌として規制されているわけですか……」

「それに答えるのは禁則事項です」

テニオン神が淡々と答える。

「鉄道や電波塔や活版印刷のように、禁忌として規制されているモノがあればご教示いただけないでしょうか？」

「それに答えるのは禁則事項です」

うかつに開発して天罰の対象になるのを避けたかったんだが、答えてもらえなかった。

考えをまとめると――。

神々が「まつろわぬもの」と呼ぶ他世界からの侵略者がいて、神々はそれらから世界を守る役目があると考えて問題ないだろう。

鉄道や電波塔や活版印刷が禁忌として規制されているのが、その役目になんらかの悪影響がある可能性が高いけど、その真偽は今のところ不明。


――こんな感じだね。

「もう質問はありませんね？」

「最後にもう一つ。私が神界を訪れる事は可能でしょうか？」

テニオン神が話を締めくくろうとしたが、ここまで明確な答えはなかった事なので、この機会に聞いておきたかった事を尋ねてみた。

「可能です」

――おおっ、マジか！

「ただし、その為《ため》には私達神々全員に認められる必要があります」

「事実上、不可能。無駄な希望はかえって残酷。カリオンもそう言っている」

「言っていない。過去に実現した者はいる」

「あれは神。この者とは比較にならない」

今まで試練をこなした者は一柱だけという事か。

話の流れからして七柱の神々という事はないだろうから、竜神か魔神かのどちらかだろう。

「テニオン様、認められるにはどうすればいいのでしょう？」

「神々の出す試練を受けなさい。その試練をこなし、証《あかし》を得る事が神に認められるという事です」

なんだか、ゲームの連続クエストみたいだ。

──あれ？　証？

そういえばパリオン神国で、「パリオンの証」という称号を貰《もら》った記憶がある。

メニューの称号欄をチェックしたら、確かにあった。という事はあと六つを集めればいいという事か。

「テニオン様、私に試練を与えてくださいませんか？」

「今のところ叶《かな》えてほしい試練はありません」

テニオン神が華やかな笑顔で冷たい事を言う。

「話は終わり。人族の時間は有限。見果てぬ夢に人生を浪費するのは勧めない。カリオンもそう言っている」

「言ってない。時間をどう使うかはその者の自由。浪費もまた人生。ウリオンは全《すべ》てに有意義であるべきと思考が硬直している」

「硬直していない。カリオンの考え方は危険。テニオンもそう言っている」

テニオン神はウリオン神とカリオン神のじゃれ合いを、優しい瞳《ひとみ》で見守っている。

なんだか、二人のお母さんか、年の離れたお姉さんみたいだね。

◆

「「「偉大なるテニオン神に栄光あれ！」」」

「「「テニオン様、万歳！」」」

「「「テニオン様に感謝を！」」」

テニオン中央神殿でテニオン神降臨のお祭りが始まった。

海に面しているせいか、幾つもの座敷船や帆船が神殿の沖合に浮かんで、神殿の庭に入れた幸運な者達と一緒にテニオン神に祈りと感謝を捧《ささ》げている。

「「「ウリオン神に栄光あれ！」」」

「「「カリオン神に栄光あれ！」」」

ウリオン神とカリオン神もテニオン神の左右に座って一緒に祀《まつ》られている。

オレ達も神の使徒として列席してほしいと巫女《みこ》長や神殿長から乞《こ》われて、神々の後ろの聖職者達と一緒にひな壇の末席を汚している。最初は神々の横の席を勧められたのだが、それは巫女長や神殿長といったテニオン神を崇《あが》める人達に譲った。彼らには神と会話する千載一遇のチャンスだろうしね。

「奏聖ソルルニーアがテニオン様に感謝の曲を捧げます」

神殿長が風魔法に声を乗せて宣言すると同時に、荘厳な曲が奏でられ始めた。

「エルフ」

「ブライナン氏族のエルフみたいだね」

奏聖はパリオン神国で見かけたフルー帝国時代の聖楽器――ハート型のダブルハープみたいな楽器を使うようだ。

パリオン神国で会った聖楽器の奏者も上手《うま》かったけど、彼女は次元が違う。

ボルエナンの森で会った奏者達にも勝る優れた演奏家だ。

神々に捧げる曲が終わると、興奮した顔でミーアが立ち上がった。

「話したい」

「待って、ミーア。オレが奏聖のところまで案内するよ」

精霊視があれば奏聖に会えるだろうけど、帰り道で迷子になって途方に暮れそうだからね。

「いた」

奏聖はすぐに見つかった。

誰《だれ》も彼女の傍《そば》に近寄れなかったからだ。

歩み寄るミーアを止めようとする奏聖の弟子達がいたが、オレがミーアの髪を持ち上げてエルフの特徴である少し尖《とが》った耳をよく見えるようにすると、奏聖の知り合いと勘違いして通してくれた。

「誰？」

「ミーア」

「ボルエナン？」

「そう」

奏聖も短文エルフらしい。

単語の会話が高速で交わされる。

なかなか盛り上がっているようだが、会話が速すぎてミーア検定一級のオレにも全体を把握する事ができないほどだ。

奏聖に乞われてミーアが聖楽器で曲を奏でる。

しばらくは耳を澄まして聞いていた奏聖だったが、途中でいたずらっ子みたいな顔になってミーアの弾く聖楽器に手を伸ばして連弾を始めた。ミーアも最初は焦っていたが、すぐに愉快そうに連弾を楽しみ始めた。

奏聖の弟子達は、ある者はうっとりと目を閉じて耳を澄まし、ある者は嫉妬《しっと》混じりの視線をミーアに向け、またある者は技術を盗もうと二人の演奏に全神経を集中させている。

「楽しかった」

「また」

「ん」

ミーアと奏聖が握手を交わす。

たぶん、また一緒に弾こうと約束したのだろう。

「上手い」

「まだまだ」

「他に？」

「師匠」

「興味」

自動翻訳が欲しいね。

たぶんだけど、奏聖は自分の師匠には及ばないと言いたかったのだろう。


「きゃあああああああ！」

唐突な悲鳴に続いて人々の狼狽《ろうばい》する声が津波のように広がっていく。

——竜だ。

巨大な黄竜がオーベェル共和国の空を横切った。

「静粛に」

「お前達は神の前にいる事を理解すべき」

少女神達の言霊でパニックを起こしかけていた人々が落ち着きを取り戻す。

遠い海上で旋回した黄竜が高度を下げてこっちに向かっている。

黄竜はポチの持つ「白竜の卵」を自分の卵と勘違いしているに違いない。

「ミーアは奏聖殿と一緒にいてくれ！」

オレはミーアの返事も待たずにその場を離れ、人々の視界が黄竜に向いている隙《すき》に縮地を繰り返して人々の間を縫って進み、仲間達と合流した。

「ご主人様なのです！」

ポチが傍らに出現したオレに気付いた。

「ポチ、借りるよ」

「はいなのです」

少し心配そうなポチから卵帯を借り、帰還転移《リターン》で浮遊帆船へと移動する。

浮遊帆船を急発進させ、黄竜の軌道を中央神殿から引き離す。

もう少し目立たない場所に帰還転移先があったら、勇者ナナシに変身して天駆で黄竜と直接交渉できるのだが、人々の視線が集まった海上にあってはそうもいかない。

「なんとか引き離せ――まずい」

浮遊帆船と黄竜の間に、一隻の舟が浮かんでいる。

望遠スキルが舟に乗るのが妙齢の女性だと教えてくれる。ベールで顔は見えないが、体形からして間違いない。

「……■　魔蛇王創造《クリエート・リヴァイアサン》」

ベールの女性が杖《つえ》を振ると、海面が大きく揺れ、超巨大な海蛇が海を割って現れた。

「リヴァイアサンよ！　我が敵を討て！　――海乱《ヴォーテックス》」

その声と同時に、超巨大な水の蛇――リヴァイアサンが渦巻く超高密度の水流を、迫り来る黄竜へと撃ち出す。

――CWLOROOOOOOUNN！

咆哮《ほうこう》とともに黄竜の顎《あぎと》から、稲妻のような「竜の吐息《ドラゴン・ブレス》」が放たれた。

山を砕き海を裂くような両者の攻撃が空中で激突した。耳が痛くなる轟音《ごうおん》とともに水しぶきと稲光が周囲へとまき散らされ、大時化《おおしけ》と嵐《あらし》が同時に来たかのように海が荒れ、天に昇った海水が曇天を作り出して激しい雨と雷を降り注がせる。

激流の木の葉のように揺られながらも、小舟に乗っていたベールの女性を捜す。

女性はリヴァイアサンの傍らで、小舟ごと海水の柱で持ち上げられており、荒れる海の影響は受けていない。

オレはほっと安堵《あんど》の吐息を漏らし、状況を把握する。

黄竜は空でホバリングし、リヴァイアサンと一定の距離で睨《にら》み合っている。

この状況ならオレの声が黄竜に届くかもしれない。

オレは勇者ナナシの姿になり、嵐に紛れて黄竜の眼前に閃駆《せんく》で移動した。

称号は勇者ではなく「黒竜の友」にしてある。

『黄竜よ！　私は大陸東方の黒竜ヘイロンの友にして、霊峰フジサン山脈の天竜とともに「魔神の落とし子」と戦った者なり！』

腹話術スキルの助けを借り、竜語で黄竜に話しかける。

ナナシ口調だと説得しにくかったので、普通の口調にしてみた。

『人族に肩入れする変わり者の天竜はともかく、あの暴れ者の黒竜の友だと？』

重々しい響きの鳴き声が嵐を吹き飛ばす。

竜語スキルがなかったら、威嚇されたと誤解しそうな恐ろしい声だ。

『君が感知したのは、私が白竜殿より預かった「白竜の卵」だ！　もう一度、感知し直してみるといい！　この卵以外に反応はあるか？』

オレはポチから預かった「白竜の卵」を掲げてみせる。

『――ない。ならば私の卵はどこだ？』

『それは私の与《あずか》り知らぬ事だ』

薄情だが、憶測でピアロォーク王国の名を挙げる事はできない。

――CWLOROOOOOUNN！

黄竜が怒りに満ちた声とともに、特大の雷を海に降らせた。

『さらばだ、黒竜の友よ。我が卵を見つけたら届けに来い。礼は弾む』

黄竜はそう言い捨てて、来た時と同じ勢いで飛び去った。

オレは帰還転移で浮遊帆船に戻り、勇者ナナシの装束を解いた。

「ウリオンの名において命ずる。嵐よ、疾《と》く去れ」

「カリオンの名において命ずる。海よ、疾く鎮まれ」

遠くから少女神達の言葉が聞こえるのと同時に、テニオン中央神殿を基点に快晴の空と凪《な》いだ海が同心円状に広がっていく。神様は天候操作もお手の物らしい。

いつの間にかリヴァイアサンもいなくなり、小舟も海面に戻っていた。

港に向かう小舟がオレの乗る浮遊帆船の傍を通る。

ベールが風に靡《なび》いて横顔が見えた。

「――アーゼさん？」

思わず上げた叫び声に、ベールの女性が反応した。

あまりに顔立ちが似ていたので叫んでしまったが、よく見ると髪色も髪型も全く違う。

女性が小舟を蹴《け》って、重力を感じさせない動きで浮遊帆船の甲板に下り立った。

「アーゼ？　ボルエナンのアイアリーゼか？」

女性が凜々《りり》しい声で問いかけた。

顔立ちはアーゼさんだけど、雰囲気は全く違う。

「アイアリーゼ様をご存じなんですか？」

「知っている。昔なじみだ。私が世界樹の管理人をしていた頃《ころ》に会った」

――ハイエルフ。

AR表示が彼女の種族を教えてくれる。

「私はニューゼ。ブライナンの森で生を受けたハイエルフ、ニユニシーゼだ」

ふむ、ニーゼじゃないのか。

「森の外でハイエルフの方にお会いするとは思いませんでした」

オレの記憶が確かなら、ブライナンの森にはハイエルフがちゃんと定数の八人いたはずだ。

「そんな変わり者は私とシルムフーゼくらいだ。種族はハイエルフだが、世界樹との接続は解けた。私は森を捨て、内海の底に眠るリヴァイアサンの守人としての生を選んだのだ」

「リヴァイアサンというと先ほどの精霊魔法で生み出した疑似精霊ですか？」

「違う。あれのモデルとなった本物の神獣リヴァイアサンの方だ」

「そんな神獣が内海の底に……」

マップには映っていない。

きっと南洋の時のように、深層は別マップになっているのだろう。

ちょっと会ってみたいね。

「いつも舟で内海を旅していらっしゃるんですか？」

「違う。普段はオーベェル共和国領海にある島の一つで隠居している。今日は弟子から神々が降臨されたと伝書鳩《でんしょばと》が届いたから、島を出た」

なるほど、テニオン神達に会いに行くわけか。

せっかくなので、色々話しながらオーベェル共和国の港に向かった。

◆

「サトゥー」

迎えに来た仲間達と一緒に奏聖がいる。

「アーゼ？」

「師匠！」

ニューゼさんを見たミーアと奏聖が同時に声を発した。

やはり、ニューゼさんを呼んだ弟子というのは奏聖だったらしい。

「そちらの子もエルフか？　見覚えのない顔だな。ブライナン氏族のエルフじゃないのか？」

「ん、ボルエナン」

「そうか。私はニューゼ。ブライナンの森で生を受けたハイエルフ、ニユニシーゼだ」

ニューゼさんが名乗りを上げると、ミーアが居住まいを正して頭《こうべ》を垂れた。

「初めまして、ブライナンのニユニシーゼ。私はボルエナンの森の最も年若いエルフ、ラミサウーヤとリリナトーアの娘、ミサナリーア・ボルエナン」

ミーアが久々に長文で自己紹介を返した。

「精霊、凄《すご》い」

「師匠だから」

「何精霊？」

「リヴァイアサン」

ミーアと奏聖が高速で言葉を交わす。

「ブライナンのニユニシーゼ。ボルエナンの森のミサナリーアが願う。あなたの素晴らしい精霊魔法を伝授されん事を」

「精霊魔法の奥義を？」

ニューゼさんがミーアを見つめる。

「……意外。レベルは十分ある。ボルエナンならベヒモスは喚《よ》べるか？」

「ん、喚べる。ガルーダも」

「ベリウナン氏族のガルーダも使える？　あなたは他《ほか》の氏族に認められる事をなしえたのだな」

「違う、サトゥー」

ミーアがふるふると首を横に振ってオレを指さした。

「この男の子が？」

「ん、世界樹」

ミーアの説明では意味が分からなかったらしく、ニューゼさんがオレに説明を求める視線を向けた。

「私がボルエナンの森を訪問している時に、邪海月《エビル・ジエリー》の大群が八本の世界樹全《すべ》てに寄生する事件がありまして、それを退治するお手伝いをしたんですよ」

「邪海月が……なるほど、理解した。故郷を救ってくれた相手が願うならば、『魔蛇王創造』の奥義を伝授しよう」

「感謝」

良かった。これでミーアの精霊魔法もバリエーションが増えるね。

◆

「ミーアは元気でやっているかしら？」

「イエス・アリサ。ミーアなら大丈夫だと告げます」

ニューゼさんと出会ったあの日から、ミーアはニューゼさんが隠棲《いんせい》する島で新しい精霊魔法を覚える為《ため》の修行をしていた。

せっかく神様の降臨祭に来たのに、ニューゼさんは三柱の女神達に曲を捧《ささ》げた後、ミーアを連れて島にとんぼ返りしたのだ。オレ達もついていこうとしたのだが、修行の邪魔だと言われて引き下がった。

「ミーアの修行が終わったら、またニューゼさんの演奏を聴きたいわね」

「そうだね。奏聖の演奏も素敵だけど、ニューゼさんの演奏は別格だったからね」

上には上があると思い知ったよ。

「降臨祭が終わったら、出発するの？」

「そうだね。何日かオーベェル共和国の観光をしてから、旅に戻ろう。ウリオン神とカリオン神のオーダーはガルレオン同盟にあるガルレオン中央神殿らしいけど、途中の国に寄るのは構わないらしいから」

なんでも、ガルレオン神に依《よ》り代《しろ》を自慢しに行くそうだ。

ガルレオン神用の彫像は絶対に作らないよう命じられているので、今回は用意していない。

「ご主人様、今日のお料理は『花尽くし』です！　全部、お花を調理したモノなんですよ！」

ルルが上機嫌で膳《ぜん》を運んできた。

客人扱いにも拘《かか》わらず、ルルはオーベェル共和国の料理を学ぶ為に、厨房《ちゅうぼう》で手伝いをしているのだ。

「ごしゅ～」

「ポチ達はまた勝ったのですよ！」

「お昼休みで中断しましたが、ご主人様に優勝旗を捧げてみせます」

獣娘達はオーベェル共和国の名所である闘技場で、三女神杯という大会に出場していた。

「卵のヒトにもポチの活躍を見せてあげたかったのです」

ポチがオレのお腹《なか》に巻かれた卵帯をさすさすと撫《な》でる。

試合の間はポチの卵帯をオレが預かっていたのだ。

「優勝候補のオーベェル三銃士っていうのとは戦ったの？」

「いいえ、彼らは午後の本戦から出場するそうです」

「地元の優勝候補はシード扱いなのね」

アリサが意外と詳しい。彼女の言う銃士というのは、魔法銃を主装備にするオーベェル共和国独自の兵科との事だ。

「本戦は応援に行くよ」

「本当ですか！　ならば、ただ勝つだけではいけませんね。ご主人様の為にも圧勝してご覧に入れます！」

リザが鼻息荒く宣言した。

うん、相手が死なない程度に手加減は忘れないようにね。


「――使徒様、神々がお呼びです」

皆《みんな》で花料理の膳を食べつつ、午後の予定を話していると、見習い神官の一人がオレを呼びに来た。

「なんだろう？　用件は聞いているかい？」

「いいえ、『使徒様を呼べ』とだけ」

なんとなくテニオン神なら理由を言いそうだから、カリオン神とウリオン神のどちらかが呼んだのだろう。

甘い酒か美味《おい》しいスイーツか、彼女達の求めるモノを思い描きながら神々のいる祭壇へと向かう。

――あれ？

祭壇には誰《だれ》もいない。

そのせいか、祭りが中断している。

「使徒様、こちらへ。皆様は聖域においでです」

何か緊急事態でも起きたのだろうか？

オレは足早に聖域へと向かった。

「――遅い」

聖域に入るなりウリオン神に叱《しか》られた。

ここにいるのは神々とオレだけだ。案内してくれた見習い神官も巫女《みこ》長達も聖域の外で待たされている。

「何かありましたか？」

「静粛に」

カリオン神に言われて気付いたが、テニオン神が緑色の光が降り注ぐ天を見上げて固まっている。

『テニオンは本体から情報を受け取っている』

カリオン神が口の動きでテニオン神の行動を教えてくれた。

かなりデリケートな作業のようだ。

「……終わり、ました。神界にいる私から世界の危機を知らされました」

額に玉の汗を浮かべたテニオン神が、荒い息を整えながら言う。

「また魔王が顕現したのですか？」

「違います。魔王は人の世の危機ですが、世界の一要素であり、真の意味で世界を破滅に導く危機ではありません」

魔王より危険――魔神残滓《ざんし》、神々の言う「まつろわぬもの」か？

「あなたの推測はおそらく正しいので口にしないように」

テニオン神が先に口止めした。

よっぽど「まつろわぬもの」という単語を口にされたくないようだ。

「ウリオンとカリオンは使徒を連れて、ザイクーオンの神殿がある地へ向かいなさい」

「テニオンは？」

「私はこの依り代に大した神力を注いでいません。もう数時間もしたら神力が尽きて消えるでしょう。あなた達を派遣するのは、あなた達自身の判断でもあります。分かりますね？」

「「分かった」」

少女神達がこくりと頷《うなず》く。

一瞬意味が分からなかったが、依り代を動かしているのが神々の分け御霊《わみたま》――コピー体だった事を思い出して納得した。神界にいる本体の方が派遣を決断したのだろう。

「急ぐ？」

「因果律はまだ収束していません」

カリオン神の問いに、テニオン神は首を横に振って否定した。

「むやみに急いで因果律を乱してはいけません。丁度いいタイミングは――」

テニオン神がオレには分からない圧縮言語でカリオン神とウリオン神に情報を伝えた。


＞「神代語：圧縮」スキルを得た。

今後使い道があるか分からないけど、スキルポイントが大量に余っているので、有効化しておく。

神々との交流以外でも、何かに使えるかもしれないしね。

「分かった。行ってくる」

「帆船だと間に合わない。飛空艇が必要」

「分かりました。用意させましょう」

テニオン神がそう答えると、レーダーに映る光点が聖域の前から離れていった。

きっと念話か何かで信者に命じたのだろう。飛空艇ならオレも持っているのだが、せっかく用意しに行った神殿の人達を呼び戻すのもなんなので、そのままにした。

神様からの言葉の威力は凄く、一時間もしないうちに小型の高速飛空艇が用意された。操縦スタッフも用意してくれたのだが、旅の危険性を考慮して機体だけを借りた。オレやナナでも操縦できるしね。

「信者達よ、歓迎の祭りを嬉《うれ》しく思います。これからも敬虔《けいけん》な祈りを忘れずに、恋をし、子を産み育て、繁栄していきなさい」

祭壇に戻ったテニオン神はそう人々に告げ、緑色の光を宿した手を振ると、信者達の頭上に光のベールが現れて人々に祝福を授けた。

人々は感涙にむせび、口々にテニオン神を称《たた》え、敬虔な祈りを捧げる。

「愛《いと》し子達に幸あらん事を――」

テニオン神の身体《からだ》がひときわ強く輝き、唐突に光が消えた。

彼女のいた場所でドサリと重い音がして白い煙が舞い上がる。

――塩だ。

役目を終えたテニオン神の受肉した身体や衣服は彫像に戻るのではなく、塩の塊となって散ってしまったようだ。

あれもまた聖遺物って感じかな？

神官達や巫女達が涙をこらえながら塩を集めている。

「行く」

ウリオン神に導かれ、オレ達は飛空艇に乗るとすぐにオーベェル共和国を出発した。

「皆はニューゼさんのいる場所で待つかい？」

「いいえ、行くわ」

「ご主人様の隣で戦えるとうぬぼれるつもりはありませんが、ご主人様のお役に立ってみせます」

アリサがきっぱりと留守番を拒否し、リザが控えめに同行を希望した。

他の子達も彼女達と同じ気持ちらしい。

「分かった。でも、最前線は禁止だよ。勇者や賢者だって抵抗できなかったんだからね」

カリオン神の守りがあれば大丈夫だとは思うけどさ。

オレは空間魔法の「遠話《テレフォン》」を使ってミーアに連絡する。

『ミーア、ちょっとした用事でピアロォーク王国に行く事になった。精霊魔法の修行中なら、ニューゼさんの所にいるかい？』

『待って――』

ミーアがニューゼさんに許可を求める声が聞こえてくる。

『――行く』

どうやら、許可は貰《もら》えたようだ。

オレ達はニューゼさんの島でミーアを回収し、飛空艇の進路をピアロォーク王国に向けた。

ピアロォーク王国への初訪問はちょっと波瀾万丈《はらんばんじょう》な事になりそうだ。

ポチの卵は妖精鞄《ようせいかばん》に収納するように言っておかないとね。

変幻の国

〝栄枯盛衰は世の習いというが、愚者の行いで故郷を失い同胞を奪われていった者達が、そんな言葉一つで恨みを忘れ復讐《ふくしゅう》を諦《あきら》められるわけがない。仇敵《きゅうてき》への復讐を遂げてこそ、我らは先に進めるのだ。

――竜人の末裔《まつえい》、バザン〟

「まだ、何も始まっていないようですね」

サトゥーが海上を飛ぶ飛空艇の前部観測窓から外を覗《のぞ》き、前方に広がる「変幻の国」ピアロォーク王国王都の極彩色をした家々の屋根を見渡しながら言った。

「ご主人様、どこに飛空艇を着陸させるの？」

「空港があればそこに降ろしてくれ」

「イエス・マスター」

ナナが飛空艇を海に面した空港へ向ける。

出迎えの鳥人兵士が岬にある灯台から上がってきた。

「にゅ！」

ソファーの上で丸くなっていたタマが突然顔を上げる。

「――愚か者め」

怒りに満ちた顔でウリオン神が叫んだ。

「どうされたんですか?」

そう問うサトゥーも無表情《ポーカーフェイス》スキルのせいで顔に出ていないが、危機感知スキルから激しい警告を受けていた。

「封印が解かれた。滅びが始まる」

カリオン神が睨《にら》む視線の先には、ザイクーオン中央神殿がある。

「まだ完全に封印は解かれていない。今なら間に合う」

「ウリオンに同意。結界で神殿を覆う。その間に排除するべき。飛空艇をあそこへ」

「イエス・カリオン」

ナナが飛空艇をザイクーオン中央神殿へと向けた。

飛空艇の先導をしていた鳥人兵士が鋭い警告を発したが、ナナはそれに構わず飛空艇の速度を最大に上げる。

それを見た鳥人兵士が笛を吹き、城壁塔から非常事態を示す警鐘が鳴らされた。

「大騒ぎになっちゃったわね」

「丁度いいさ」

アリサの言葉にサトゥーは肩を竦《すく》めてみせる。

「言霊で人々を避難させられませんか?」

「否定。実行は可能だが、大事の前の小事。神力の無駄遣いは厳に慎むべき。カリオンもそう言っている」

「言ってない。住民の減少は好ましくないが、その多くはザイクーオンの信徒。世界の維持の前では許容範囲」

少女神達が人でなしな発言をした。

彼女達にとって重要なのは世界の維持と自分の信徒で、他《ほか》の神の信徒への優先度は低いらしい。

「では、せめて神の御名で住民への避難を勧告させてください」

「許可。人的資源の安全を確保できるなら行うべき。カリオンもそう言っている」

「ウリオンに同意。お前はザイクーオンの名を騙《かた》ってもいい」

ウリオン神がそう言ったが、サトゥーはウリオン神とカリオン神の名前で警告を発した。

対象はピアロォークの王家と王都内にある各神殿の長達だ。

「マスター、中央神殿前に到着と告げます」

飛空艇の前方に黄色い石で造られた悪趣味なほど華美な神殿があった。

その神殿の入り口から、神官達や信徒達が慌てた様子で飛び出してくる。

次の瞬間、広大な神殿の中心部が弾《はじ》け飛び、漆黒の靄《もや》に包まれた何かが神殿の屋根に溢《あふ》れて、建物を内側に引き込み始めた。

「前庭に着地してくれ」

「イエス・マスター」

サトゥーの指示で飛空艇が高度を下げる。

「カリオン、結界を」

「肯定」

ウリオン神に促され、カリオン神が眩《まばゆ》いばかりの朱色の光を発し、神殿の周囲を球形の結界で包んだ。

さらにウリオン神が眩い紅色の光を発しながら腕を振ると、その動きに同期して神殿上空に出現した光のベールが黒い靄を神殿の奥に押さえ込んだ。

「ご主人様、あれ！」

アリサが指さす先に、数人の神官と一緒に転移してきた元怪盗のピピンの姿があった。彼が連れてきた神官の陰に隠れていたが、彼と行動を共にしている賢者の弟子セレナもいる。

「ちょっと情報を得てきます！」

サトゥーが飛空艇から飛び降り、ピピンの下へと駆け寄る。サトゥーはピアロォーク王国への旅の途中で、ピピンから騒動を起こそうとしている賢者の弟子を追ってザイクーオン中央神殿に忍び込んだとクロ宛《あ》ての報告を受け取っていたのだ。

「ピピン！」

「若様か！　この結界は若様が？」

ピピンが背後を振り返ると、追いかけてきていた黒い靄が紅色の結界に阻まれて止まっていた。

まるで熱せられた金属に触れたかのように、結界に触れた靄が結界を忌避して距離を取る。

「同行者がやってくれた。誰《だれ》よりも強力な結界だから外への被害は心配しなくていい」

「神官達は普通に出られるみたいだけど大丈夫なのか？」

「まだ完全に閉じていないだけだろう。それよりも何があったか教えてくれ」

「分かった。俺とセレナはバザンっていう悪党の狙《ねら》いがザイクーオン中央神殿の地下にある事を突き止めて――」

ピピンがザイクーオン中央神殿であった事を語り出す。

◇◇◇◆◇◆◆◆

「まだあいつらは事を起こしていないようだな」

神殿の尖塔《せんとう》の一つに現れたピピンが、共に転移してきたセレナに囁《ささや》く。

眼下に広がるザイクーオン中央神殿は騒動や警戒のただ中にあるとは思えない日常が広がっていた。

「いかに封印破りを得意とするバザンでも、鍵《かぎ》たる『夢響の音叉《おんさ》』だけではどうにもなるまい」

「他に必要なのは『竜の卵』が三つだったか？」

「いや、正確には『贄《にえ》となる竜の魂』が三つだ」

「一緒だろ。どこの世界に竜を倒せるヤツがいるってんだよ。それこそ勇者にだって――」

――無理だ。そう言おうとしたピピンの脳裏に、自分の主人であるクロや絶望的な恐怖とともに現れた「魔神の落とし子」を倒した勇者ナナシの姿が過《よぎ》った。

「可能なヤツがいるかもしれんが、バザンってぇのはそこまで凄《すご》くないんだろ？」

「そうだな。竜に勝てるほど圧倒的な力があるなら、他者の力など借りようとは思うまい」

「道理だ。話を戻すが白竜の卵は若様に預けたし、今奴《やつ》らの手にあるのは赤煙島の赤竜とドラグ王国の緑竜から奪った卵二つだけのはずだ。この辺りには他に竜はいないのか？」

「あとは下級竜くらいだ。南方に黄竜がいるという噂《うわさ》はあるが、実際に見た者はいない」

「下級竜がいるなら、どうしてそっちにしなかったんだ？　成竜を出し抜くよりはよっぽど簡単だろう？」

「それができればやっているさ。カムシムが裏切る前に言っていたが、下級竜やその卵は贄にならんそうだ」

「なら、一安心ってところか……」

ピピンが首元の冷や汗を拭《ぬぐ》って、安堵《あんど》の吐息を漏らした。

「私としてはここで何日かバザンを張り込みたい。他の場所も気になるが、私は神の影響が薄れたピアロォーク王国の封印が本命だと思うんだ。ピピンはどう思う？」

セレナの問いにピピンが答えない。

「おい、ピピン――」

どうしたと続けようとしたセレナの鼻先に、ピピンの掌《てのひら》が突き出された。

「まずった。奴らは既に中だ」

ピピンが指し示す先には、生け垣の陰に投げ捨てられた神官関係者の遺体があった。

「あいつら賢者様の教えを忘れたか！」

「憤るのは後にしろ。行くぞ」

激昂《げきこう》するセレナを窘《たしな》め、ピピンは彼女を連れて地上に転移し、侵入経路とおぼしき扉から神殿の奥へと入り込んだ。

「この先に地下への隠し通路があるらしい。白い像の裏側だ」

「あれか――セレナ」

ピピンが鋭い声でセレナを制した。

隠し扉とおぼしき場所に、血まみれの巫女《みこ》が倒れている。

「おいっ、巫女さん、生きているか？」

「わ、私の事よりも、賊を追ってください。止めて、賊が『神裁牢《ろう》』に触れる、前に……」

ピピンの腕の中で巫女がそれだけ言って気を失った。

「この先だ」

セレナは巫女を跨《また》いで通路の奥へと向かう。

「おい、待て！　死にそうな怪我人《けがにん》が先だろ！」

ピピンはセレナを呼び止めつつ、腰のポーチから取り出したエチゴヤ謹製の中級魔法薬を巫女の口に流し込んだ。

「すまんが、目覚めるまではいてやれん」

ピピンは巫女を床に寝かせると、セレナの後を追った。

「思ったよりも、先に進んでやがるな」

短距離転移を織り交ぜつつ暗い廊下を進むと、前方に紫色の光が見えた。

光の手前にセレナを見つけたピピンは、短距離転移で一気に詰めた。

光は砕けた壁の向こうから漏れており、壁の向こうには漆黒の祭壇があり、その背後の壁には紫色に光る魔法陣が浮かび上がり、そこから怪しげな紫電が放たれ、黒い靄がゆっくりと漏れ出している。

「誰もいない？」

魔法陣を起動したであろう何者かは、この部屋にいなかった。

「ここでの用件は済んだってのか？」

ピピンとセレナが周囲を警戒しながら部屋の中に入る。

「セレナ、祭壇の上」

祭壇には音叉のような物が置かれている。

「――夢響の音叉」

「あれがミューシア王国で盗まれた鍵か」

ピピンが訝《いぶか》しげに問う。

「それにしても、バザン達はどこに消えたんだ？」

ぼやくピピンをスルーして、セレナが魔法陣の方へと向かう。

「この魔法陣には見覚えがある」

「おいっ、不用意に触れるな――セレナ！」

魔法陣に触れたセレナが、魔法陣に吸い込まれるようにして消えた。

「ちぃいっ、――ままよ！」

ピピンが意を決して魔法陣に飛び込んだ。

ぐらぐらするピピンの視界に、幾つもの情報が飛び込んでくる。

セレナと同じ、黒尽《ず》くめを着た賢者の弟子達、地面に描かれた巨大な魔法陣の三つの頂点には「竜の卵」が置かれていた。

「やめろ、バザン！」

セレナが大声で叫ぶ。

混濁していたピピンの意識がその声で覚醒《かくせい》し、視界がはっきりとしてくる。

「追いついたか、セレナ！」

バザンが魔法陣の中心で両手を広げた。

何らかの秘宝《アーティファクト》で結界を張っているらしく、セレナの侵入を阻んでいる。

ピピンも転移を試みたが、それすらも阻止されていた。

「今ならまだ間に合う！　止《や》めるんだ、バザン！」

「なぜ止める！　これこそがお前の崇める賢者――猿の遺言だ。各地にある神の封印を解いて回る事こそ奴の望み！」

「封印を解けば、命はないぞ！」

「構わぬ。我が同胞は愚かな為政者の起こした戦争でもはや誰一人残っておらぬ。滅びの魔獣と合一し、愚かな為政者達を滅ぼし尽くしてくれるわ」

「それでは貴様自身が愚かな戦をする為政者と同じではないか！」

「貴様には分からぬ。復讐《ふくしゅう》だけが我が望み」

ピピンは因縁浅からぬ弟子達の問答を聞き流しながら、この部屋を観察し、起死回生の一手を考えていた。

（卵がもう一つあったとはな——）

ピピン達が確保した白竜の卵、赤煙島で盗まれた赤竜の卵、ドラグ王国で奪われた緑竜の卵、それ以外にも卵を持つ竜がいたらしい。

ピピンの物品鑑定スキルが、最後の一つが「黄竜の卵」だと教えてくれた。

卵には黒い靄が纏《まと》わり付き、魔法陣から漏れる紫電が激しく脈動している。

ピピンには封印が解ける寸前に思えた。

（やべぇな。せめて結界内に転移できればなんとかなるんだが）

ピピンは魔法陣の外側に置かれた華奢《きゃしゃ》な魔法装置に目を付けた。あれが結界を生み出している秘宝だろう。

彼は靴に仕込んでいた小さな短剣を抜く。

（クロ様にいただいた短剣をこんなところで使うとはな）

ピピンは転移の力を小さな短剣に集中させ、結界内に送る事に成功した。

短剣は秘宝に命中し、見事に結界を消してみせた。

「セレナ！」

「分かっている！　■　短符刃《タイル・ダガー》」

セレナの手から放たれた真っ白な呪符《じゅふ》が、刃《やいば》に変じてバザンの胸を貫いた。

「……無念」

かつて、セレナの符術を防いだ防御魔法や遅延術式も、封印解除という大魔術を行使する為《ため》に解除していたらしい。

バザンがその場に倒れ伏す。

「鎧《よろい》の一つも着ておくべきだったな」

ピピンの軽口に答える者はいない。

彼は知らなかったが、賢者の弟子達が着る漆黒のローブは、普通の金属鎧の何倍も防御力が高い。

ただ単に、セレナの使った呪符が同胞を討つ為に用意された特別製だっただけだ。

「感傷に浸る前に卵を回収しようぜ」

ピピンは魔法陣に設置されていた卵の一つを回収する。

「そういうわけにはいかないね」

女の声とともに幾条もの鞭《むち》が伸び、ピピンの手から卵を奪った。

「セレナみたいな甘ちゃんにやられちまうなんて、バザンもとんだ雑魚だね」

グラマラスな女が部屋に現れる。

ここにサトゥーや黒煙島の侍達がいたなら、その女の顔が侍大将に首を切り落とされた黒尽くめの賊だと気付いたかもしれない。

「おらおらおらおら！」

縦横無尽に動き回る鞭の乱舞がピピンとセレナを魔法陣から遠ざける。

ピピンが投げた短剣は弾《はじ》かれ、転移で背後を取ったピピンの刃に心臓を貫かれても、頓着《とんちゃく》せずにピピンにカウンターを放つ。

「つぅううう、不死身かよっ」

ピピンは折れた腕を庇《かば》いながら転移で距離を取り、魔法薬で傷を癒《い》やす。

「目覚めな、バザン」

「――ケルマレーテか」

女の言葉に、死んだはずのバザンが起き上がった。

よく見ると、女の首には雑に縫ったような痕《あと》があった。

「こいつらはあたしが相手をする。あんたは封印を解きな！」

「させない！　■■■　滝雨符《フォール・スリップ》」

セレナが放った呪符の雨が、魔法陣の重要なキーとなる「竜の卵」に降り注ぐ。

「甘いんだよ！」

女の鞭が呪符の雨から卵を守る。

「ケルマレーテ！」

バザンの警告で、女は卵の一つがピピンに盗まれた事に気付いた。

この部屋にピピンの姿はない。卵を確保して外に逃げたようだ。

「バザン！　最後の手段を使いな」

「是非もなし」

バザンが失われた卵の場所に移動する。

「止めろ！　死ぬ気か、バザン！」

「五月蝿《うるさ》いよ、甘ちゃん！　バザンはあんたがとうに殺しただろうが！」

セレナに邪魔はさせまいと女が幾条もの鞭を乱打する。

「我が身体《からだ》に流れる古《いにしえ》の血、我が心を象《かたど》る古の魂、それら全《すべ》てを捧《ささ》げよう。竜人最後の生き残りたる我が身を贄《にえ》に封印解除の儀式は完成する」

「止めろぉおおおお、バザンんんんんんんんん！」

セレナの叫びもむなしく、バザンは引き裂いた胸から取り出した心臓を捧げる。

魔法陣から吹き出る黒い靄《もや》の勢いが増す。

「神々に封印されし、古きものよ。神裁牢の奥より現れ出《い》でよ」

バザンは口から血飛沫《ちしぶき》を上げながら哄笑《こうしょう》する。

卵が次々と闇《やみ》に喰《く》らわれ、最後に心臓を掲げるバザンが闇の中に吸い込まれると、溢《あふ》れ出た闇が魔法陣を覆い隠した。

「そろそろ逃げないとヤバイね。あばよ、甘ちゃん」

女はセレナに向かって投網のようなモノを投げつけると、部屋の外へ飛び出した。

「あの闇に飛び込んでも無駄死にか――」

セレナは悩んだ後、魔法陣を通って部屋の外に飛び出る。

それを追いかけるように黒い靄が吹き出してきた。

全力で通路を駆けるが、黒い靄の方が速い。

「――逃げ切れんっ」

黒い靄に触れた赤い髪の先やマントが、崩れるように灰色になって散る。

髪とマントが半ばまで失われ、セレナが生を諦《あきら》めかけたその時――。

「セレナ！　来い！」

「ピピン！」

階段の手前でピピンが待っていた。

靄に追いつかれる寸前、セレナの手がピピンに触れる。

――転移。

神殿の地上階に戻ったピピン達は、倒れていた巫女を掴《つか》んで神殿の外を目指す。

背後で何かが割れるような音が響き、振り返ったピピンの視界に、黒い靄に包まれた何かが現れるのが見えた。

蛇のようにのたうつ靄の触手が逃げる神官に触れると、神官の身体が内側から裂け、裏返ったように赤黒い筋肉繊維がむき出しになり、内臓が床にぶちまけられる。

目を覆いたくなるような惨状が、そこかしこで繰り返された。

「やっべぇ」

ピピンは神殿から逃げるように警告し、目に付く人々を可能な限り回収しながら神殿の外へと転がり出る。

◆◆◆◇◆◇◇◇

「――とまあ、そんなわけだから、さっさと逃げてくれ。俺はクロ様を呼ぶ。俺達には無理でもクロ様や勇者様ならなんとかしてくれるだろ」

ピピンが運び出した巫女《みこ》や神官は、他《ほか》の場所から逃げてきた神官に託した。

「否定。逃げるなど許されぬ。カリオンもそう言っている」

「ウリオンに同意。これより聖戦を宣言する。当該地域の生物は神の意志に従うべき」

ウリオン神とカリオン神が紅色と朱色の光を帯びて、同色の波紋を周囲に放った。

逃走しようとしていた人々が、足を止め決意に満ちた顔で杖《つえ》や武器を構える。

「ウリオン様、有象無象は邪魔なだけです。戦いは私達が」

「否定。数は力。この国の騎士や軍隊を召集する」

「ですが、戦闘に慣れていない神官達は役に立ちません」

「否定。神聖魔法は役に立つ」

サトゥーは無用な犠牲を出すまいと神々を説得するが、理路整然と拒否された。

「ねー、神様」

アリサが声を掛ける。

「神官達や一般人は安全地帯で必勝を祈らせたら？　祈りは神力を生むんでしょ？　そっちの方が効率的じゃない？」

「検討の余地あり。カリオンの意見を」

「肯定。幼き者の提案は合理的と判断する」

カリオン神が首肯すると、神官達は頸木《くびき》が取れた馬のように駆けだした。

言霊による支配が解除されたのだろう。

神官達が解放された一方で、神の力の影響は遠く離れたピアロォーク王国軍の駐屯地や傭兵《ようへい》達の拠点にも広がっていた。

「総員、戦闘準備！　当直の即応軍は先発せよ！　魔術師達に重ゴーレム部隊の起動を命じよ！」

将軍の命令で兵士達が戦闘の準備を始める。

命令を受けた兵士達も、敵軍の奇襲があったかのような鬼気迫る勢いだ。

しかし将軍や兵士達のように熱に浮かされたような者ばかりではない。

「将軍！　何事だ！」

「軍監殿、戦です。すぐさま貴殿の部隊も臨戦態勢を整えられよ」

「戦だと？　どこに敵がいるというのだ！　これだから平民に将軍職など務まらぬと言ったのだ！」

現国王を叔父に持ち、自身もまた公爵位を持つ由緒正しい貴族である軍監が、平民出の将軍をこき下ろす。

「すぐさま、この馬鹿《ばか》騒ぎを止めよ！　貴様は国王陛下に弓引く気か！」

「軍監殿には分からぬか。いと尊きお方からの要請が！」

「いと尊きお方？　何を言って――」

言葉の途中で軍監が兵士達に拘束される。

「聖なる戦いが終わるまで、軍監殿は大人しくしていていただこう」

将軍は熱に浮かされたようにそう告げると、縛られて頭から湯気が噴き出しそうなほど顔を赤くした軍監に一瞥《いちべつ》もくれずに自分の仕事に移った。

その動きはすぐさま王城に伝わる。

「陛下！　駐屯地の兵士達が不審な動きをしております」

「騒々しい。そのような事は近衛《このえ》か軍監にでも任せておけ。そんな事よりも、貴様もこの絵を鑑賞せぬか？　画聖の再来とも言われているトッペントールの最新作だぞ」

焦る大臣と対照的に、下品なほど華美な服装をした王は手に入れたばかりの絵画に興味が向いているようだ。

「陛下！　大変でございます！」

「今度は爺《じい》か。先ほどの空耳といい、今日は皆落ち着きがないぞ」

愚かな王はサトゥーからの警告や同じ警告を受け取った家族の言葉を空耳と断じていたらしい。

「人々の上に立つ貴人はいついかなる時も落ち着いておらねばならぬ。先王陛下が幼少のみぎり――」

老侍従はすぐさま大変だという出来事を王に伝えたかったが、国王の言葉を遮る不敬を働く事もできずに、その言葉が終わるのを待つ。

侍従に取り次ぎを頼んだザイクーオン中央神殿の神官もまた待合室で焦燥感に苛《さいな》まれていた。

「おい！　持ち場を離れるな！」

その神官の耳に、部屋の外から怒号が届いた。

「放せ！　我らには使命があるのだ！」

「近衛が陛下を守らずして何を守るというのだ！　貴様、それでも貴族か！」

「黙れ！　貴様のような爵位持ち以外は貴族ではないとでも言いたいのか？」

「問答無用！　邪魔をするなら力ずくでも！」

近衛騎士達が剣を抜いて一触即発の状態になる。

戦闘員の中にも神の言霊の影響を受ける者と受けない者がいるようだ。

「この痴《し》れ者《もの》どもが！　城内で何をやっておる！　■権威誇示《オーソリティー・オーラ》！」

肩を怒らせた軍務大臣が、青く輝く端末を片手に都市核《シティ・コア》由来の魔法を使う。

青い光を浴びた近衛騎士達が、恐れ戦《おのの》いてその場に跪《ひざまず》く。

「――わ、私は何を？」

「正気に戻ったようだな。近衛兵を集めよ。先ほどの貴様のような者がいれば捕縛して連れてこい。多少の傷は構わんが、可能な限り殺すな。行け！」

軍務大臣の命令で近衛騎士達が駆けだす。

「一体、この国で何が起きておるのだ……」

近衛兵士達が去った廊下で、軍務大臣は言い知れぬ不安を感じていた。

神ならぬ彼には想像の埒外《らちがい》で事が進んでいたのだから。

その頃《ころ》、神殿の前では——。

「にゅ！」

「サトゥー」

タマが警戒し、ミーアが警告する。

沈黙を保っていた神殿の窓や扉を蹴破《けやぶ》って、黒い靄を纏《まと》った人型の何かが次々と現れた。

正門からも何かが現れようとしたが、石の壁が出現してそれを阻止した。土魔法が使える神官がいたのだろう。

「神様の結界を抜けてきたわよ！」

「狡猾《こうかつ》。設定を逆手に取られた。あれの素材は人間」

ウリオン神が苦々しげに答えた。

靄を纏った人型は結界が人間を通す設定を利用したらしい。

「あれはエンス。この世界を侵食する為《ため》の触手」

カリオン神が深刻な顔で言う。サトゥーの視界内では、靄を纏った人型が厭子《エンス》とAR表示されていた。

「カリオン、それは禁則事項」

「肯定。お前達、今の言葉は忘れるべき」

カリオン神はうっかり属性があるらしい。

「あれを元の人間に戻す事はできますか？」

「否定。因子の量が少なくとも、完全に変態した個体を元に戻す事は不可能」

「カリオンに同意。可逆なのは完全変態前だけ。変態後の個体はこの世界のモノにあらず」

「そうですか……」

神々の答えを聞いたサトゥーが肩を落とす。

「『理力の手《マジック・ハンド》』がすり抜ける？」

サトゥーは神殿から現れた厭子達を神殿内に投げ戻そうとしたが、上手《うま》く掴めなかったようだ。

「ご主人様、現地の軍隊が来ました」

飛空艇の甲板から狙撃《そげき》銃の準備をしていたルルが報告する。

先頭に派手な装飾をした三メートル級の小型ゴーレム一〇体を押し立て、その後ろから魔力砲や通常の軍隊が続いている。六メートル級の中型ゴーレムもいるが、王城を守る位置で待機しているようだ。

到着したピアロォーク王国の軍隊は、サトゥー達が止める暇もなく厭子達に攻撃を開始した。

「おう、ぱわふるぅ～？」

「すごく凄《すご》い攻撃なのです」

凄《すさ》まじい轟音《ごうおん》とともに、ピアロォーク王国軍から放たれた魔力砲や魔法攻撃が、厭子を穴だらけにして次々に打ち倒す。

「――あら？　弱い？」

「当然。あれらは結界を通り抜ける為に、最低限の因子しか受けていない」

首を傾《かし》げるアリサにカリオン神が答える。

見る間に打ち倒されていく厭子達の姿に、サトゥー一行は拍子抜けしたような雰囲気になる。

最初の砲撃が終わると、今度は騎乗した騎士隊が厭子に騎乗突撃を開始した。

「あっけないわね」

騎乗突撃で厭子達は蹴散らされ、瞬く間に数を減らしていく。

それに遅れて兵士達が厭子の群れに突撃した。

「にゅ～？」

「何かおかしいぞ」

タマとピピンが違和感に気付いた。

厭子達を薙《な》ぎ払っていた兵士達が苦しみ出し、焦った様子で盾や武器を投げ捨て、必死に鎧《よろい》を脱ぎ捨てながら逃げ出す。

彼らの脱出を、王国軍の本体が遠距離攻撃や盾持ちのゴーレムで援護する。

「厭子に侵食されたのか？」

「肯定。侵食能力は低いが長時間接触するのは無謀」

カリオン神が言うように、一瞬で厭子達の間を駆け抜けた騎士達には被害がない。

「再生したと告げます」

「タフ」

最初の方に行動停止したはずの厭子達が粘液のように集まって隆起した。

攻撃を受けて依り代《よしろ》がバラバラになったせいか、再生した厭子達は人型を保っておらず、ゾンビとスライムの中間体のようなぎこちない動きで軍隊に向かう。

中には兵士達の脱ぎ捨てた鎧や武器を依り代として取り込んだ個体や他の個体と融合して大型化を始める厭子もいる。

それを脅威に思ったのか恐怖を覚えたのか、王国軍本体から第一波よりも激しい攻撃が浴びせかけられた。

「――あ」

その流れ弾の幾つかが神殿の壁を砕き、その一発がウリオン神の結界の奥に閉じ込められていた靄《もや》の本体に命中した。

それがきっかけとなり、停滞していた靄の本体が活発に動き始め、触手のような靄を紅色の結界にぶつけ始めた。

「警告。結界が破壊される恐れあり。推定二七〇〇単位時間」

「つまり、カウントダウンが終わるまでに、結界の外から倒せって事ね！」

アリサが「定番キター！」と叫んで嬉《うれ》しげに杖《つえ》を構える。

「否定。詠唱が終わる前に結界は砕ける」

ウリオン神の言葉と同時に、結界の一部が僅《わず》かに砕け、触手のような靄が細い鞭《むち》のようにしなって、刹那《せつな》のうちに王国軍を薙ぎ払った。

ゴーレム達が安普請の張りぼてのように砕かれ、兵士達が血飛沫《ちしぶき》を散らして虐殺される。

それはあまりにも一瞬の出来事で、さしものサトゥー達も割り込む事ができなかったようだ。

それでも、すぐさまサトゥーが行動する。

「こっちだ！」

縮地で仲間達から一瞬で離れたサトゥーが、靄の触手に魔法銃を連射する。

光弾が触手を直撃したかに見えたが、実際はなんのダメージも与えられずにすり抜けていた。

「若様だけに任せてられるか！」

ピピンも瞬間移動を繰り返しながら、投剣や火杖《ひづえ》で攻撃を加える。

「ウリオン様！　今のうちに結界の補強を！」

サトゥーが叫ぶ。

「否定。境界を侵された状態では不可能。先に細切れにする。後の処理はお前達に委任。カリオンは結界を張れ」

「二重の結界は維持コストが莫大《ばくだい》。外側の結界をいったん解除する。お前達はあれが一般人を減らさないように対処するべき」

「分かりました。リザ！　前衛を連れて厭子の処理に向かえ！　厭子の傍《そば》に留《とど》まらないように注意しろ！　アリサ達後衛は援護を！」

サトゥーは少女神達の無茶ぶりを即答で承諾し、仲間達に指示を出す。

「『実行』」

ウリオン神が紅色の光で触手を切断し、カリオン神が内側の結界を肩代わりする。

空中でうねっていた触手を、ウリオン神が返す刀で細断した。ウリオン神は厭子をバラバラに引き裂いた後、二度と靄本体が結界を貫かないように、カリオン神の結界に自分の結界を重ねた。

「大変！」

「あれを見てください！」

ミーアとルルがいち早く異変に気付いた。

細切れになった触手が一部の厭子と融合し巨大化する。

「大きくなったって、アリサちゃんのいい的だわ！」

アリサが放った単体攻撃用の上級火魔法が巨大厭子の一体を撃ち抜く。巨大な火弾は巨大厭子の胴体を貫通し神殿の一角を吹き飛ばした。

「すり抜けた？」

「私の魔槍《まそう》も手応《てごた》えがありません」

「魔刃砲《まじんほー》も突き抜けちゃうのです！」

「忍術もだめだめ～？」

「実体弾も輝炎銃も同じです」

（普通の魔剣や魔法はともかく、竜牙《りゅうが》コーティングしたリザの魔槍ドウマでもダメなのか？）

仲間達の報告を聞いたサトゥーが内心で驚愕《きょうがく》していた。

「向こうの攻撃は命中するのに、こっちの攻撃がすり抜けるなんて、ずっこいわ！」

「あれは別次元から落ちる影。依り代にした核を狙《ねら》わない限り、人界の攻撃手段が通じる事はない」

アリサのぼやきにカリオン神が答える。

「なら、全部をまとめて吹っ飛ばせば――」

「ダメよ、アリサ！　後ろの街まで吹き飛ばしちゃうわ」

腕まくりをするアリサをルルが止める。


「――危ない！　避《よ》けろ！」

仲間達に無数の触手を生やした巨大厭子が躍りかかるのを見て、サトゥーが警告した。

「――フォートレス！」

「ふぁらんくすぅーなのです！」

ナナがフォートレスを発動し、ポチがファランクスを使うが、それらの防御を巨大厭子の触手は軽々とすり抜けて襲ってくる。ナナ達は気付いていなかったが、実体を伴う核の部分はフォートレスに接触して火花となって消滅していた。

「■　重壁符《スタック・タイル》」

賢者の弟子セレナも符術でサポートするが、それも同様にすり抜けられる。

サトゥーが縮地でサポートに向かうが、その中間に別の巨大厭子が割り込んできた。

「邪魔だ！」

サトゥーは構わず巨大厭子に体当たりを敢行する。

凄まじい怖気《おぞけ》がサトゥーの心を苛《さいな》んだが、無数にある耐性のいずれかが彼を守った。

巨大厭子の身体《からだ》を通り抜ける瞬間に、彼はストレージから神剣を出すと同時に居合いで斬《き》り裂き、誰《だれ》にも手段を悟られる事なく巨大厭子の一体を討滅する。

巨大厭子の残滓《ざんし》を突き抜けたサトゥーの視界に、仲間達と触手の間で輝く朱色の障壁が映った。

「カリオン神の障壁か！」

サトゥーが思わず叫ぶ。

通常物体や魔法をすり抜ける厭子の攻撃も、神々の防御障壁は貫けないようだ。

「これでも喰《く》らえ！」

賢者の弟子セレナが何かの秘宝を投げた。

秘宝は巨大厭子の頭上で割れ、光でできた鎖が厭子達を雁字搦《がんじがら》めにする。

「やるじゃん、お姉さん」

「セレナだ。賢者様からいただいた魔神縛鎖はこいつらにも効くようだ」

アリサの称賛にセレナが僅かに口角を上げた。

「それはまだ使えるの？」

「悪いが使い捨てだ。魔神牢《ろう》の遺跡からは幾つも発見されたが、私が持っているのはあと二つだけしかない」

セレナは自分達に向かってくる巨大厭子二体を同様に捕縛した。

残っている巨大厭子一体もセレナを脅威に感じたらしく、のっそりした動きで軍隊の前から離れて向かってくる。

「そっか――神様、結界を維持しながら、黒煙島の時みたいに私達の剣や鎧を強化できる？」

「神力の残りが少ない。少人数なら可能。カリオンもそう言っている」

「言ってない。でも、神力が残り少ないのは同じ。巨大化したせいで人間達が怖《おそ》れている。祈りで得られる神力では賄いきれない。ここで無理をすれば本体を再封印する神力が足りなくなる」

少女神達が難しい顔で言う。

「なら、アジらなきゃ！　演説で群集心理を操作するのよ！」

アリサが名案を思いついたという顔でサトゥーを見上げる。

「何か方法があるんだな？」

ピピンはそう言って、セレナの方を見る。

「セレナ！　俺達で時間を稼ぐぞ！」

「分かった！」

セレナを掴《つか》んだピピンが短距離転移で、セレナを追う巨大厭子《エンス》をマラソンさせる。

それを見送りつつ、アリサがサトゥーに名案の内容を話す。

「ご主人様！　いい方法があるの！　あの化け物を王都中から見えるくらい大きく映して。雁字搦めになってないやつよ！」

サトゥーが「幻影《イリュージョン》」の魔法で巨大化厭子を映した。

アリサのリクエストにはなかったが、腹話術スキルを用いた恐ろしげな咆哮《ほうこう》付きだ。


もものしい軍隊の行軍やそれに続く轟音《ごうおん》を聞いて不安になっていた民衆は、ザイクーオン中央神殿がある都市の中央付近に巨大な化け物の姿を見つけた。

「な、なんだ。なんなんだ、アレはぁああ？」

醜い化け物が自分達を睥睨《へいげい》して恐ろしげな咆哮を上げる。

「ば、化け物だぁああああ！」

「にげ、にげ、逃げろぉおおおおお！」

パニックを起こした民衆が我先にと逃げ出す。

『人々よ。怖れる事はありません』

都市の正門上空に、朱色の光が集まって少女の姿を象《かたど》った。

『私はカリオン。あなた達を終焉《しゅうえん》の魔物から守りましょう』

少女の映像が手を振ると、都市へと踏み出そうとしていた化け物を朱色の壁が囲む。

化け物はガンガンと壁を殴る。震動を伴う轟音が人々の心を怯《おび》えさせる。

『人々よ。怖れてはなりません。恐れは終焉の魔物に力を与えます』

先ほどとは別の門の上空に、紅色の光が集まって別の少女の姿を象る。

『私はウリオン。終焉の魔物を神の力で縛りましょう』

二人目の少女が手を振ると、暴れていた化け物を紅色の光が雁字搦めに縛り上げた。

本来の少女神達の口調とは違うが、ピアロォーク王国の人々がそれに気付く事はないだろう。

『人々よ、祈りなさい。あなた方の力が終焉の魔物を倒す力になります』

『人々よ、願いなさい。安寧な日常を再び送れるように。あなた達の祈りが破邪の力となって魔を滅ぼすのです』

少女神達が人々に語りかける。

それはサトゥーによる演技だったが、続く言葉は正しく少女神達から発せられたモノだった。

『『祈れ』』

短い言葉だったが、言霊の宿ったその言葉に人々は頭《こうべ》を垂れ、自らの為《ため》、家族の為、そして何より平和な日常の為に祈った。


「――おお。これは驚き」

「肯定。これほどの祈りが提供されるとは思わなかった。カリオンもそう言っている」

「言ってない。ウリオンの妄想。でも、これだけの祈りがあれば、あれらを滅ぼすに足る神力の付与も可能」

　少女神達がサトゥー達の武器防具に神力を付与する。

「アリサ、ルル、ミーアの三人には、拘束されている巨大厭子の始末を任せる。オレ達はピピンが引き寄せている自由な一体を倒すぞ」

　サトゥーはそう言って、魔法銃と自作の魔剣を手に巨大厭子の前に走り寄る。

「下がれ、ピピン！」

　先導するピピンとセレナが短距離転移で後方に下がり、標的を見失った巨大厭子の前にサトゥーが躍り出る。

「まずは小手調べだ」

　そう呟《つぶや》いて魔法銃の弾丸を撃ち込む。

　紅色の光を帯びた弾丸は、巨大厭子の身体を貫いてみせた。

　先ほどと違うのは、弾丸が貫通した場所が散り、靄《もや》の身体に穴が開いたままになった事だろう。

　サトゥーは反撃の触手を最小限の動きで避け、紅色の光を帯びた魔剣と手甲で触手を受け流した。

「武器も鎧《よろい》も侵食されないな――」

　過保護な彼は仲間達に危険が及ばぬ事を確認してから指示を出した。

「行け、リザ！」

「承知！　瞬動――螺旋槍撃《らせんそうげき》！」

紅色と朱色の光を靡《なび》かせながら、リザが巨大厭子の膝《ひざ》を穿《うが》つ。

「あきれすはんたー、なのです！」

ポチが紅色に輝く剣でリザが穿ったのと反対側の踵《かかと》を斬り裂いた。

「シールドバッシュと告げます！」

ナナが朱色の光を帯びた大盾で、巨大厭子の向《む》こう脛《ずね》を強打する。

「ナナ、回避！」

ミーアの警告で回避を始めたナナの頭上に、バランスを崩した巨大厭子の触手が降ってくる。

「狙い、撃ちます！」

ルルの攻撃が、ナナに命中する軌道の触手を吹き飛ばした。

「にんにん～」

タマの忍術が巨大厭子の両手を影に沈める。

「連携します」

「イエス・リザ！　零《ぜろ》の太刀、魔刃崩砦《ブラスト・フォート》と告げます」

ナナが黒煙島で学んだ技術を反映させた「魔刃砕壁《ブラスト・アーマー》」の改良技が放たれた。

必殺技が叩《たた》き付けられた巨大厭子の顔から靄が吹き飛び、厭子のおぞましい本体が露《あら》わになる。

「一の太刀～？　魔刃影牙《ボーパル・シャドウバイター》～」

タマの両手の魔剣が厭子の外骨格をずたずたに引き裂き、それを追うようにして現れた影の刃《やいば》が傷口を広げる。忍術が加わった必殺技は以前よりも破壊力を増していた。

「二の太刀なのです！　魔刃旋風《ヴァンキッシュ・スライサー》！　なのですよ！」

ポチの魔刃旋風は以前からあった技だが、侍大将から教わった居合いの技が、技の速度を何倍にも速める。

物理的に巨大化した魔剣の一閃《いっせん》が、タマが傷付けた外骨格を完全に打ち砕いた。

「リザ！　今なのですよ！」

「承知！　三の技――魔槍竜退撃《ドラグ・バスター》！」

早くも復元を始めた外骨格の隙間《すきま》に飛び込んだリザが、その奥にある漆黒の渦に魔槍ドウマの連撃を叩き込む。

渦の周囲に漂う靄が、リザを排除しようと凶悪な牙《きば》をむき出しにする。

だが、リザはひるむ事なく纏《まと》わり付く靄を振り払うようにくるりと身体を回転させて、そのベクトルを乗せた一撃を深く、深く突き立てた。

その瞬間、リザを貫こうと迫っていた牙が音を立てて崩れ、散っていく。

それを見送ったリザは、いつの間にか自分の傍らに、サトゥーが立っているのに気付いた。彼はリザを守る為に危地に飛び込んでいたようだ。

「やっば！　ご主人様、上に逃げられた！」

後衛達が戦っていた巨大厭子が、吸血鬼のように無数のコウモリのような姿にばらけて上空へ逃げ出す。何割かは靄狼《おおかみ》となって駆けだした。

「狙い、撃ちます！」

「やって！」

「アリサちゃんから逃げられるなんて思わない事ね！」

ルルの輝炎銃が次々に靄コウモリを撃ち落とし、ミーアが呼び出していたベヒモスの落雷やアリサの火魔法が靄コウモリを薙《な》ぎ払う。

サトゥーも両手に持った輝炎銃でルルと同じペースで撃ち落とすが、あまりにも数が多い。

狼の姿になった少数が後衛陣に襲いかかってきたが、ナナのフォートレスがそれを阻む。

「私達は狼を倒しますよ」

「あいあいさ〜」

「らじゃなのです！」

獣娘達が連携する靄狼を着実に倒していく。

遠巻きに見ていたピピンとセレナの二人も、獣娘達と一緒に雑魚狩りに参加した。

「――ダメ、このままじゃ逃げられちゃう」

後衛陣の猛攻で靄コウモリも急激に数を減らすが、それでも何割かが射程の外側に辿《たど》り着こうとしていた。

サトゥーが勇者ナナシに変身する事を決断する直前、光線のような赤い炎が空を焼いた。

「竜の吐息《ドラゴン・ブレス》」

ミーアが呟いた。

直後に別の方向から黄色いレーザーのような炎が空を薙ぎ払う。

炎を追いかけるように、赤竜と黄竜の巨体がピアロォーク王国王都の上空で交差した。

「竜が来た。あいかわらず戦いに貪欲《どんよく》。カリオンもそう言っている」

「言ってない。竜の吐息はあれらを焼ける。残りは任せればいい」

少女神達が靄コウモリを執拗《しつよう》に焼き払う竜達を見上げる。

靄コウモリは再集合して数体の靄ワイバーンに変じて、一目散に彼方《かなた》を目指して逃げ出した。

竜達がそれを吐息《ブレス》で焼き払いつつ追いかけていく。

「あの様子なら逃がす事はない、か――」

サトゥーは前衛達の靄狼退治に視線を戻す。

残りは一匹だけだったが、それも――。

「■■■　滝雨符《フォール・スリップ》！」

雑魚狩りを終えて戻ってきた賢者の弟子セレナが、符術で最後の靄狼にとどめを刺した。

「――えーっと。もしかして、美味《おい》しいところを取ってしまった？」

「いいえ、助勢ありがとうございます」

詫《わ》びるセレナに、リザは凜々《りり》しい顔で礼を返す。

「若様、雑魚は狩り終わったぜ」

「ありがとう、ピピン」

ピピンを労《ねぎら》い、サトゥーは二重の結界に囚《とら》われた靄の本体に視線を向ける。

「後の始末はお願いできますか？」

サトゥーが少女神達にバトンを渡す。

「神様？」

答えない神にアリサが問いかける。

「――困った」

「これは予想外」

少女神達が困惑顔で上空に映し出されたままの映像を見上げる。

映像を用いた小芝居は、人々に恐怖に抗《あらが》う希望を抱かせ、少女神達に敬虔《けいけん》な祈りや真摯《しんし》な祈りを供給する一助となった。それは間違いない。

だが、それと同時に人々の恐怖をも誘ってしまった。

人々の心を苛《さいな》むストレスは瘴気《しょうき》を生み、それが厭子を生み出した靄――「まつろわぬもの」本体を強化してしまったのだ。

アリサやサトゥーが瘴気が「まつろわぬもの」を強化すると知っていれば、別の方法を選んでいたかもしれないが、少女神達はそれを彼らに告げなかった。なぜなら、それは神々にとって、当たり前の常識だったから。

「――ご主人様、映像を消して」

アリサの言葉の途中でサトゥーも気付き、上空に浮かべた幻影を消去する。

だが、時は既に遅し――。

少女神達の結界を打ち破り、靄の本体が地上へと現れた。

——ＺＺＺＸＸＸＺＢＢＢ。

重低音と高音が入り交じる不快な咆哮が世界を歪《ゆが》める。

「あれが本体か……」

さらなる戦いを前に、サトゥーの横顔に一滴の冷たい汗が流れた。

まつろわぬもの

〝サトゥーです。いつの世も時の支配者に従わない人というのはいるものですが、できれば平和的な手段で抵抗してほしいものです。無差別な暴力は止《や》めてほしいですね。〟


「封印が完全に解けた。この分け御霊《わみたま》では倒せない。カリオンもそう言っている」

「言ってない。でも、倒せないのは事実。このままでは再封印も困難と知るべき」

ウリオン神とカリオン神が余裕のない顔で告げる。

「そんなに強いのですか？」

ＡＲ表示される「まつろわぬもの」本体の情報は、全《すべ》て「ＵＮＫＮＯＷＮ」で何も分からないのだ。厭子《エンス》のように情報表示してほしいね。

神剣なら勝てる気はするが、神々の前で「神殺し」の称号や剣を大っぴらに使うのは気が引ける。

「本体なら余裕で再封印可能。カリオンもそう言っている」

「肯定。でも、本体での降臨は神力の消耗が激しすぎる。世界を守る殻が一時的にでも薄れるのは推奨されない」

「だが、他《ほか》に手段はない。迷う前に進むべき」

「……肯定。本体への帰還を実行する。神力の供給が途絶える事に注意」

「待ってください！」

今すぐ天界に戻りそうな神々を呼び止める。

「巧遅は拙速に如《し》かず。一秒の遅滞はそれだけ世界の損失と知るべき」

「都市内の人々に避難するように命じてください。軍隊もです」

「依頼を受託。人的資源の浪費は好ましくない」

ウリオン神が紅色の光を帯びた腕を振ると、徹底抗戦の様相を見せていたピアロォーク王国軍が踵《きびす》を返して撤退を始めた。

マップ情報によると、都市内の人々も都市外への脱出を始めたようだ。

「帰還を実行。健闘を祈る」

少女神達が朱色と紅色の輝きを天へと放つ。

彼女達が遺《のこ》した身体《からだ》はテニオン神のように塩に還《かえ》る事なく、元の彫像に変わって地面に転がった。

「神様達、行っちゃったわね」

アリサは天を見上げながら呟いた。

竜達も靄《もや》ワイバーンを追いかけていって、まだ戻る様子はない。卵を追い求めて、この国に来たはずだから、そのうち戻ってくるだろう。

「ピピン、避難誘導を頼む」

「若様達はどうするんだ？」

「オレ達も避難誘導をするさ。神様が戻るまであれの相手は、クロ殿や勇者ナナシ様がやってくれるみたいだ」

オレは上空にクロ人形を取り出して「理力の手《マジック・ハンド》」で浮かべる。

「クロ様が来てくれたのか！　よし、セレナ、行くぞ！」

ピピンが嬉々《きき》として告げる。

全幅の信頼がちょっとこそばゆいね。

「待て、ピピン。自分の身内がしでかした不始末を他人に押しつけるわけにはいかん」

「クロ様がいるから大丈夫だ。それにここにいてもクロ様達の邪魔になるだけだぜ」

セレナを説得するピピンに「同感だ」と言って加勢する。

「分かった。私は自分にできる事をしよう」

セレナは少し逡巡《しゅんじゅん》した後、ピピンと一緒に避難誘導に向かった。


「アリサ達も早く」

動かない仲間達をせかす。

靄の本体は今も出てきた場所で動かないが、いつ行動を開始してもおかしくない。

「避難誘導なら必要ないわ。手助けが必要な人達も言霊のお陰で周りの人達が協力して脱出している。荷物を満載した馬車で道や門を塞《ふさ》ぐバカもいない」

アリサも空間魔法で状況を確認したようだ。

「ダメだよ。今回はダメだ」

不退転の決意を顔に浮かべた仲間達を見回しながら言う。

魔王との戦いに連れて行けるようになったけど、今回は本当にダメだ。

「相手は神様が本気にならないといけないような相手だ。目安となる情報もない。もしかしたら、シガ王国に現れた『魔神の落とし子』みたいな規格外な相手かもしれないんだ」

危機感知スキルの反応からしたら、あれよりも弱いとは思うけど、だからといって油断できるわけじゃない。

「だったらなおさらよ！　ご主人様一人でなんて行かせられないわ」

「イエス・アリサ。神の力が宿る盾でマスターを守ると宣言します」

「私もアリサやナナと同じ考えです。神の力に頼るわけではありませんが、ご主人様の露払いくらいさせてください」

アリサ、ナナ、リザが必死な顔で訴える。

「タマもがんばる～？」

「ポチだってご主人様の役に立つのですよ！」

「あの『まつろわぬもの』を抑えつけるのに精霊が役に立つ。絶対に絶対役に立つから、サトゥーは頼っていいの。本当よ？」

「ご主人様、私もお手伝いします」

ポチ、タマ、ミーア、ルルも同じ気持ちのようだ。

「皆《みんな》――」

いつまで保《も》つか分からないけど、カリオン神がくれた守護の力があれば、あれに侵食される心配はないか……。

オレはしばし熟考する。

「分かった。くれぐれも無茶や過信は禁物だよ？」

「やったー！　そうこなくっちゃー！」

「やっほ～？」

「やったーなのです！」

アリサ達が拳《こぶし》を振り上げて喜ぶ。

それを微笑《ほほえ》ましそうに見ていたルルが叫んだ。

「ご主人様、あれを見てください！」

光のドームで覆われていた王城で動きがあるようだ。

「にょきにょき～？」

「塔のヒトが生えてきたのです」

「魔砲でしょうか？　ムーノ城で見たモノよりも巨大ですね」

オレのＡＲ表示によると英雄砲と表示されている。

古代ララキエ王朝時代の遺物である魔砲ではなく、魔力砲の一種のようだ。

「ちょっと、まさかアレで砲撃しようってんじゃないでしょうね？」

「そのまさかみたいだ」

いくら高出力でも、別次元に本体がある「まつろわぬもの」を倒せるとは思えない。「まつろわぬもの」の興味を引いて攻撃を誘発する未来しか想像できないね。

「まったく、この国の王様は無能なの？」

「アリサ、怒るのは後だ。転移であの山の頂上へ移動してくれ」

「おっけー！」

アリサは理由も聞かずに二つ返事で全員を連れて、ピアロォーク王国王都の背後に聳《そび》える山に転移してくれた。

「届くか微妙な距離だったけど、なんとかなったわね」

アリサの魔力が枯渇寸前だったので、「魔力譲渡《マナ・トランスファー》」の魔法で満タンまで充填《じゅうてん》する。

オレは早着替えスキルの助けを借りて勇者ナナシに変身し、山頂の斜面にストレージから小型飛空艇を取り出して宣言する。

「さあ、勇者ナナシと黄金騎士団の出陣だ！」

◆

『ご主人様、お城の大砲が発射準備に入っているわ』

小型飛空艇の上甲板に立つオレの耳に、戦術輪話《タクティカル・トーク》越しのアリサの声が届く。

「先に行く。後から追いついてくれ」

オレは甲板から飛び立ち、閃駆《せんく》で英雄砲の射線の間に割り込む。

魔法欄から発動した「自在盾《フレキシブル・シールド》」を展開し、斜めに傾けて英雄砲の巨大な炎弾を受け流す。

「思ったよりも威力が高いな」

たった一撃を受け流しただけで、自在盾の一枚が砕ける寸前だ。

受け流していなかったら、一撃で砕かれていた可能性もある。

『ご主人様、後ろ！』

——危機感知。

背後から迫る触手をストレージから居合い抜きした神剣で斬《き》り裂く。斬り裂かれた触手が黒い靄になって散った。

聖句を使っていない神剣でも問題なくダメージを与えられるようだ。

というか一撃で靄の体積が三割くらい減っている。

——危機感知。

再び危機感知スキルが反応した。

今度は頭痛を伴うほどの激しい反応だ。

神殿の敷地内でぶよぶよしていた本体が、噴火のような勢いで噴き上がった。

「——危なっ」

閃駆でその場から離れる。

噴き上がった本体は大小様々な五つの塊に分裂し、空を逃げ惑っている。

——そう。

逃げ惑っているのだ。

おそらくは、オレの持つ神剣から。

『マスター、ターゲットが奇妙な動きをしていると告げます』

『本当ですね。まるで神殿から離れられないみたいです』

ナナとルルが指摘したように、分裂した「まつろわぬもの」は神殿から一定の距離を保ったまま逃げ惑っている。

だが、安心してはいられない。その距離が徐々にだが延びているからだ。

『空なら遠慮はいらないわ！　禁呪《きんじゅ》で消し飛ばしてやる！』

『ん、全力。海上へ』

『イエス・ミーア』

ナナが小型飛空艇を海上へと回頭させる。

アリサとミーアが詠唱を始めた。

『狙《ねら》い、撃ちます！』

ルルの放った加速砲の聖弾が分裂体の一つを貫通する。

命中した分裂体は身体に大穴を開けたが、すぐに再生してしまう。

『しゅばばば〜？』

『魔刃砲《まじんほー》なのです！』

タマが小さな魔刃砲を連打して分裂体の逃走経路を限定し、ポチとリザが威力を高めた魔刃砲で分裂体を穿《うが》つ。

獣娘達の魔刃砲はそれなりのダメージを与えたが、ルルの加速砲と同様にすぐに再生されてしまうようだ。

オレは仲間達が狙っていない一体に狙いを澄まし、閃駆で一瞬のうちに接近すると先ほどと同じように神剣で分裂体の一つを斬り裂いた。

「——増えるだけか」

一撃で体積がかなり減るものの、分裂数が増えるのはいただけない。

神剣の聖句を使えばまとめて滅ぼせるとは思うが、できればあれは使いたくない。

——爆縮《インプロージョン》。

再分裂して体積を減らした小分裂体の一つを包んで爆殺する。

ふむ、小さくなったヤツなら魔法で完全に倒せるようだ。神剣は分裂体が過剰反応するし、鞘《さや》に収めた神剣をストレージに収納して残りは聖剣と魔法で片付けよう。オレは称号を「真の勇者」に替え、聖剣デュランダルを取り出す。

獣娘達やルルと協力して小分裂体を概《おおむ》ね倒し終わったところで、アリサとミーアの詠唱が終わった。

『よっしゃー、行くわよ！』

『ん――魔蛇王創造《クリエート・リヴァイアサン》』

ミーアの精霊魔法が発動する。

『やって』

海を割って出現したリヴァイアサンが、海水を材料にした渦巻く巨槍《きょそう》で分裂体の一つを貫いた。

あまりの威力に、分裂体が幾つもの小分裂体に引き裂かれた。

『捕まえて』

ミーアの呟《つぶや》きに合わせてリヴァイアサンが吼《ほ》えると、分裂体を貫通した海槍がほどけて海水に戻り、巨大な投網に変化して小分裂体を一網打尽に捕縛する。

『後始末はわたしに任せて！　本邦初公開！　――空破侵奪《ディメンジョン・イーター》！』

アリサが空間魔法の禁呪を発動する。

海水網に捕らえられた小分裂体達周辺の空間が歪《ゆが》む。

――おおっ。

空間が膨らんだと思ったら、渦巻きながら一瞬のうちに空間に開いた穴の中に吸い込まれた。

まるでブラックホールに吸い込まれたかのようだ。

――ZZZXXXZBBB。

立て続けに仲間を潰《つぶ》されて脅威に感じたのか、無傷の分裂体が不定形の触手を生やした靄《もや》から生き物のような姿に変化する。

竜の姿を模したモノ、ゴーレムを模したモノ、建物に憑依《ひょうい》して這《は》い出したモノの三種類だ。

霧竜、霧ゴーレム、霧建物とでも呼ぼうか。

『あ！　なのです！』

王城から性懲りもなく飛来した英雄砲の炎弾が霧建物を吹き飛ばした。

霧建物は瓦礫《がれき》を散らして吹き飛んだが、霧そのものは分裂しただけで健在だ。それぞれの霧が小さな瓦礫と結合して狼《おおかみ》のような四足獣を象《かたど》って、王城めがけて駆けだす。

姿が変わっただけでなく、行動範囲まで広がっている。

『ポチ、タマ、行きますよ！』

『あいあいさ～？』

『らじゃなのです！』

小型飛空艇から飛び出した獣娘達が、空歩で宙を駆けて建物の屋根に飛び移り、瞬動で霧狼の群れを追う。

『わたしも迎撃を手伝うわ！　――長城隔絶壁《エンドレス・デラシネーター》！』

『狙い、撃ちます！』

アリサが霧狼の行く手を防ぎ、ルルが輝炎銃で霧狼を狙撃《そげき》する。

あっちは任せて大丈夫そうだ。

「――おっと逃がすか！」

空を飛んで逃げようとした霧竜を、爆縮の魔法を連打して海上で消滅させる。

僅《わず》かな残滓《ざんし》が魚に変じて逃げようとしたが、それらは全《すべ》てリヴァイアサンが操作する海流に捕らわれて消滅していた。

霧狼は仲間達の連携で消滅し、地面に穴を掘って逃げようとした霧ゴーレムは、穴に飛び込んで中級攻撃魔法で滅しておいた。

◆

『びくとり〜？』

『勝利！　なのです！』

タマとポチが聖剣を振り上げて勝ちどきを上げる。

『思ったよりも楽勝だったわね』

『ん、余裕』

『神様達が「分《わ》け御霊《みたま》では倒せない」なんて言うから気合いを入れたけど、杞憂《きゆう》だったみたいね』

アリサの言葉を聞いて、違和感を覚えた。

——そうだ。

少女神達は確かにそう言った。

最初に神剣で大きく削ったとはいえ、あれくらいの敵ならば神剣なしでも少女神達と連携すれば倒せたはずだ。

まあ、いいか。マップを確認したけど、ザイクーオン中央神殿の地下には、もう何もいないみたいだし。

『マスター、門の方から近付く者がいると報告します』

ナナに言われてマップを確認すると、ピピンと一緒に正門の方に行っていた賢者の弟子セレナが、ピピンと別れてこっちに戻ってくるのが分かった。

どうやら、別の賢者の弟子を追いかけているようだ。

「諦《あきら》めろ、ケルマレーテ！」

「しつこいわね！」

建物の壁を砕いて黒尽《ず》くめの二人が飛び出してきた。鞭《むち》を操るグラマラスな女ケルマレーテと符術を使う少女セレナ、「賢者の弟子」達だ。前者は侍大将に首を斬り落とされたはずだが、なぜか生きている。

どうやったのか気になるし、捕縛を手伝ってやるか――。

『にゅ！』

――危機感知。

タマの声と時を同じくして、強烈な危機感がオレの心を苛《さいな》む。

この危機感知の示す先はザイクーオン中央神殿があった場所だ。目に見えるほど濃くなった瘴気《しょうき》が、そこから噴き出してきた。

さっき確認した時には何もいなかったのに、いつの間にかマップに赤い点が現れている。

『瘴気の中から誰《だれ》か出てきます！』

ルルが警告するように、そこには人影があった。

奇妙に長い腕をした細い身体《からだ》。背中からは掌《てのひら》の形をした翼が生えている。翼の途中にある丸いコブがどくんどくんと脈打っていた。

「――バ、バザン⁉」

人影を見て叫んだのは少女弟子セレナだ。

どうやら、封印を解いた「賢者の弟子」バザンは「まつろわぬもの」に取り込まれていたようだ。

「ZEぜれなドげるまれーでガ」

バザンが喋《しゃべ》った。発音が怪しいが、取り込まれる前の意識は残っているようだ。

聞き取りにくい言葉を脳内補正する。

「さっきぶりね、バザン。いかす姿になったじゃな――」

軽口の途中で、首から上をなくした女が血を噴いて倒れた。

「くっ――」

セレナが素早くバックステップし、懐から取り出した呪符を使う。

彼女がいた場所の空間が歪んで、黒い翼のようなモノが生えていた。

『空間湾曲だわ！』

アリサの声が戦術輪話越しに届く。

よく見るとバザンの近くにある空間の歪みに翼が差し込まれていた。という事は、さっき女の首を刎《は》ね飛ばしたのは、空間の歪みを経由したバザンの翼の先端だったようだ。

「■　重壁符《スタック・タイル》」

セレナは翼の追撃を呪符の壁で防ぐ。

だが、黒い翼は軽々と呪符の壁を打ち砕き、セレナを吹き飛ばす。

オレはとっさに「理力の手」を伸ばして勢いを殺したが、完全に殺しきる事はできず、セレナは登場した時と同じように建物の壁を突き破って消えてしまった。

マップ情報で体力《HP》ゲージがゼロになっていて焦ったが、状態表示が「仮死：再生中」となっていて胸を撫《な》で下ろした。彼女のユニークスキル「安心冬眠《セーフティー・ハイバネーション》」の効果だろう。

『――アリサ』

『わーってる！　空間魔法使いの前であんなマネはもうさせないわ！』

アリサがバザンの空間湾曲を中和する。

「封じたカ。だが――無意味ダ」

バザンが翼をしならせて仲間達を襲う。

――させないよ？

オレは縮地で移動し、聖剣で翼を弾《はじ》き飛ばす。

「少しはやるようダ」

バザンは足を止めたまま左右五本ずつの翼を縦横無尽に連打してきた。

回避して懐に飛び込みたいが、後ろに仲間達を庇《かば》っていてはそれもできない。

『ご主人様、お待たせ！』

着地した小型飛空艇に仲間達が駆け込む。

『全員飛空艇に退避したわ』

ハッチを閉じるのももどかしく、小型飛空艇が離陸する。

『あわわわわわ、卵のヒトが妖精《ようせい》鞄《かばん》から出てきちゃったのです！』

ポチの慌てる声が戦術輪話越しに聞こえた。

『点滅してる～？』

『あれ！　翼のコブと同期してます！』

もしかして――。

オレは「先読み：対人戦」スキルの助けを借り、あらゆるスキルを駆使してバザンの懐に入り込む。

「――ぬウ」

驚愕《きょうがく》するバザンをスルーして、裂帛《れっぱく》の気合いを篭《こ》めた聖剣で両方の翼を斬《き》り払う。

バザンの腹を突き破って襲ってきた剣山のような攻撃を聖剣で防ぎ、下がろうとするバザンを追い詰めていく。

「卵を切り離して弱体化を狙《ねら》ったか」

やはり、翼にあったあのコブは召喚に用いた「竜の卵」が入っていたらしい。

なんとなくエネルギー源というか、弱点に見えたんだよね。

「だガ、そレも無駄な事！」

バザンが両手を振り上げると、左右の翼がそれぞれ竜や翼ある蛇のような姿を象って空に舞い上がった。

「離れていようと我らは一体！　貴様などに我が復讐《ふくしゅう》を妨げられるモノか！」

バザンが勝利を確信した顔で哄笑《こうしょう》する。

「一ついいかな？」

「なんダ？　言ってみロ」

余裕ぶった態度でバザンが顎《あご》をしゃくる。

オレはそれに答えずに指を上に向けた。

空を旋回していた靄竜と靄蛇を、彼方《かなた》から一瞬で飛来した竜の顎《あぎと》が捉《とら》えたのだ。

「な、何ぃイイイイ」

全てを貫く竜の牙《きば》が靄を貫き、脈動するコブを食い破った。

さらに追撃のブレスが靄を完膚なきまでに焼き尽くす。

「おのれぇエエ、竜どもめぇエエエエ」

バザンが小型飛空艇の前に瞬間移動じみた速さで迫る。

『ぎゃあああ』

『緊急回避』

仲間達の悲鳴がした。

『だいじょび～？』

タマの暢気《のんき》な声が悲鳴に重なる。

その通り――。

閃駆で移動したオレの蹴《け》りが、バザンを天高く吹き飛ばした。

「皆《みんな》を驚かせた罰だ」

オレは空中にいるバザンに、爆縮の魔法を連打する。

マップ情報で見る限り、この程度の攻撃ではバザンを倒しきれないようだ。

「――ぬがぁぁアアア！」

爆煙が内側から消し飛んで、ぼろぼろに焼け焦げたバザンが姿を現す。

既に再生を終えようとしている。生半可な攻撃では無意味らしい。

「ならば――」

魔法欄から使った加速砲の魔法陣が長大な砲身のようにバザンを向いた。

爆縮の魔法は目眩《めくら》まし、こっちが本命だ。

過剰充填《じゅうてん》済みの聖弾がルルの加速砲を超える枚数の加速陣を貫いて発射される。

バザンが反応する暇などあろうはずもなく、青い光線のような一撃がバザンを一瞬で貫き、消し飛んだバザンの身体を三つの黒い輪っかに変える。

『いよっしゃー！』

『勝ったのです！』

『まだ』

喜ぶアリサとポチを、タマが鋭い声で制する。

オレの危機感知スキルも教えてくれている。バザンはまだ生きている。

バザンは一瞬のうちに復元を果たし、愉悦に満ちた顔でこちらを睥睨《へいげい》した。

「無駄ダ。高次元に存在する俺ヲ、人界に這《は》いつくばル貴様らガ本当の意味デ滅ぼす事はできヌ」

こちらを見下ろして愉快そうに嗤《わら》う。

今までの厭子《エンス》や翼と違って本体の方はしぶといらしい。

だけど——。

「そうでもないさ」

「——何?」

閃駆でバザンの懐に移動する。

バザンが両腕を漆黒の剣に変えてオレを迎え撃つ。

「無限の闇《やみ》に落ちるがイイ」

「君が——」

オレは称号を変える。

「——ね」

侍大将との交流で磨いた抜刀術が、掌に出現させた神剣を神速で振り抜かせる。

バザンの漆黒剣を、さらに上回る純粋な黒が凝縮した神剣の刃《やいば》が消し飛ばし、バザンの身体を両断する。

「再生しなイ？」

まだ喋る余裕があるのか——ならば。

「——『滅びを』」

神剣の聖句が真なる闇を顕現させる。

「なんだ、これは？　なんなんだ、これはぁああああああああ」

バザンが瞬間移動で逃げる。

——無駄だ。

一閃《いっせん》した神剣が、バザンとの間の空間を滅ぼす。

目の前に現れたバザンの人ならざる顔に、絶望が浮かぶ。

「チェック——」

滅びを纏《まと》った神剣がバザンを真闇の底に呑《の》み込んだ。

「——メイトだ」

僅《わず》かに残った靄《もや》が、神剣の刀身へと吸い込まれた。

オレは神剣を鞘《さや》に収め、ストレージへと収納する。


——ふぅ、疲れたよ。

>「まつろわぬもの：バザン」を倒した。

＜称号「世界の守護者」を得た。

＜称号「外なる神を滅ぼす者」を得た。

エピローグ

〝サトゥーです。仕事も大切ですが、休息も大事だと思います。十分な休息があってこそ、最大のパフォーマンスで次の仕事に挑めます。つまり、バカンスを楽しむのは大切な事なのです。〟

「お疲れ、倒せたみたいだ」
仲間達にそう伝えると、繋《つな》いだままの戦術輪話《タクティカル・トーク》から安堵《あんど》の声が届いた。
称号を「神殺し」から「真の勇者」に戻す。
『にゅ？　にゅにゅにゅにゅにゅ～？』
『タマ、どうしちゃったのです？』
——まさか。
空を見上げると、空の一角が歪《ゆが》んで強烈な光がその隙間《すきま》から溢《あふ》れてきた。
光量調整スキルが、光源にあるモノを捉えた。
オレはそれを見て緊張を解く。
あの紅色や朱色の光には見覚えがある。
空の輝きがいくぶん和らぐと、アリサが呟《つぶや》いた。
『あれが神様の本体なのかしら？』

『たぶんね』

強烈な光の中心には、絶えず姿を変える幾何学模様がある。

あれが人界から見た神の姿なのだろう。

『ちょっと行ってくる』

オレは閃駆《せんく》で神々の下へ行く。

空を遊弋《ゆうよく》していた赤竜と黄竜は、遠巻きに光を見つめている。

途中で勇者ナナシの姿のままだと気付いたが、今さらなので、そのまま向かう。

――《勇者》《穢《けが》れ》《何処》

――《要請》《穢れ》《討伐》

少女神達が幾つもの意味が宿った圧縮言語のようなモノをオレの脳裏に送り込んできた。パリオン神と最初に交流した時もこんな感じだったっけ。

そういえば「神代語：圧縮」スキルの対象とは別枠なのか、スキル有効化《アクティベート》以前と変わらない。

「バザンという男に宿った『まつろわぬもの』なら倒しました」

――《禁忌》《穢れ》《名称》

――《驚愕》《穢れ》《討滅》

少女神達が驚きを込めた言葉を飛ばしてくる。

正直言って会話しにくい。

「もう討伐する相手はいませんから、依《よ》り代《しろ》に戻っていただけませんか？」

――《承諾》

光の塊から一滴の光が分離して、地上から引き寄せた影像に宿る。

見ているうちに影像は受肉し、見慣れた少女神達の姿をとった。

『ぎるてぃ！』

『ちょっと！　何しちゃってるのよ！　慎みは忘れちゃダメでしょ！』

全裸の少女神達を見たミーアとアリサが慌てる。

空が陰った気がして見上げると、空にあった少女神達の本体が消失していた。神界に戻ったのだろう。

「ご苦労。世界は守られた。お前達の仕事を称賛する」

「封印ではなく消滅。竜達の力？」

ウリオン神は素直に褒めてくれたが、カリオン神は疑問を呈した。

そういえば、いつの間にかちゃんと服を着ている。

「皆で協力して討滅しました」

「そう――」

詐術スキルで誤魔化すオレの前に、赤竜と黄竜がぬうっと鼻先を突き出した。

『神、穢れを取れ』

『神、我が子の穢れを取りなさい』

竜が爪《つめ》の先で摘《つ》まんだ卵を少女神達の前に差し出す。バザンのコブで脈動していたヤツだ。

こうして見ると、卵のサイズが異様に小さく感じられる。

「竜は無礼。頼むならしかるべき態度を取るべき、カリオンもそう言っている」

「言ってない。竜に礼儀を説くのが間違い。ウリオンは穢れを払うべき。穢れに冒された竜など、想像するのもおぞましい」

「カリオンに同意。卵の穢れを取ろう」

ウリオン神が手に紅色の光を集め、その光を竜の卵に注ぐ。

光を浴びた卵から、黒い淀《よど》みが消えていく。穢れが拭《ぬぐ》われたのだろう。

――GWROW、GWROW、GWLOROOOOUNN！

――YWROW、YWROW、YWLOROOOOUNN！

赤竜と黄竜が喜びの咆哮《ほうこう》を上げる。

『竜の歌』

ミーアの声が聞こえた。

『ご主人様、地上！　地上を見て！』

アリサに促されて地上を見ると、黒く穢れていた地面が元の土色に戻り、そこから鮮やかな緑が芽吹いていた。

そういえば、黒竜も歌で珍しい植物を生やしていたっけ。

「竜の歌はいい。カリオンもそう言っている」

「ウリオンに同意。神力を使わずに地上の浄化ができる」

少女神達が身も蓋《ふた》もない事を言って頷《うなず》き合っている。

竜達はそんな神々の思惑など、どうでもいいとばかりに空の彼方《かなた》へ飛び去った。

それを見送りもせず、少女神達がとことこ歩き出す。

『どこに行くのかしら？』

「封印の確認じゃないか？」

少女神達はオレの予想通りに神殿跡地に向かい、封印があった場所へと降り立つ。

仲間達も転移でこっちにやってきた。

「瘴気《しょうき》」

「肯定。神裁牢《ろう》の奥にこびりついた穢れが漏れ出している」

ミーアの呟きを聞いたカリオン神が答える。

「このままでは世界が侵食される可能性がある」

「ちょっ、大変じゃない！」

「神の言葉は正しく理解するべき」

カリオン神が嘆息する。

「アリサ、カリオン神は『このままでは』って言ったんだよ」

「肯定。お前は正しく話を聞いている」

カリオン神が小さく頷いた。

「つまり、再封印できるって事？」

「肯定。その為《ため》にここに来た。作業を開始する」

ウリオン神が身体《からだ》に神力を巡らせて紅色の輝きを帯びると、カリオン神もそれに倣って身体に朱色の光を纏《まと》わせた。

「「領域設定」」

少女神達の掲げた両手から溢れた光が封印部屋を聖別する。

「「封印」」

朱色と紅色の光が対応する神々の聖印を象《かたど》って封印部屋の床に焼き付けられた。

「これで封印が解けるまで大丈夫？」

「心配無用。封印のある空間は神界から削除する。カリオンもそう言っている」

「言ってない。少し神力を浪費しすぎた。その仕事はガルレオンかヘラルオンにやらせる」

そう言ったカリオン神が少しふらついた。

ウリオン神はそれを支え、ザイクーオン中央神殿の聖域があった場所に移動する。

――そうだ。少女神達が神界に帰る前に確認しておかなくては。

「今回の神裁牢のように、パリオン神国の魔神牢や類似する他《ほか》の封印場所が暴かれた場合、神々に助力を願ってもいいのでしょうか？」

「その心配は無用。カリオンもそう言っている」

「言ってない。ウリオンはもう少し説明を加えるべき」

カリオン神に突っ込まれたウリオン神が、一つ嘆息してから言葉を続けた。

「神の力が衰えぬ限り、人間が神の封印を解く事は絶対にできない。この地の封印が解けたのはザイクーオンが愚かなせい。カリオンもそう言っている」

「ウリオンに同意。ザイクーオンは愚か」

ザイクーオン神が思いっきりディスられている。

その理由も少し気になるけど、それより先に確認しないと。

「この大陸には『穢れ』――『魔神の落とし子』の残滓《ざんし》がまだ幾つかあるかもしれません。あれを使われたら、神の封印といえど危ないのではないでしょうか？」

「問題ない。だけど、お前は『穢れ』を見つけ次第、消去する事」

カリオン神がきっぱりと言い切る。大丈夫なら、文句はない。

ついでにザイクーオン神の事を尋ねようかと思ったのだが、カリオン神が足をもつれさせてオレの方に倒れてきたので慌てて支えた。ウリオン神も歩くのが億劫《おっくう》そうだ。

「そろそろ神力が尽きる。お前達はこの依り代を神殿に運ぶべき。カリオンもそう言っている」

「ウリオンに同意。意識を保つのが限界」

本当にヤバそうなので、少女神達を聖域へと運び込む。

「お前達の奉仕で穢れの根源を一つ祓《はら》えた。これは褒美。感謝して敬虔《けいけん》な祈りを捧《ささ》げるべき」

オレに身体を預けたウリオン神が、掌《てのひら》にルビーのような紅法石という宝石を出現させた。

あれは見た事がある。シェリファード法国にある神器、「罪を量る天秤《てんびん》」ウリルラーブを飾っていた宝石だ。ぬっと差し出されたその宝石を受け取る。

「あげる」

口を開くのも辛《つら》そうにしたカリオン神が、掌に出現させた朱色の宝石をぽとりとオレの手に落とす。

ウリオン神のくれた宝石より小さなそれは、カリスォークにあったカリオン神の神器「叡智《えいち》の書」カリセフェルに嵌《は》まっていたのと同じ「知泉石」だ。

たぶん、少女神達の余った神力を結晶化して分けてくれたのだろう。

視界の隅にログが流れる。

>称号「祝福：カリオン神」を得た。
>称号「祝福：ウリオン神」を得た。
>称号「ウリオンの認めし者」を得た。
>称号「カリオンの証《あかし》」を得た。
>称号「ウリオンの証」を得た。

後者は確か、神の試練を果たした者に与えられるってテニオン神が言っていたっけ。

どうやら、「まつろわぬもの」退治は「神の試練」扱いになるらしい。

「さらばだ。人の子よ。依り代を我らの神殿に送り返せ。カリオンもそう言っている」

「言ってない。でも、依り代は間違いなく運ぶ事」

少女神達の身体から淡い光が零《こぼ》れ出し、天へと消えた。

最初とはポーズが変わった影像をストレージに収納する。

「それじゃ、オレ達も行こうか」

オレ達はピアロォーク王国の後始末を少し手伝ってから離脱した。

少女神達との約束通り、依り代の影像は匿名でウリオン中央神殿とカリオン中央神殿に届けた。

風の噂《うわさ》に聞いたところによると、神の宿っていた影像は聖遺物として認定されたそうだ。

匿名で届けて良かった。危うく、聖人扱いされるところだったよ。

◆

「ねぇ、ご主人様。オーベェル共和国に寄らなくて良かったの？」

トロピカルな果物がささったグラスを傾けながらアリサが言った。

ちょっと働き過ぎな気がしたので、オレ達はガルレオン同盟の水の都ガルレォークでバカンス中だ。

プライベートビーチ付きの高級ホテルを取ったので、周囲の雑音も気にする必要はない。

「しゅばばばば〜」

「ポチだって水の上を走れるので——がぼぼぼぼぼぼ」

「ぽち〜」

薙《な》いだ海上を駆けていたタマとポチだったが、いたずらな魚に顔面を強打されてポチが水没する。

海水浴の間はポチから卵帯を預かっておいて良かった。

「回収」

――チャプ。

イルカの浮き袋で優雅に水と戯れていたミーアが呟《つぶや》くと、水中でイルカを支えていた小ウンディーネ達が海水を操ってポチを海上に連れ戻してくれた。

「ぷっはー、なのです」

「だいじょび～？」

「ポチは大丈夫なのですよ！　ウンのヒトもミーアもありがとなのです」

「ん」

――チャプ。

ミーアと一緒に小ウンディーネも頷く。

「マスター、城ができたと報告します」

「力作です」

大胆なビキニ姿のナナと可憐《かれん》な水着姿のルルがオレの手を引く。

ふにょんふにょんとした感触が両方の腕に伝わってくるが、ここで反応してはいけない。

鉄壁ペアはどこにいても反応が早いのだから。

「どんな城を作った――うおっ」

思わず声が出た。

ナナとルルが言う城は全高三メートルもあるような本格的な砂の城だった。

城の横ではシャベルを持ったリザが、満足そうな顔で汗を拭《ふ》いている。どうやら、材料の調達はリザも手伝っていたようだ。たぶん、砂上訓練みたいなノリだったに違いない。

「若様ー！」

ホテルの方からオレを呼んだのは、禿頭の元怪盗ピピンだ。

ピアロォーク王国ではガルレォーク市に行くとは言っていなかったのに、よくここが分かったモノだ。

「約束を果たしに来たぜ」

酒瓶を掲げるピピンの傍らには美少女――賢者の弟子セレナもいる。

ピアロォーク王国で瀕死《ひんし》の重傷を負って仮死状態になっていた彼女だが、ユニークスキル「安心冬眠《セーフティー・ハイバネーション》」で無事に再生したようだ。

彼女達をビーチの横にある東屋《あずまや》へ案内する。

「えーっと、若様？　此度《こたび》は我が同門の不始末で迷惑を掛けた」

セレナがそう言って、テーブルに額がくっつきそうなほど頭を下げる。

「俺からも詫《わ》びるぜ。面倒事に巻き込んですまなかったな」

「構わないさ。面倒事の詫びにと言ってクロ殿が用事を引き受けてくれたしね」

変形博士ことジョッペンテール氏を始めとしたカリスォーク市の博士達を、シガ王国の王都まで運ぶ名目に使わせてもらった。エチゴヤ商会の支配人に話を通してシガ王国側での受け入れ準備ができたら、運ぼうと思っている。

「そう言ってくれると少し気が楽になるぜ」

ピピンがそう言ってオレのグラスに酒を注ぐ。

ガルレオン同盟で広く親しまれているシードルだ。ラゴンという怪獣みたいな名前の果物から造られているらしい。

「うん、美味《うま》い」

「こっちのハムもいけるぜ？」

セレナがハムの載った皿をテーブルに置く。

肴《さかな》はガルレオン同盟で好まれるレガル豚から作ったハムらしく、ピピンが大きな塊を戦闘用のナイフで豪快に切り分けてくれた。なんでも、レガル豚はサガ帝国産のヤグー豚を品種改良して作り出したそうだ。

「へー、シードルに合うね」

「だろ？　酒場通いの成果さ」

ピピンはグラスしか持ってきていなかったので、ワイルドにハムは手掴《てづか》みだ。

「ピアロォーク王国の方は片付いたのか？」

「ああ、若様達がオーベェル共和国に発《た》った後、色々と片付けた。クロ様の指示で、エチゴヤ商会の支店を出す代わりに復興資材を格安で受注したり、とばっちりで職を失った連中を支店で雇ったり、色々だな」

いつもなら自分で暗躍するのだが、今回はピピンがいたので押しつけた。

元仲間の兄弟弟子達の贖罪《しょくざい》をしたいセレナも手伝うだろうしね。

「若様にもだが、クロ殿にも頭が上がらない。彼のお陰で、ピアロォーク王国とパリオン神国が戦争にならずに済んだ」

「それは大丈夫なんじゃねーの？　バザンの正体なんて誰《だれ》も知らないだろうし、賢者殿との関《かか》わりなんてピアロォーク王国の人間には分からんだろ？」

「そうでもない。バザンは賢者様の名代として何度もピアロォーク王国を訪問していた。それに事件までの間に、ザイクーオン中央神殿の人間と何度も接触していたらしい」

たとえそうだとしても、パリオン神国で反乱を起こした賢者との関わりを理由に戦争が起こる可能性は低いと思う。

「それで、この後はどうするんだ？」

聞いていて楽しい話になりそうもないので、話の流れを変えてみた。

「他の弟子達の後を追う」

ピピンに話を振ったつもりだったんだが、セレナが答えてしまった。

「バザン達みたいなヤツが他にもいるのか？」

「あそこまで極端なのはバザンくらいだ。だが、カムシムやケルマレーテのように変節してしまった者もいる。だから、順番に回って会ってみようと思う」

「どこにいるか分かっているのか？」

「大抵は内海沿いの国だが、一部の実力者は世界各地の迷宮に派遣されている」

――迷宮？

「『セリビーラの迷宮』とか？」

「いや、あそことサガ帝国にある『勇者の迷宮』とヨウォーク王国にある『生贄迷宮《いけにえ》』は調査対象になっていない。対象になっているのは、サガ帝国南部の『血吸い迷宮』、鼠人族の首長国にある『繁魔迷宮』、鼬《イタチ》帝国にある『夢幻迷宮』、シガ王国北部の『悪魔の迷宮』、それから南方にある『樹海迷宮』だ」

――あれ？　一つ多くない？

「『樹海迷宮』というのは初めて聞きましたが、新しく迷宮ができたのですか？」

「俺も初耳だ。世界にある迷宮は六個――セーリュー市にできた『悪魔の迷宮』を入れても七個だったはずだ」

「え？　そんなはずは――そうか。確かシガ王国やサガ帝国あたりでは、『樹海迷宮』は迷宮じゃないって学説が主流なんだった、か？」

「何か他《ほか》の迷宮と違うのか？」

「あそこは他の迷宮と違って地下にない。広大な樹海がそのまま迷宮になっている世界でも珍しい場所なんだ」

いわゆるフィールド型のダンジョンらしい。

「それは、迷宮なのか？」

ピピンが首を傾《かし》げる。

今まで見てきた迷宮も迷宮の遺跡も、全部地下にあったし、この大陸の人達からしたら、迷宮とは地下にあるという認識なのかもね。

「迷宮だ。賢者様の調べでは、迷宮と判断するに足る証拠が幾つもあるらしい。一番の理由は迷宮主《ダンジョン・マスター》の存在だ。賢者様は緑殿という協力者を介して接触した事があると仰《おつしや》っていた」

緑殿――緑の上級魔族か。

ちょっと話の信憑性《しんぴょうせい》に疑問があるね。

「それで、どこから行くんだ？」

「ケルマレーテが担当していた『夢幻迷宮』や私が赴くはずだった『樹海迷宮』は除外できる。内海にいる兄弟弟子達に会いに行くのが先だが、その後は近い場所から順番に回ろうと思う」

「できれば、セーリュー市にある『悪魔の迷宮』から行ってくれないか？」

「分かった。この程度で恩を返せるとは思わんが、君の要望に従おう」

セレナは理由も聞かずに承諾してくれた。

あそこは知り合いもいるし、何よりゼナさんの故郷だからね。

彼女にマーカーを付けておけば、ピンチの時に駆けつけられるだろう。

「ピピンも同行するのか？」

「いや、俺にはクロ様から命じられた大事な仕事があるからな。内海沿いでの支店開設業務が終わったら、クロ様に許可を貰《もら》ってドラグ王国へ行こうと思っている」

「ドラグ王国？」

「ああ、バザンから奪い返した『緑竜の卵』を返しに行くんだ」

――それで思い出した。

「オレ達が預かっている『白竜の卵』はどうする？」

「それなんだが、扱いに困っているんだ」

「どういう事だ？」

「返しに行こうにも、白竜がどこに棲《す》んでいるか分からないんだよ。クロ様に聞いてみたんだが、クロ様や勇者様も知らないらしくてな」

そういえばピアロォーク王国を去る前にそんな事を聞かれた記憶がある。

赤竜や黄竜は自分達で取り戻しに来たが、緑竜は巫女《みこ》任せだし、白竜は完全に放置だ。竜の性格にも色々あるみたいだ。

「なるほど、それなら白竜が見つかるまでオレ達が預かっておくよ」

ポチも気に入っているしね。

「そうか、助かるよ」

肩の荷が下りたのか、ピピンがシードルをぐいっと飲み干した。

そういえば一緒に酒場巡りをしようと言っていたのに、なかなか実行できないでいる。今のところ次の予定もないし、今晩にでもピピンと夜の繁華街を巡ってみるか。

「若様に面倒ばかり押しつけてすまん。これは役に立つか分からんが、バザンが最後にアジトにしていた場所で見つけた秘宝《アーティファクト》と書物だ。卵を管理する役に立ててくれ」

セレナが自分のアイテムボックスから、「竜眠揺篭《ドラゴン・クレイドル》」という鳥の巣の形をしたペンダントトップが付いた首飾りと、竜を卵から孵化《ふか》させた記録書をオレに手渡した。

ドラグ王国で書かれた記録書によると、「竜の卵」は数年から長い時には百数十年の休眠期間を経て孵《かえ》るそうだ。そこには「竜眠揺篭」についても書かれてあり、よく眠る子竜期の竜を安全に過ごさせる為《ため》の魔法道具《マジック・アイテム》らしい。たぶん、空間魔法系の魔法道具だろう。

「ご主人様ー！」

「サトゥー」

話が一段落したところで、アリサとミーアがやってきた。

「お話は終わった？　終わったなら、泳ぎに行きましょうよ！　ピピン達も一緒にどう？」

「俺はいい。セレナは水着で若様を接待してくるか？」

「み、水着？　その破廉恥な服を私にも着ろというのか？」

セレナが真っ赤な顔で立ち上がった。

まあ、こっちの人の水着は普通にワンピースとか服だし、そもそも海には危険な魔物がいるから海水浴って発想がほとんどないんだよね。

「無理しなくていいよ」

「いや！　私の貧相な身体《からだ》が役に立つなら！」

「ちょ、ちょっと！　こんなところで脱がないで！」

「下着はダメなの！　破廉恥なのよ？　水着は下着とは違うの。泳ぐ為のユニフォームなんだから。下着で泳いだら透けちゃうの。本当よ？」

脱ぎ出したセレナを、アリサとミーアが必死で止める。

オレはすぐに背を向けたが、ピピンは面白そうにはやし立てていた。

「ご主人様～？」

「こっちなのですよ！」

騒がしい背後をスルーして、タマやポチが手を振る海岸へと向かう。

今日はたっぷり泳いでお腹《なか》を空《す》かせたら、海岸で新鮮な海産物のバーベキューとしゃれ込もう。

オレ達は笑顔溢《あふ》れる海岸で夏の海を満喫した。

EX：内助の功

「姉様、中央制御室で何をするの？」

ララキエの中央制御室に向かう通路で、ユーネイアが義姉のレイアーネ——レイに尋ねた。

「ちょっと調べたい事があるの」

「分かったわ！　お仕事ね！」

幼女姿をしたレイの腕に、年上に見えるユーネイアが甘えて抱き着く。

そんなユーネイアを、レイは優しい目で見守る。

やがて長い廊下も終わり、通路の果てに重厚な扉が現れた。

『女王レイアーネを感知。中央制御室の封印を解除します』

暗闇《くらやみ》の中から合成音声——ララキエ中央制御核《セントラル・コア》の声が響いた。

それと同時に音もなく扉が開き、天井や壁から柔らかな光が降り注ぐ。

『女王レイアーネ、本日のご用は？』

中央制御核が抑揚のない声で問う。

「『天護光蓋《てんごこうがい》』の資料を閲覧したいの」

『資料を表示します』

パパパパパッと幾つもの情報が空中に投影された。

無数に表示されたそれに、レイは真剣な顔で目を通す。

「うわー、いっぱい！　どれも難しい事が書いてあるわ。姉様、分かるの？」

「ええ、ある程度は」

無邪気なユーネイアの問いにレイは上の空で返す。

「……無いわね。やっぱりサトゥーさんが言っていたように、小型化する方法はないのかしら？」

レイはサトゥーが何気なく言った『天護光蓋』が「理論的に小型化できない」という言葉が気になって調べに来たようだ。

『女王レイアーネのリクエストを受託。資料を検索――「天護光蓋」を小型化するのは不可能です。検証資料を表示します』

レイの独り言を命令と解釈した中央制御核が、膨大な資料の中から彼女が求めたモノを表示する。

「検証方法は違うけど、どれも結論は同じなのね」

資料を斜め読みしたレイが、難しい顔で呟《つぶや》いた。

「姉様、眉間《みけん》に皺《しわ》ができてる」

ユーネイアが無邪気な顔でレイの眉間をつんつんと突《つつ》く。

レイは優しくその手を退《の》け、こわばっていた顔に笑みを浮かべる。

「姉様、資料が気に入らないの？」

「そういうわけじゃないわ。ただ――」

ユーネイアに答えたレイの脳裏に幾つもの記憶がフラッシュバックした。

《幼い頃《ころ》の自分。泣いてる。母様に庇《かば》われていた。テロ。強力な魔導爆弾。母様が防いだ。私や母様を包む絶対的な守護の壁。神々がくれた守護結界。あれは間違いなく──》

「──私は小さい頃、母様が「天護光蓋」を使うのを見た。そうよ、見たんだわ！」

「姉様？」

「中央制御核！　母様の、女王の装備品を表示して！　その中に身を守る為のモノがあるはずよ！」

『資料を検索──該当する秘宝《アーティファクト》や神器を表示します』

レイは戸惑うユーネイアへのフォローも忘れて資料に目を通す。

「あった！　これだわ！　この首飾りの詳細情報を表示して！」

『「光天の首飾り」の情報を表示します』

それは神々からララキエ王家に下賜された神器だった。

現代日本で一般的な華奢《きゃしゃ》なネックレスとは違い、重厚な飾りが幾つも付けられた荘厳な首飾りだ。

「間違いない。この首飾りは『大護光蓋』が使える。この首飾りの研究資料はある？　あるなら全《すべ》て表示して」

『理論上不可能。しかし、実在する。そんな事はありえない』

いつもなら、すぐに女王のリクエストに応《こた》えるはずの中央制御核が、自分に記録された情報の矛盾に気付いて混乱している。

「中央制御核？」

『──女王レイアーネ、矛盾点を検証しました』

「何か分かった？」

『結論として、ララキエ王家が意図的に事実を隠蔽《いんぺい》したと思われます』

告げられた言葉に、レイが難しい顔になる。

「隠蔽されていたなら、資料は残っていない？」

『調査いたします』

中央制御核の本体とも言うべき、小さな塔がピコピコと幾つもの光を明滅させた。

「頑張れ〜」

ユーネイアが頑張る中央制御核を応援する。

「そうね。応援しましょう」

レイが微笑《ほほえ》んで、ユーネイアと一緒に中央制御核の思考を応援する。

『検索完了。研究書を発見しました』

「中央制御核、偉い！」

ユーネイアが無邪気に褒める。

『研究書は王家の私書の中に、暗号化されて収納されています』

「どうして、そんな場所に？　いいわ、表示して」

レイは首を傾《かし》げつつ、中央制御核に命じる。

『最上位のセキュリティー指定をされている為、女王レイアーネ以外には閲覧許可がありません。同行者の退室を求めます』

「――姉様。あたし、外に出ているね」

ユーネイアは一瞬だけ表情を曇らせた後、笑顔を作って部屋の外へ向かう。

「行かなくていいわ。ここにいなさい、ユーネイア」

「姉様？」

レイがユーネイアを呼び止める。

「女王の権限において、ユーネイアに一時的な閲覧許可を与えます」

『女王レイアーネの指令を受託。資料を掲示します』

中央制御核が二人の前に資料を映し出す。

ララキエ全盛期時代に、当時の研究者が女王の命令で神器を研究していたようだ。

「これは『太陽石』や『知泉石』を始めとした『八柱の神々』が下賜した神石を使っているのね」

「神々がくれた石を使う、っと」

ユーネイアがレイの役に立とうと、リビングドール達に用意させたメモ用紙にレイの呟きを書き込んでいく。

「ユーネイア、太陽石や知泉石なんかの名前も書いておいて」

レイはそんなユーネイアを見て優しく微笑むと、ユーネイアにリクエストをする。

「分かったわ、姉様」

ユーネイアが輝くような笑顔で承諾した。姉に頼られて嬉《うれ》しかったのだろう。

しばし、レイが資料を読み、ユーネイアが記録を取る作業が続く。複雑な設計図や回路図なども、ユーネイアは正確に描き写していた。意外な才能である。

◆

「終わったわ。資料を閉じなさい」

『――女王レイアーネ。今回の機密情報が私の検索インデックスに登録されてしまいました。再び誰《だれ》かに問われた場合、王家が秘匿していた情報が見つかる可能性があります』

「そう――」

レイは少し迷った後、情報を元のまま隠蔽する事を選んだ。

「なら、インデックスおよびキャッシュデータを削除しなさい」

『それでは、関連する私の記憶を消去します』

中央制御核の本体が激しく光を明滅させた後、停電したかのように消灯する。

意外に長い時間の沈黙の後、中央制御核が再起動した。

『女王レイアーネ、本日のご用は?』

その問いは、この部屋に来た時に中央制御核が口にした言葉だった。

「いいえ、何もないわ。少し散歩に来ただけ」

『そうでしたか。ご用ができましたら、声をお掛けください』

「ええ、そうするわ」

レイは僅《わず》かな罪悪感を覚えつつ、ユーネイアとともに中央制御室を後にした。


「うーん、難解だわ」

資料を熟読していたレイが大きく伸びをする。

「姉様、ルルが置いていってくれたお菓子があるの。一緒に食べましょう」

「うん、ありがとう」

タイミングを計っていたユーネイアがお盆に載せたお茶とお菓子をテーブルに並べる。

「お仕事は順調？」

「ちょっと難航しているけど、一番必要なポイントは確認できたわ」

理論が難解すぎて半分も理解できなかったものの、通常版と「光天の首飾り」による天護光蓋を比較した結果、後者には特殊な増幅回路が組み込まれており、その中心には神石と書かれた「八柱の神々」由来の宝玉がある事を突き止めていた。

「問題は――」

神石が手に入らない事だ。

レイの母が身につけていた「光天の首飾り」も、ララキエ王朝滅亡期に失われてしまっている。

「――必要な素材が手元にないの。せめて一種類だけでもあれば……」

研究者の備忘録を見る限り、神石は一種類でも問題ない。ただ、装置が大きくなり、単位時間あたりに必要な魔力が増えるだけだ。

「姉様、大丈夫だよ。マスターサトゥーなら、方法さえ分かればなんとかしちゃうわ」

「そうね、ユーネイア。そうだわ」

サトゥーなら全てを整えなくても、回路図と資料だけでも役に立ててくれる。

レイはサトゥーへの全幅の信頼でそう確信した。

「姉様、嬉しそう」

ユーネイアはレイが嬉しそうにするのを見て喜ぶ。

「早く、マスターサトゥーが来てくれるといいね」

「ええ、ユーネイア」

ラクエン島の邸宅で、姉妹が仲良く微笑んだ。

あとがき

こんにちは、愛七《あいなな》ひろです。

この度は「デスマーチからはじまる異世界狂想曲」の第二二巻をお手に取っていただき、ありがとうございます！

今回のあとがきはページが少ないので、新刊の見所を手短に語りましょう。

本巻は久々に観光メインのほのぼのストーリーです。

ｗｅｂ版の諸国漫遊編を、舞台や人物だけ残してシチュエーションも季節も状況もまったく違う新たな物語として再構築しました。新キャラも増え、ほぼ完全に書き下ろしとなっているので、ｗｅｂ版既読の方も楽しんでいただけると自負しています。

神様達の立ち位置もｗｅｂ版からは変わっているので、先入観無しに楽しんでいただけると幸いです。

行数が尽きそうなので、恒例の謝辞を！　担当のＩ氏とＳ氏とＡさん、そしてｓｈｒｉさん、その他この本の出版や流通、販売、宣伝、メディアミックスに関《かか》わる全《すべ》ての方に感謝を！

そして読者の皆様。本作品を最後まで読んでくださって、ありがとうございます！

では次巻、パリオン神国編でお会いしましょう！

愛七ひろ

カドカワBOOKS

デスマーチからはじまる異《い》世《せ》界《かい》狂《きょう》想《そう》曲《きょく》　22

2021年４月10日　初版発行

著者／愛七《あいなな》ひろ

発行者／青柳昌行

発行／株式会社KADOKAWA

〒102-8177
東京都千代田区富士見2-13-3
電話／0570-002-301（ナビダイヤル）

編集／カドカワBOOKS編集部

印刷所／大日本印刷

製本所／大日本印刷

●お問い合わせ
https://www.kadokawa.co.jp/（「お問い合わせ」へお進みください）
※内容によっては、お答えできない場合があります。
※サポートは日本国内のみとさせていただきます。
※Japanese text only

Printed in Japan
ISBN 978-4-04-073866-6 C0093

新文芸宣言

かつて「知」と「美」は特権階級の所有物でした。

15世紀、グーテンベルクが発明した活版印刷技術は、特権階級から「知」と「美」を解放し、ルネサンスや宗教改革を導きました。市民革命や産業革命も、大衆に「知」と「美」が広まらなければ起こりえませんでした。人間は、本を読むことにより、自由と平等を獲得していったのです。

21世紀、インターネット技術により、第二の「知」と「美」の解放が起こりました。一部の選ばれた才能を持つ者だけが文章や絵、映像を発表できる時代は終わり、誰もがネット上で自己表現を出来る時代がやってきました。

UGC（ユーザージェネレイテッドコンテンツ）の波は、今世界を席巻しています。UGCから生まれた小説は、一般大衆からの批評を取り込みながら内容を充実させて行きます。受け手と送り手の情報の交換によって、UGCは量的な評価を獲得し、爆発的にその数を増やしているのです。

こうしたUGCから生まれた小説群を、私たちは「新文芸」と名付けました。

新文芸は、インターネットによる新しい「知」と「美」の形です。

2015年10月10日

井上伸一郎

橘由華　イラスト／**珠梨やすゆき**

20代半ばのOL、セイは異世界に召喚され……「こんなん聖女じゃない」と放置プレイされた!?　仕方なく研究所で働き始めたものの、常識外れの魔力で無双するセイにどんどん"お願い事"が舞い込んできて……？

カドカワBOOKS